U0007673

漫時光

墨書白 著

【第二部】橫波渡

長風渡 上卷

高寶書版集團

目錄
CONTENTS

第一章　霓裳

太子南巡的事情剛定下來，范軒就同時暗中下令，從自己的嫡系部隊中，急調了五千精兵來東都。

因為是他自己的嫡系，外面並不知道。於是范軒暗中調人，明著卻是授意御史臺督促顧九思的案子。

御史臺得了命令當日，葉世安立刻陳書列數刑部在此案上的種種不是，要求刑部將案件移交御史臺。而刑部的人也不甘示弱，第二日就參葉世安徇私枉法和顧九思勾結。

刑部可以踩顧九思，畢竟顧九思孤立無援，但刑部這麼踩葉世安，第二日御史臺便直接參了刑部上下全員種種細枝末節的小事。

雙方口水戰了幾日，在朝堂上罵得唾沫橫飛，范軒的五千精兵終於到了東都。

五千精兵到達當夜，范軒將陸永召見進宮。

這些時日陸永一直很忐忑，他幾乎用了自己所有的人去穩住刑部的關係，讓刑部不要將顧九思移交到御史臺去。他心裡非常清楚，一旦刑部將顧九思移交到御史臺，劉春的死必然

暴露。他不清楚范軒對這件事知情多少，更揣摩不透范軒對這件事的容忍程度。於是他日日

擔驚受怕，怕范軒找他，也怕范軒不找他。如今范軒來找陸永，陸永倒是突然安定了。

他讓前來傳旨的太監稍等，而後換上官服，跟著進了范軒的宮殿。

太監沒有讓他在御書房見駕，反而是來到范軒的寢宮，陸永進來的時候，范軒正在洗

腳。他穿著一身白色單衣，周邊沒有服侍的人，用的是個普普通通的盆，一個人散髮坐在那

裡，讓陸永一時間以為還在幽州，范軒還沒當上大官的時候。那時候的范軒就是這樣，經常

在夜裡見他，他們一起商量官場上的事，也會下棋聊聊天。

陸永覺得心裡有些難受，他揣測不出范軒的意思，只能恭敬地跪下來，朝著范軒行禮。

范軒沒有讓他立刻起來，他呆呆看著大殿的門，腳浸泡在溫水裡，慢慢道：「我年輕

時，人家同我說，這世上沒有不變的人，也沒什麼兄弟感情。說兄弟情誼，那是人世間最不

靠譜的情誼。我總覺得，人和人吧，你給對方多少心，對方就會還你多少

心。」

說著，他轉頭看向陸永，話鋒一轉，卻是道：「老陸，咱們認識有二十年了吧？」

「二十四年。」陸永跪在地上，哽咽道：「同榜舉人。」

范軒點點頭，神色有些恍惚。

他沒說話，陸永就跪著，好久後，范軒突然道：「錢這麼好嗎？」

陸永聽見這句話，內心突然就定了。

沒什麼忐忑不安，突然覺得好像一切塵埃落定，腦袋掉了碗大個疤，也沒什麼大不了。

范軒不知道這是不是在等他回話，一直沒有出聲。許久後，陸永深吸一口氣，抬頭看向范軒：

「您為什麼做皇帝呢？」

范軒愣了愣，陸永看著他，認認真真道：「如果不是為了錢權，您又為什麼做皇帝呢？」

范軒沉默了，好久後，他突然苦笑起來。

「我若是和你說，我從來沒想過當皇帝，你信嗎？」

「那您為什麼要和梁王爭呢？」陸永平靜開口。

范軒低下頭，從旁邊拿了帕子，慢慢道：「他不是個好皇帝。」

「那您是嗎？」陸永繼續詢問。

范軒的動作僵住了，他皺起眉頭，抬頭看著陸永，「你什麼意思？難道朕做得還不好？」

陸永笑起來，沒說話，恭敬叩首：「臣知錯。」

范軒覺得有些難受，他克制著情緒，將帕子交給一旁等著的張鳳祥，慢慢道：「其實你做的事，我清楚。一千萬兩，你補回來就行。你自己補不回來，你給我一份名單，我來要。」

「我終歸不會要你的命，」范軒嘆了口氣，「為何走到殺人的地步呢？」

陸永聽明白了，今晚范軒是來同他交代他的出路的。陸永暗暗思考了一陣子，思索著范軒話語裡的真假，好久後，他才道：「臣明白。」

「你終究還是我兄弟。」范軒勸說道：「別走了歪路，更別離了心。」

「是臣糊塗。」

「老陸，」范軒猶豫片刻，終於道：「顧九思是可造之材，你年紀也不小了，該好好頤養天年，戶部的事就交給他，你也多帶帶他。」

陸永不再回應，他跪在地上，僵著脊梁。倒也不是不能消化，在預料之中，只是真正面對時還是有些難堪。

范軒看著陸永黑髮中夾雜的白髮，心裡有些不忍，嘆了口氣道：「老陸，只要朕在一日，可保你晚年無憂。」

這話讓陸永必須面對，他慢慢收緊拳頭，跪著道：「所以，陛下的意思，是讓微臣辭官嗎？」

「老陸，」范軒低著頭，喝了口茶潤了潤嗓子，才道：「你的罪是什麼，你本該知道。」

好久後，陸永深吸一口氣，叩首道：「謝主隆恩。」

「找個時間，帶顧九思和你的朋友吃頓飯。」范軒吩咐，「把他當自個兒徒弟培養培養天。」

「陛下，」陸永消化著范軒的意思，皺起眉頭，「您想讓顧九思當戶部尚書？」

范軒點了點頭，伸出手，陸永趕忙上前，扶住范軒，范軒藉著他的力站起來，出聲道：

「他雖然年輕，但是他有他的才華。」

陸永扶著范軒往庭院裡走去，彷彿是一場再普通不過的交談，范軒慢慢道：「江河這個人，我不放心。顧九思的資歷雖然難以立足，但戶部尚書這樣的位子，總不能隨便用人。而且，」范軒轉頭看了陸永，笑道：「不也還有你嗎？」

這話讓陸永愣了愣，「陛下……」

「老陸。」范軒停在庭院裡，嘆了口氣，「別辜負了朕的苦心。你我是君臣、是朋友，卻也是兄弟。一個人能和另一個人走過風風雨雨幾十載，不容易得很。」

陸永聽著，心裡有些發酸。

「我也沒多少年頭了，」范軒苦笑起來，「讓我多當一下范軒，別當陛下吧。」

他退了一步，下意識想跪，范軒伸出手攔住他，搖了搖頭，「別這樣。」

陸永紅了眼，沒有堅持，范軒和他走在庭院裡，似是有些疲憊，讓陸永一直扶著，他則是抽著精力，繼續道：「其實你的話，我明白。你問我為什麼當皇帝，年輕時是為百姓，如今再說，你也不信。我想了想，我是不想的。可是權，大概對於我們這些人來說，都放不下。其實老陸你還好，你窮怕了，也不在乎什麼權不權，只要口袋裡滿滿當當的，你心裡就夠了。可我和老周就不一樣了。我們心太大，永遠也滿足不了。當了節度使想當皇帝，當了皇帝想一統天下。說什麼為了百姓，不也是興百姓苦，亡百姓苦？」

范軒輕輕一笑，接著道：「我知道你為什麼覺得我不是好皇帝，不就是為了玉兒嗎？我再好，再能，但只有玉兒一個兒子，將天下交到玉兒手裡，你們心裡都不服氣。可是我能怎

麼辦呢？我就他一個兒子。」

「可是……」陸永急切地想開口，范軒接著道：「再納後宮，我也沒這個精力和能力了。如今再有一個孩子，不過是多了兄弟鬩牆，也不會有什麼改變。」

「老陸，」范軒和他一起走上臺階，范軒的腳步有些虛浮，他在進入東都那一戰中受了傷，陸永知道，他想勸，卻又因著范軒的固執脾氣沉默。兩人一路爬上臺階，范軒覺得累了，坐在長廊上休息，從高處看著庭院裡的景致，沒有回頭，慢慢道：「玉兒心眼不壞，你看著他長大，以後他有什麼不好，你得多擔待。」

陸永抿了抿唇，終於道：「陛下，微臣知道。」

范軒坐在長廊上，他沒有回聲，好久後，風慢慢吹過，他才重新站起身來，低頭道：

「走吧。」

范軒召陸永入宮後第二日早朝，陸永辭官。

這消息震驚了朝廷，范軒和陸永在朝堂上拉扯了三個回合，一個說要走，一個說要留，這麼來來回回做戲了幾個回合後，范軒終於面露不忍之色，親自下了金座，接了陸永的辭呈。

這是當日第一個重要消息。緊接著，范軒就宣布——刑部辦事不利，將劉春一案移交到御史臺處理，嫌犯顧九思一併移送。

刑部自然不肯答應，等到早朝散會後，刑部連同許多舊臣，大半個朝廷的人，都跪在御

書房門口。

柳玉茹聽到這話時，正和葉韻一起看著她的新鋪子。

這鋪子是同花容的鋪子一起租下的，用來販賣從望都運送過來的糧食。

多事之秋，柳玉茹深切意識到糧食的重要性，所以哪怕糧食利潤並不算最大，她也堅持要將生意做下去。

鋪子是她和花容的店鋪一起看的，葉韻說她來裝潢，柳玉茹本是放任她來，結果今日開業，柳玉茹來看，才發現葉韻竟然是將糧店按照北方的風格，裝潢的十分漂亮。大紅大綠的顏色鋪展開，房檐下掛著辣椒串做裝飾，有種說不出來的北地風味。

柳玉茹裡裡外外逛了幾圈，覺得不錯，旁邊做慣了生意的芸芸見了，不由得有些擔憂道：「東家，妳賣糧的店建得這樣好，旁人見了，怕是會覺得米貴，不敢來買。」

柳玉茹聽到這話，愣了愣，她看著前面搖晃的辣椒，慢慢道：「瞧著店鋪就會覺得米貴，但會不會覺得，這是北方的米呢？」

芸芸有些不理解，「東家的意思是？」

「北方的米，總是有些不一樣的。」柳玉茹笑一笑，「不一樣的米，貴一點，也無妨才是吧？」

「東家想漲價？」

「賣胭脂，有好有壞。賣米，自然也有好有壞。」柳玉茹思索著，「咱們的米這一次運

輸的費用極其昂貴，糧食並不算多，若按照以往普通的賣糧方法，直接售賣糧食，怕是利潤微薄。」

芸芸聽著，慢慢聽出些門道來，終於道：「您是想將這次的貨提高價格，做成最優品的米，是這個意思嗎？」

柳玉茹見芸芸上道，不由得笑了，「正是。北地的米多油更香，大家這麼隨意買，不就失去了它的價值嗎？當讓它與其他米區分開來，成為東都最好的米才是。」

芸芸點點頭，竟是意會了。旁邊葉韻聽著，也明白了柳玉茹的意思。柳玉茹正打算再說，就聽宮裡的消息傳過來，說刑部的人帶著人堵在御史臺門口，不肯移交顧九思的案子。

柳玉茹聽到這個消息，認真想了想道：「等陛下去了太后，這些人自然會離開了。」

不出柳玉茹所料，當日下午，范軒去了夜央宮走了一趟，等到晚上，刑部那些人便走了，但顧九思並沒移交。

等到第二日正午，宮裡突然來了個太監。

太監人又瘦又小，頗為焦急道：「顧少夫人，勞您隨我到宮裡走一趟吧！」

太監來的時候，顧家一家正在用飯。聽到這話，江柔猛地站起來，急聲道：「可是我兒出事了？」

太監擺著手：「您放心，顧大人無礙。只是有些事，需要顧少夫人進宮處理。」

這話讓江柔放下心來，柳玉茹也鎮定下來，她擦了嘴角，站起身子，同太監道：「公公

稍等，妾身去換套衣服。」

說完柳玉茹便吩咐人去照顧太監，而後轉進房內。

她在房中換了一套正裝，便跟著這位太監入了宮，太監看上去很急，似乎是宮裡的人都在等著他們一般，柳玉茹不由得道：「公公，若不是我家郎君出了事，宮裡到底是因何事如此著急召見妾身？」

「這您也別多問了，」太監面上露出幾分悲憫，「您到了，便知道了。」

聽到這話，柳玉茹心裡沉下去。

可以確定顧九思是沒事的，但顧九思沒事，又不是好事，還要她進宮，是為著什麼？

她揣測不出來，只能穩住心神，一路進了宮裡。

太監領著她進了後宮，柳玉茹越走心裡是茫然。她不太明白，為什麼接見她的地方變成了後宮。她緊皺著眉頭，不由得道：「公公，可是走錯了？」

「沒錯，」太監立刻道：「太后和陛下一同召見您，所以是在夜央宮會見。」

太后和皇帝一同召見。

柳玉茹心裡隱隱有了一個人的名字。她緊皺著眉頭，不言語。

走了許久，終於到了夜央宮門口，她按著禮儀進屋去，尚在外間，就隔著簾子跪下去，恭敬道：「民女見過陛下，見過太后娘娘，陛下萬歲萬歲萬萬歲，太后千歲千歲千千歲。」

她展袖而後將雙掌貼在地面畫了個半圓交疊在前，恭敬道：「民女見過陛下，見過太后娘娘，陛下萬歲萬歲萬萬歲，太后千歲千歲千千歲。」

簾子內沒有聲音，許久後，裡面傳來蒼老的聲音道：「這位想必就是顧少夫人了？」

「正是。」范軒的聲音也響起來，帶著笑意，「顧少夫人是個見得大義的女子，與公主相處，想必不會有什麼芥蒂。」

聽到這話，柳玉茹愣了愣，心中驟然升起不好的預感。

這時候，范軒接著道：「雲裳公主，妳同顧少夫人說吧。」

說完，柳玉茹便聽見面前珠簾被人掀起，而後有一個女子移步到柳玉茹身前，柳玉茹跪在地上，沒有抬頭，接著就聽李雲裳道：「玉茹姐姐，日後我可能要進顧家大門，與姐姐一同侍奉顧大人，還望姐姐多多擔待。」

柳玉茹腦子「嗡」的一下，她跪在地上，沒有出聲，沒有抬頭。彷彿僵了似的，整個人都是懵的。

太后的聲音響起來，「陛下說要給我兒賜門婚事，我兒當年與顧大人有婚約，她心裡有顧大人，本宮便想著，不如成人之美，讓他們成天作之合。公主金枝玉葉，自然是做不得妾，本宮本想著讓妳做妾，但陛下說妳與顧九思乃結髮夫妻，還有功於朝廷，我兒又為妳求情，本宮才答應讓妳與我兒共為平妻。我兒年紀比妳小上幾個月，名義上雖然都是妻子，但尊卑之分，妳心裡要明瞭。」

柳玉茹不說話，太后等了片刻，接著道：「怎麼，還不謝恩，是有什麼不滿？」

柳玉茹聽到這聲詢問，慢慢緩了過來。她說不出是什麼情緒，不敢深想，只是把所有感

覺封閉，像年少時那樣，她告訴自己，她不能難過，不能悲傷，不能絕望。她要冷靜，要詢問清楚一切。

她深吸一口，抬起頭，卻是看向范軒，詢問道：「陛下，敢問我家郎君如今何在？」

這話出來，所有人都有些尷尬，范軒輕咳了一聲，隨後道：「顧愛卿如今還在偏殿歇息。這是他內院的事，妳答應了，去告訴他和顧老爺夫婦便可以了。」

柳玉茹沒說話，她靜靜看著范軒，認真道：「陛下，婚姻大事，當由當事人做主。娶公主殿下的是我家郎君，我怎能替他做決定？請陛下讓妾身詢問夫君意思，再做定奪。」

「大膽！」太后猛地一掌拍在桌上，怒道：「天子賜婚，公主下嫁，還容得他挑挑揀揀？柳玉茹，妳別給臉不要臉，也別問他允不允，本宮這就讓他休了妳再娶便是了！」

「太后，」范軒皺起眉頭，不滿道：「玉茹一個婦道人家，想著詢問自己夫君，也是常理，您別太過激動，當體諒才是。」

「本宮體諒她，她便蹬鼻子上臉，從揚州來的粗鄙婦人，配得上顧家這樣的人家？也不知道顧朗華那腦子進了什麼水，竟是娶了這麼不知規矩的婢子！」

「娘娘！」聽到這話，柳玉茹猛地提了聲音，她慢慢起身，清亮的眼定定盯著珠簾後的女人，「妾身出身清白人家，有名碟在身，雖不是大富大貴，卻也絕非太后口中的『婢子』。

妾身嫁給郎君，於危難之時不曾離棄，相扶至今。妾身未曾犯七出之條，更在顧家落難時一路扶持相隨，我不曾因貧賤嫌棄顧家，顧家如今若因富貴驅逐我，是對夫妻之情的不忠，對

恩義之理的不義。太后是要將公主，下嫁給如此不忠不義之郎君嗎？

這話問的所有人愣了愣，柳玉茹大聲道：「太后若將女兒嫁給如此不忠不義之人，是向天下人說，哪怕不忠不仁不義，也並非不可，是嗎？」

「這自然不是，」無論是前朝還是大夏，品性都是一個官員最重要的考核。哪怕是太后，也不敢在此刻反駁柳玉茹的話，她僵著臉，尷尬道：「所以本宮讓妳當著平妻，男人三妻四妾本屬常事，妳莫因善妒阻攔。」

「妾身不攔，」柳玉茹神色平靜，「只是此事當由我夫君本人做主，妾身不敢裁定。」

「少夫人說得也是，」這時候，李雲裳出聲，轉頭同太后道：「便讓少夫人去問問顧大人吧，顧大人若是不願，也莫要強人所難。」

「他敢？」太后冷笑，轉頭看向范軒，「這可是陛下賜旨，他總不能抗旨不尊吧？」

范軒僵了僵，輕咳一聲，同柳玉茹道：「妳去勸勸他，要當戶部尚書的人了，該懂點事。」

柳玉茹聽到「戶部尚書」四個字，神色動了動，她什麼都沒說，起身由太監領著到了偏殿。

顧九思正在偏殿看書，他盤腿坐在榻上，懶洋洋靠著窗戶，面前放了一盤花生，他嗑著花生，看上去十分悠閒。

柳玉茹走進去，他轉頭看過來，不由得愣了愣。片刻後，急忙從床上跳下來，驚訝道：

「妳怎麼來了?」

柳玉茹沒說話,靜靜看著他,顧九思直覺不好,趕緊走到她面前,拉住她的手道:「怎麼了?可是出了什麼事?受了什麼委屈?」

柳玉茹靜靜注視著他。

他是真的不知道發生了什麼,甚至還在問,她是不是進宮來接他的。

她看著他這樣意氣風發的樣子,突然有些明白李雲裳的意思。

范軒要嫁李雲裳,以李雲裳和親做為要脅,逼著太后同意把顧九思的案子移交。而太后必然是同意了,所以他們達成協議,讓顧九思當戶部尚書,而李雲裳則提出在這時候嫁給顧九思,以此作為案子移交的附加條件。這不算什麼大事,范軒便答應了。可李雲裳當是料定顧九思不會答應的,顧九思一旦拒絕,就是拒婚,他剛得到范軒信任,就這樣打范軒的臉,范軒便會認為顧九思不好掌控,顧九思在君王心中的仕途,或許也止步於此了。

柳玉茹想明白李雲裳的話,看著面前的顧九思,覺得有什麼哽在心口,張了張口,什麼都說不出來。

顧九思知道她是有話說不出口,沉默片刻後,抬起手,將柳玉茹攬進懷中。

「我知道妳必然是受了委屈,」顧九思低聲道:「可是不管受了什麼委屈,都別多想,都要信我,我能解決所有事,妳別擔心,也別害怕,嗯?」

這樣溫柔的聲音,讓柳玉茹忍不住抓緊顧九思的袖子。

「你別這樣好……」柳玉茹聲音裡帶了沙啞。

我會戒不掉。

她暗暗想。

這樣好的男人，這樣好的夫君，若是未曾遇見也就罷了，遇見了，心澈澈底底給了，再要捨棄，是剜心之痛苦不堪言。

顧九思聽著她的話，更是抱緊了幾分，「我偏要對妳這樣好。對妳這樣好，妳便捨不得我，不會丟下我了。」

這話出來，柳玉茹眼淚奔湧而出，顧九思慌了神，忙道：「這是怎麼了？妳別哭啊。」

柳玉茹低下頭，抬手擦了袖子，她抽噎著，小聲道：「顧九思，你怎的這樣壞？」

顧九思不知柳玉茹為何這樣說，只能一面替她擦著眼淚，一面哄著她道：「怎的了，可是誰有氣讓妳受了？」

柳玉茹低著頭落著淚，低啞著聲，小聲道：「陛下打算讓你當戶部尚書，讓我來同你說一聲。」

顧九思聽著這話，愣了片刻。直接讓他當戶部尚書，他是全然沒想到的，但也很快接受了，忙道：「這是喜事，妳怎麼哭了？」

「顧九思。」柳玉茹低啞著聲音，小聲道：「要是、要是有人喜歡我，想同我成親，要你同我和離，你會怎麼辦？」

「我砍了他！」顧九思一聽這話就急了，著急道：「可是誰欺負妳了？」

「要是你砍不掉呢？」

顧九思聽到這話愣了，他感知到了什麼，握著柳玉茹的手，想了很久，慢慢道：「我不知妳問這個是什麼意思。可是玉茹，若妳喜歡那人，那也就罷了。可若妳不喜歡那人，除非我死了，」他抬眼，靜靜看著柳玉茹，認真道：「不然我不會讓任何人這樣逼妳。」

柳玉茹看著他，聽著他的話，含著淚的眼忍不住彎了，她注視著他，他的表情那麼認真，沒帶半分虛假。

「那麼，」她聲音裡帶著幾分鄭重，「你喜歡我嗎？」

「喜歡。」他答得毫不猶豫。

「只喜歡我？」

「只喜歡妳。」

「今生今世，」她拉著他的手，低聲道：「若只和我一個人在一起，遺憾嗎？」

「不遺憾，」顧九思笑起來，「我高興得很，幸福得很。」

柳玉茹的眼淚落在他的手掌心，灼得他愣了愣。柳玉茹抬起頭朝他笑了笑，擦著眼淚道：「我知曉了，我回去了，一會兒來接你。」

說著，柳玉茹放開他的手，轉身走了出去。顧九思站在屋裡，皺起眉頭，認真想著柳玉茹的話。

——「陛下打算讓你當戶部尚書……」

——「要是有人喜歡我，想同我成親，要你同我和離，你會怎麼辦？」

顧九思猛地反應過來，詢問旁邊的太監：「太后和陛下談事，雲裳公主刻在？」

「在的。」太監恭敬道：「公主已經來了兩個時辰了。」

「糟！」聽到這話，顧九思猛地拍了自己的頭一下，隨後同太監道：「你快幫我通稟陛下，我要見他！」

通稟陛下。」

「休息什麼！」顧九思頓時火了，「他們把我娘子關在旁邊欺負，還讓我休息什麼！你去通稟陛下。」

「陛下說了，」太監認認真真道：「未經召見，顧大人還是好好休息。」

「你是不是確定不去？」顧九思捏了拳頭。

太監板著臉，「陛下說……」

「我去你娘的！」顧九思一拳砸翻了太監，怒道：「給老子讓開！」

說著，顧九思就往未央宮的正殿衝去，太監捂著臉，大吼道：「來人，攔住他！」

顧九思在院子裡打成一團，柳玉茹擦了眼淚，深吸一口氣，回到正殿。

太后和范軒還在聊天，見柳玉茹進來，范軒喝了口茶道：「他怎麼說？」

「能怎麼說？」太后笑著道：「顧大人是懂事的人，自然是答應了。」

柳玉茹沒說話，她恭敬叩首，隨後道：「陛下恕罪。」

這話一出，在場所有人沉默下來，范軒轉頭看向柳玉茹，神色平靜，「他不願意？」

「郎君願意。」

范軒舒了一口氣，笑起來道：「那……」

「但妾身不願意！」柳玉茹提了聲音。

這話讓所有人懵了，范軒過了好久才反應過來，不可思議道：「顧柳氏，妳說什麼？」

「妾身說，」柳玉茹答得鏗鏘有力，「讓顧九思娶公主、或者娶任何女人，無論是娶妻還是納妾，妾身都不願意！」

「荒唐！」范軒澈底火了，站起來怒道：「怎麼會有妳這麼善妒的女子！娶了公主，那是對他好，妳怎麼會愚昧至此！」

「妾身知道是對他好。」柳玉茹神色平靜，「公主乃金枝玉葉，有太后照拂，能成為駙馬，是九思的福氣，日後九思在官場之上，也會一路順遂。可妾身就是不願意。這是妾身的丈夫，妾身愛的人，妾身心中有他，便希望他的心裡、他的身邊，永永遠遠，只有妾身一個人。」

「妳放肆！」范軒澈底怒了。

他可以容忍顧九思犯傻，那是顧九思有情有義，可他不能容忍柳玉茹犯傻，這是無知婦人。

「柳玉茹啊柳玉茹，」范軒站起來，在房間裡來來往往的走，氣著道：「我原來還想著妳是個聰明人，想著妳日後該是顧九思的一大助力，沒想到妳怎麼愚蠢到這樣的程度？簡直愚蠢至極！妳身為顧九思正室，本就要為他著想，替他開枝散葉，妳善妒至此，對得起顧家嗎？」

「陛下，我心中有他，若他身邊還有他人，妾身怕是日夜不寧。」

「那也將就著過！」范軒大吼：「哪個女人不是這麼過來的？」

柳玉茹苦笑，這些話像極了以前她母親說過的。

「陛下，」柳玉茹叩首彎腰，「玉茹的感情，容不得將就。陛下若執意要讓公主下嫁，便請賜玉茹一死。」

這話讓所有人驚了，范軒說話結巴了，「妳……妳要朕賜死妳做什麼？」

「陛下，」柳玉茹聲音冷靜，「玉茹自問不是一個好妻子，容不得九思身邊有第二人，但也不願陛下和九思為難。若陛下一定要賜婚，那就先賜妾身一死，容不得九思身邊有第二人，妾身只能以牌位迎接他人入門。」

「冥頑不化！」

「陛下！」這時候，外面傳來太監急促的聲音，他著急跑到門口道：「陛下，顧大人、顧大人他打過來了！」

「打過來了？」范軒滿臉震驚，「什麼叫打過來了？」

話沒說完，外面就傳來鬧哄哄的聲音，混雜著顧九思的大喊之聲：「陛下！陛下，我不娶！我誰都不娶！」

「陛下，」顧九思推攘著擋著他侍衛，大吼道：「我不當官了，我辭官回去！您將我貶了吧，我要帶我娘子回去！」

「玉茹！玉茹！」顧九思的聲音傳來，大吼著……

「混帳！」太后拍案而起，怒道：「妳出來！我帶妳走！」

「將御林軍叫過來，在內宮門前大吼大叫，這是什麼規矩！給我拖下去打！」

侍衛得命，趕緊衝了出去。

而顧九思就在外面，被侍衛團團圍住，拖著他就要離開。他在門口和侍衛廝打起來，拳腳功夫好，但侍衛源源不斷湧來，雙方僵持在夜央宮門口。

太后氣得面色發白，柳玉茹卻是低著頭，抿起唇，忍不住揚起笑容。

范軒聽著外面顧九思的喊話，看著面前柳玉茹堅定的模樣。許久後，他終於道：「顧柳氏，妳可是真的寧死都不與公主共侍愛卿？」

「是。」柳玉茹神色堅定。范軒沉默了一會兒，聽著外面的打鬧聲，終於道：「鳳祥，去倒一杯毒酒來。」

「是。」張鳳祥低頭應是，便去了外面，過了一會兒，端了一杯毒酒回來。

柳玉茹神色動了動，但仍舊沒有說話。

顧九思見張鳳祥托著酒杯，頓時瘋了一般朝著夜央宮正殿撲過去，怒吼道：「你們做什麼！」

沒有人應答他，顧九思頓時慌起來。

他太清楚在內宮一杯酒是什麼意思，他已經推測出裡面發生了什麼，正是知道，他才心寒。

他被人一拳砸到地上，反應過來，想要翻身起來，但許多人壓了上來，他拚了命想要往前衝，怒道：「柳玉茹，妳別給我幹傻事！」

「妳出來！」

「陛下。」顧九思大聲道：「這是太后想要離間你我君臣啊！您別糊塗！您放了玉茹！」

顧九思在外面瘋狂撕喊，柳玉茹看著張鳳祥把毒酒端了過來。范軒看著柳玉茹，認真道：「玉茹，酒在這裡，若妳真的寧死不願，那朕也不為難妳。妳去了，朕也不逼他，他為妳守喪三年，日後娶或不娶，都是他的意思。」

「三年後，他或許就忘了妳。顧家少夫人的位子或許會有其他人做。他馬上就要當戶部尚書，玉茹。」范軒聲音有些沙啞，「不值得的。」

柳玉茹笑了笑，轉頭看向殿外，卻是道：「陛下，這毒酒毒發至死有多長時間？」

「一炷香的時間。」

「會很疼嗎？」

「話。」

「陛下，記得您答應的，」柳玉茹喘息著，整個人都在抖，急促道：「我想同他多說說

聽到這話，柳玉茹閉上眼睛，拿了杯子，把酒一飲而盡，而後將酒杯砸在地上。

說著，他看著柳玉茹固執的表情，嘆了口氣，終於道：「罷了，日後也沒什麼好為難。」

妳說一生，那便是一生吧。」

為難了。」

范軒聽著這話，不由得笑了，「妳可真是個生意人，朕只說不為難這一次，妳就說一生不

思的婚事了，是嗎？」

她看著范軒，最後一次確認：「陛下，妾身喝了這杯毒酒，您這一生，都不會再為難顧九

人總得保護什麼，為此不惜代價。她突然生出了無盡勇氣。她得賭這一次。

他說除非他死，才會讓她改嫁，她其實很怕，怕極了，可是想到顧九思，想到顧九思清明的眼，想到

她的手微微顫抖，伸出手拿起杯子。

柳玉茹說著，伸出手拿起杯子。

「那妾身放心了。」

「不醜。」

「死後會很醜嗎？」

「不疼。」

說完，她竟是不願再多說一句，朝著殿外猛地衝出去，推開了大殿的門，然後看見被壓

在人堆裡的顧九思。

他臉上掛著彩，身上的衣服早已破破爛爛，許多人壓著他，他像一條被蟲子撕咬的孤

龍，憤怒又無助。

在大門開的瞬間，所有人愣住了，柳玉茹站在門口，笑著看著他。

顧九思看見她，最先反應過來，在所有人還沒反應過來時，猛地一掙，就朝著她衝了過

去。

他身上到處是傷，喘息著停在她面前。

夕陽在他身後，映照著漫天彩霞，柳玉茹伸出手，緊緊抱住了他。

她覺得腿軟，不知道是不是毒藥的效果，她靠在顧九思胸口，聽著他的心跳，低聲道：

「九思，我這個人，霸道得很。」

顧九思哽咽著沒有說話，柳玉茹靠著他，閉著眼道：「誰想嫁給你，也得踏著我的命過

去。」

顧九思聽到這話，身子微微顫抖。

「傻姑娘……」他落下眼淚，猛地抱緊了她，「傻姑娘。」

柳玉茹聽到這話，在他懷裡輕輕笑起來。

她想起自己小時候，想要樹上一朵花，許多孩子都想要，她一個小姑娘和人打得頭破血

流，咬牙搶到那朵花。

這麼多年了，她的性子始終沒有變過。她要的東西，拚了命，她也要。

「九思，」她覺得有些疲憊，說不出的睏意浮現上來，她低喃道：「揹我回家。」

「好。」顧九思沙啞出聲。將她翻身揹到身上，抬眼看著無盡宮城。

天邊彩霞美不勝收，他身著白衣，散著頭髮，身上傷痕累累，走路一瘸一拐。

而柳玉茹在他背上，她閉著眼睛，似乎是睡著了。顧九思揹著她，咬牙忍著腳上的劇

痛，一步一步往外走去。

所有人注視著他們，不敢阻攔，柳玉茹的神智有些糊塗了，她覺得睏，又怕睡過去，她

知道這次睡過去，或許就再也見不到顧九思了。

她趴在顧九思背上，抱著顧九思，神志不清地問……「九思，我是不是很喜歡你？」

「是啊，」顧九思眼眶發酸，「喜歡得命都不要了。」

「柳玉茹，」顧九思吸了吸鼻子，「妳少喜歡我一點，好不好？」

柳玉茹聽著，不由得笑了。

「沒辦法了，」她低喃，「下輩子吧。」

「下輩子，我少喜歡你一點。」

顧九思揹著柳玉茹走出宮，很短的一截路，他卻覺得特別漫長。

他起初還是用走的，而後便跑起來，最後再也不顧儀態，一路狂奔著衝了出去。等衝出

去後，他看見等在門外的顧府馬車，跳上馬車，同車夫急促道：「走！」

柳玉茹此刻已經睡了過去，顧九思坐在馬車裡，冷了神色，他抓著柳玉茹的手微微顫抖，抿緊了唇一言不發。他握著她的手，感受她的體溫，將她的手放到唇下，輕輕印在上面。

他眼中風起雲湧，卻呈現出一種難以言說的克制。

而內宮之中，太后看著范軒，不敢置信道：「陛下，您就讓他這麼走了？」

范軒喝著茶，不言語。太后猛地提了聲：「陛下，您就讓這亂臣賊子這麼走了？他不顧聖令在內宮前大吼大叫，甚至對禁軍動武，這是什麼？這是犯上！是謀逆！陛下就這麼不管不問？」

「太后，」范軒拖長了聲音，吹著茶杯道：「顧愛卿年輕，性子魯莽，也不是什麼大事，我會罰他的，您別操心了。」

太后聽著范軒的話，慢慢冷靜下來。旁邊李雲裳察覺范軒態度的轉變，忙道：「陛下也累了，母后，讓陛下先回去歇息吧。」

太后沒說話，她在李雲裳的調和中緩下來，慢慢坐下來，冷淡道：「陛下讓他這麼大鬧宮廷，又大搖大擺走出去，如今他還是疑犯之身，讓朝中其他官員看到了，不妥吧？」

「太后說得是。」范軒點著頭道：「我這就讓人把他追回來。」

太后哽了哽，她要的是把顧九思追回來嗎？她要的是治這個冒犯了她的罪！

以這樣的方式當庭拒了李雲裳的婚，這讓李雲裳的臉往哪擱？

李雲裳是她最疼愛的女兒，如今婚事這樣憋屈，太后心裡始終有個結在。

但太后看著范軒的臉色，也不敢太過，她心裡很清楚，范軒需要她穩定朝中舊貴族的勢

力。當初攻下東都，就是在這些舊貴族應外合之下才如此輕易入城。如今大夏各郡縣安

定，也是因為這些舊貴族衣食無憂。范軒是在她的許可和合作下，才登上的皇位，才能如

此順利的從前朝過度到新朝，所以范軒顧忌她、尊敬她。

可她畢竟只是前朝的太后，凡事不能做得太過。

范軒話說到這份上，太后不能再催，只是道：「當好好罰罰，畢竟還是太年輕了。」

范軒點點頭，想了想，卻道：「您也看見了，顧少夫人是寧死都不願意成這門婚事的。

他們兩人夫妻情深，公主下嫁過去，也不會幸福，朕想著，還是換一個人吧。」

話題一繞，又回到了李雲裳的婚事上來。

李雲裳暗自捏著起拳頭，太后沉了臉色，許久後，慢慢道：「雲裳是本宮如今唯一的孩

子……」

「也是如今大夏唯一的公主。」范軒平靜開口：「北梁使者很快就要到東都了，不是朕

不為雲裳公主著想，只是若北梁使者到了，公主還未出嫁，他們開口要求和親，朕也沒有辦

法。」

「畢竟，」范軒抬眼看向李雲裳，「大夏需要安定，公主說可是？」

李雲裳和太后不說話，范軒低頭喝茶，淡道：「顧大人不行，朕想了想，左相張鈺的大兒子張雀之尚無正室，他年僅二十四歲，任工部侍郎，也算青年才俊，就他怎麼樣？」

「這怎麼可以？」

太后面露震驚，誰都知道，張雀之原來是有妻子的，她妻子的父親原是欽天監的人，四年前，前朝太子冊立前的占卜由他主持，結果卻占出不吉之相。太子懷恨在心，藉後來水患一事發難，說張雀之父之父將水患占卜結果瞞而不報，以致災禍，導致張雀之岳父被判斬首，張雀之妻子為父伸冤當街攔下太子的轎攆告御狀，卻被太子當做刺客射殺。

張雀之原本是東都官吏，就是因此，在自己夫人死後，自求貶官，去了幽州，在自己父親手下做事。

如今改朝換代，當年的小吏成了丞相公子，可是張雀之對皇室之恨，卻是難以洗盡的。

而當年的太子，正是李雲裳的親生哥哥。

李雲裳白了臉，抬起眼看向范軒，顫了顫唇。

她想說什麼，可終究什麼都沒說。

她知道范軒是故意的。

太后和李雲裳，是舊貴族的風向標、他們的軍旗，軍旗不倒，這些人就永遠凝在一起，而范軒要的，就是讓軍旗倒下去。

五千親兵入城，加上原來的守軍，如今的東都，幾乎全是范軒的人。

「陛下，」李雲裳靜靜看著范軒，「您確定，當真要如此嗎？」

范軒聽到這話，輕輕笑了。

「殿下，」范軒放下茶杯，站起身道：「朕是天子。」

說著，他冷下聲：「君無戲言。」

李雲裳和太后沒說話，范軒果斷轉身，冷著聲道：「劉春一案移交御史臺，由御史臺澈查，雲裳公主賜婚於張大公子，十日內完婚。否則十日後，公主怕只能去北梁了。」

說完之後，范軒走出大門。張鳳祥跟在范軒身後，小聲道：「陛下不是說，多少要給太后一分面子嗎？您將公主嫁給張大公子，怕是……」

「朕給她們面子，」范軒淡道：「她們給朕了嗎？」

張鳳祥笑笑，明瞭了范軒的意思，不說話了。

顧九思抱著柳玉茹進了顧府，一進門，便往臥室奔去，趕緊叫了大夫過來。

葉世安、周燁、沈明追著進來，忙道：「怎麼樣了？」

顧九思沒說話，大夫走進來，替柳玉茹把了脈，認真診了片刻後才道：「夫人只是服用了一些安眠養神的藥，沒什麼大礙，睡一覺就好了。」

聽到這話，顧九思舒了口氣，心裡的石頭總算放下了。

雖然他早已猜出來，范軒是不太可能真的給柳玉茹喝毒酒，可是哪怕只有那麼一點點可能性，他心裡也害怕，如今聽到確認沒事，這才放下心來。

旁邊三個人看顧九思緩過來，周燁才道：「去換件衣服吧。」

顧九思抹了把臉，點了點頭，起身去了內間。

早上見范軒的時候，他已經洗過一次澡，如今只是換了套衣服，重新束冠，而後走了出去。

幾個人站在門口等著他，顧九思再問了一次柳玉茹的情況，得知她還要再睡一陣子後，便領著周燁等人到了外間細談。

「聽說明日你這個案子，就會移交到叔父這邊，只要移過來，便好辦了。」

葉世安聽顧九思把宮裡的情況說了說，同顧九思道：「你今日來陛下不說話，大家也應當明白陛下的意思了。」

「這件事解決，」周燁臉上露出笑容，「我也好離開東都赴任了。」

聽到這話，大家愣了愣，顧九思下意識道：「周大哥要走？」

「早該走了。」周燁有些無奈，「只是我捨不下婉清，所以就多陪著她。接著遇上你這事，又耽擱下來。」

「嫂子不跟著一起走嗎？」沈明有些疑惑。

周燁搖了搖頭，沈明看向旁邊的顧九思，顧九思解釋道：「如今新朝撤了節度使這個職位，周大哥去當的幽州留守便相當於節度使了。幽州臨著邊境，有大軍駐紮，周大哥相當於

是文官又是武將，這種駐紮邊境手握重兵的武將家屬是不能出東都的。」

周燁面上臉色有些不大好看了。

「這是把嫂子當人質？」沈明下意識開口。

葉世安瞪了沈明一眼，沈明趕忙道：「周大哥，我不懂事，您別介意。」

「你說得也沒錯。」周燁笑了笑，「的確就是人質，怕我們有什麼變故。」

「周大哥你放心，我們都在東都，會好好照顧嫂子的。」顧九思安慰。

周燁搖了搖頭，笑道：「照顧好你們自個兒就行了，倒是你，九思，這一次你出主意讓陛下把雲裳公主嫁了，太后怕是要記恨死你了。」

顧九思苦笑：「那也是沒有辦法的事。」說著，他倒了茶，聲音平淡，「陛下和太后早晚是要對上的，雲裳公主是太后手中一張牌，她嫁給誰，誰就是舊貴族日後的未來。」

「我聽說她是想嫁給你的。」沈明趕緊開口，這話嚇得顧九思一個哆嗦，趕忙道：「你別瞎說啊，話傳到玉茹耳朵裡，我打斷你的腿。」

「你就說說嘛，」沈明好奇道：「是不是真的有這事？」

顧九思沒想到沈明這樣八卦，有些無奈地嘆了口氣點了點頭。

「你說她看上你哪兒了？」沈明摸著下巴，「難道是看上你長得帥？」

「看上他舅舅。」葉世安見沈明不開竅，提醒道：「以前他舅舅和太后關係可好著呢，兩人本就有婚約。如今雲裳公主身分尷尬，舊

我聽說當初他舅舅是要抓他來東都尚公主的，

貴族陛下不准嫁，除非她等到舊貴族重新崛起那一天，所以就剩下一些陛下的人可以選。而陛下的人裡，顧九思有江河牽線搭橋，太后和公主對他更能信任。再加上他有能力，長得又俊俏，明眼人都看得出陛下對他未來的期許，可謂青年才俊前途無量，雲裳公主看上了，也屬正常。」

「以前沒吵架李雲裳要嫁給九哥我明白，現在還要嫁，還搞這一齣毒酒什麼的，」沈明朝著柳玉茹的方向努了努下巴，「這又是為什麼？」

「她算准了我會拒婚，」顧九思淡道：「我拒了婚，陛下心裡對我必然有所不滿。她死到臨頭，還要拖個墊背的。而毒酒這事，便是陛下幹的了。玉茹毒酒都喝了，誰也不能勉強，說起來不好聽。」

「還好是假酒，」葉世安嘆了口氣，「你們膽子也太大了。」

「是她膽子大。」顧九思苦笑，「不是我。」

正說著，外面傳來太監的聲音道：「顧大人，少夫人看也看過了，陛下說，您還是先回去，等著御史臺替您沉冤得雪，再來照顧顧少夫人不遲。」

聽到這話，顧九思和旁人互看了一眼，有些無奈。

他讓人招呼太監，自己起身進了屋裡。柳玉茹還在睡著，他坐在窗邊，靜靜打量著柳玉茹。

「我這就回去了。」顧九思柔聲開口，怕吵著她，「妳別太掛念，過兩日就回來了。妳

要好好吃飯，好好睡覺。太后和公主那邊妳別擔心。」

說著，他抬手放在柳玉茹臉上：「她們欺負妳的，我會讓她們一點一點還回來。」

第二章 戶部尚書

柳玉茹一覺睡醒，已經是第二日。

她感覺許久沒有這麼睡過，打從顧九思入獄以來，她一直睡不好覺，這麼昏昏沉沉睡了一覺，居然覺得神清氣爽。

她在床上緩了片刻，然後猛地坐了起來，大聲道：「九思！」

說著，她慌慌張張穿鞋，外面印紅聽見聲音，趕緊進來，忙道：「夫人，妳這是著急什麼？」

「郎君呢？」柳玉茹著急道：「他可還好。」

「姑爺沒事，」印紅放下水盆，將柳玉茹重新按坐下來，安撫道：「姑爺送您回來的，陛下又讓他回去了，姑爺說，讓您別擔心，不出三日，他就回來了。」

「他身上的傷可叫大夫看過了？」柳玉茹漸漸緩了過來。

印紅從旁邊端了水盆，伺候她梳洗，回答道：「走的時候看過了，沒多大事，葉公子親自送姑爺到刑部，走時候還帶了許多藥，不會有事的。」

柳玉茹聽著，從旁邊接了水，漱了口，總算鎮定下來。

她這時候終於感覺到餓，肚子咕嚕嚕響了起來。印紅聽見了，抿唇笑了笑，「夫人睡了一日，必然是餓了。奴婢讓人煮了粥，這就送過來。」

柳玉茹有些不好意思，應了一聲，起身洗了臉，又梳了頭髮，便坐下來開始吃東西。

她一面吃，一面細細問著這一日發生了什麼，印紅稟報完之後，外面傳來了通報的聲音……

「夫人，芸掌櫃和葉姑娘來了。」

柳玉茹聽了，讓她們進來，葉韻和芸芸抱著帳本一起進了屋，柳玉茹忙站起來，「這麼早就來了，吃過了嗎？」

芸芸給柳玉茹行了禮，葉韻笑了笑，柳玉茹招呼她們坐下來，她們將帳本放在桌上，葉韻笑著道：「來了一些時辰，聽說妳還睡著，便先吃了東西。本想妳還要睡一陣子打算走了，結果妳卻醒了，倒醒得很是時候。」

說著，葉韻瞧了她一眼，似笑非笑道：「妳昨個兒的壯舉我可聽說了，以前妳小時候不還常同我說什麼我心思要寬些，學著當個當家主母給郎君納妾什麼的……如今怎麼不見妳心思寬些了？」

柳玉茹聽到葉韻嘲笑，有些不好意思，瞪了她一眼，隨後道：「不說這些，可是來說正事的？」

「喔對，」葉韻點點頭，「芸芸先說吧。」

「奴這兒也沒什麼好說的，」芸芸笑了笑，將帳目放到柳玉茹面前，「這是近日來花容的帳目，還有即將推出的新品的安排，拿來給您看看。」

柳玉茹應了一聲，拿過帳目來看，如今花容走上正軌，芸芸打理起來也越來越老道，柳玉茹除每隔一段時間的查帳以及重大事件以外，已經不太插手花容的業務。

花容畢竟只是一個胭脂鋪，雖然如今已經在各地聯絡著試著營業起來，但本質上來說，始終只是賣胭脂鋪，上限放在那裡。

如果放在以往，柳玉茹也就滿意了，可是經歷了李雲裳這件事，柳玉茹覺著，自己的心彷彿被強行拓寬，讓她清楚地認知到，自己是個怎樣的人，而這世界又是怎樣的世界。

李雲裳許多話像刀一樣扎在她心上。

和李雲裳這樣生長在東都的名貴女子比起來，她的確出身卑微，也的確幫不了顧九思什麼。若是放在早前，她本也打算依附於自己的丈夫，那便罷了。若換做那時候，李雲裳要嫁進來，她或許是高興的，這樣對於顧九思來說是一大助力，她做為顧九思的正妻，自然要為顧九思著想。

可如今卻是不同了，她心裡生了貪戀，她想要那人完完全全獨屬於她。她剝奪了這個男人三妻四妾的權利，自然不能再想著依附他。

愛一個人奇怪的很。不僅會讓人不去計較得失，還會讓人莫名勇敢起來，想著要為了這份感情，搏一搏，闖一闖。

她想有錢。

想很有錢很有錢，有錢到富可敵國，有錢到甚至不需要開口，就沒有人敢把主意打到顧九思身上。有錢到范軒想要給顧九思賜婚，也要想想她柳玉茹高不高興。

所有的地位和臉面都要靠自己掙。

要拿命去賭去搏自己的丈夫，根本上不過是因為別人看重的是她的丈夫，而不是她。

柳玉茹心裡明白，所以看著花容的帳本和新的提案，點點頭，給新品提案多加了幾條建議後，便放手讓芸芸去做。

要賺錢，最快的方式從來不是自己開店，然後賺多少錢，那樣的錢根據你的精力始終有上限。最快的方式，永遠是錢滾錢。她出錢，別人出力，然後分取收益。她不需要事事都自己去搞，只需要判斷把錢給什麼地方。

開花容之前她沒錢，沒辦法滾。如今她有炒糧時賺到那筆錢以及花容的收益，她也有能力開始走錢滾錢這條路。

和芸芸商議完花容，柳玉茹轉頭看向葉韻。

葉韻從小按大小姐身分培養長大，一直在她父兄身邊耳濡目染，雖然沒有太多經商經驗，但是眼界能力卻是比芸芸高上許多的。她如今無事，就一直在柳玉茹身邊幫忙，最近柳玉茹忙在顧九思的事情上，糧食又到了東都，就是由她一手處理這些糧食。

「糧食都裝點好了，我算好了成本，一般東都的米一斗需要十文，咱們這次的米，成本

是八文，如果只是十文的話，我們一斗米就只盈利兩文了。」

柳玉茹應了一聲，葉韻小心翼翼道：「我們也把價格定在十文？」

柳玉茹沉默著想了想，片刻後搖頭道：「不，我們要定高一些。」

「可我們是新糧商，來之後就高價，怕是……」

「先別賣。」柳玉茹斷道：「東都達官貴人多，咱們的米好，這一波米不需要盯著百姓賣，先在東都打出名頭來。如今東都的米大多都是十文一斗，咱們就賣十五甚至二十文，而且每日要限量賣，賣完就沒有。」

葉韻聽愣了，柳玉茹一面想一面道：「妳先叫一批人來商量一下，總結一下咱們這個米好在哪裡，給咱們的米取一個名字，這個名字一定要取好，要讓人一聽就覺得，這米一定很香很好吃，不要太庸俗，要上得了檯面。妳再召集人，把這米精挑細選，不能有沙子，要顆顆飽滿，粒粒整齊，從店員到裝米的布斗，每一個細節都要做好，挑出來不好的米運到各地去開粥棚賑災，打出好名聲。妳把米本身做好了，再編個故事來歷，到處宣傳一下。最好再送到宮裡，得個聖上題字、大師作詩，成為專門的貢糧，這就再好不過了。」

「這樣下來，價格怕是就貴了。」葉韻有些擔憂道：「妳確定要這樣？」

柳玉茹想想，片刻後，她道：「韻兒，妳仔細想想，人分成有錢人和沒錢，有錢人想吃好用好，沒錢的人就想要便宜，不同的人要的東西不一樣，妳一味想著價格便宜，就一定能賺錢嗎？」

葉韻沒說話，靜靜想著，柳玉茹繼續道：「這件事，我也不插手交給妳做，就當給妳練個手，妳以後就是糧店的店長，我每個月開給妳三十兩酬勞加四成分紅。妳當了店長，如果不願意也可以選一個人來繼續妳的事，想做什麼，可以再來找我，我出錢，妳出力，怎麼樣？」

葉韻聽得懵懵的，柳玉茹抬手握住她的手，認真道：「我瞧得出來妳不想嫁人，若是不想嫁人，何不妨有一番自己的天地？」

聽到這話，葉韻不由得笑了。

「妳倒是說到我心坎上了，」她嘆了口氣，「其實我是不知道未來的日子怎麼過，如今日日跟著妳，就覺得天天賺著錢也很高興。能這樣過一輩子，也是很好的。妳若是信我，那糧店就交給我，我一定好好幹，妳看如何？」

「我怎麼會不信妳？」柳玉茹抿唇笑起來，「我們葉大小姐，打小做什麼都做得頂頂好。」

葉韻聽出柳玉茹言語裡的嘲笑，抬手用扇子推了她。

兩人商議了一會兒，葉韻便走了出去。葉韻剛出門，就看見沈明蹦蹦跳跳過來，沈明看見葉韻，頓時高興起來，「喲，葉大小姐也來了。」

葉韻向來不待見沈明，她嘲諷一笑：「多大的人了，像個猴子似的，官服上的褶子都沒熨平就敢穿上朝，也不怕人笑話。」

沈明聽到這話，頓時氣不打一處來，不高興道：「妳怕我被笑話，那妳來替我熨。」

葉韻「呵」了一聲，理都不理沈明，抱著帳本走了。沈明被這無聲的嘲弄深深刺傷了心，他朝著葉韻的背影怒吼：「葉韻妳別給我囂張！記不記得是誰把妳從揚州救回來的！妳這個忘恩負義的小人！女子難養、小人難養，妳是難養中的難養！」

「沈明，」柳玉茹在裡面聽著，笑著走了出來，「這是在鬧什麼呢？」

沈明聽見柳玉茹的聲音，察覺自己的行為有些幼稚，他輕咳一聲，有些不好意思道：

「嫂子。」

柳玉茹壓著笑意，葉世安和周燁說著話進了小院，柳玉茹見著了，便道：「都下朝回來了，正廳說話吧？」

說完之後，柳玉茹便同他們一起去了正廳，下人給幾個人上了茶，柳玉茹慢慢道：「九思可還好？」

「放心吧。」葉世安道：「今日案子已經移到了御史臺，走了過場，人就出來了。」

「那劉春的案子呢？」柳玉茹好奇地問。

葉世安抿了口茶：「這就看，陛下想查不想查，打算如何查了。」

一行人商量著話的時候，顧九思跟在太監身後進了御書房。

御書房內，范軒正和周高朗下著棋，左相張鈺、吏部尚書曹文昌、御史大夫葉青文等人

站在一旁，可以說，范軒嫡系中的核心人物幾乎都站在了這裡。

御書房內不超過十人，卻已是整個大夏權力核心中的核心。顧九思稍微愣了愣，迅速跪了下去，恭敬道：「見過陛下，陛下萬歲萬歲萬萬歲。」

范軒沒有理會顧九思，和周高朗繼續下著棋，房間裡迴盪著落棋的聲音，顧九思跪俯在地上，一言不發。

片刻後，周高朗抬起頭，笑了笑道：「倒是個沉得住氣的。」

范軒也抬起眼，笑著同顧九思道：「起來吧。」

顧九思恭敬叩首，站起身。范軒平靜道：「今日叫大家來，一來是同大家私下說一聲，老陸走了，日後就由九思頂了他的位子，你們心裡清楚。到時候誰來舉薦，自己商議。」

「微臣明白。」張鈺恭敬道，旁人悄悄打量著顧九思。

這個年輕人，早在幽州就已經讓人側目，政績斐然。但是誰也沒想到會升得這樣快，一年不到，從八品縣令直升正三品戶部尚書。這樣的升遷速度，簡直是古往今來，前所未有。

顧九思心裡滿是疑惑，但他不敢多問，只能再一次謝恩。

范軒擺擺手，隨後道：「你們都是朕心裡最放心的人，也不需要這些虛禮，叫你們過來，還是想問問你們，劉春的案子，你們覺得怎麼辦？」

劉春這個案子怎麼辦？

在場所有人聽著這句話都明白，問的根本不是劉春的案子，而是要不要拿劉春這個案子

辦人。

所有人對視一眼，范軒輕笑了聲：「你們這些老狐狸。」

說著，他抬眼看向顧九思，「老狐狸都不肯說話，小狐狸，那你說，這案子，辦不辦？」

「陛下，還是聽聽各位大人的，」顧九思忙道：「微臣資歷淺薄，許多話說不好，怕讓各位大人笑話。」

「這有什麼？」周高朗笑著道：「我說話，還常被他們笑話呢。」

這話一說，所有人都笑起來，葉青文看著顧九思，叮囑小輩一般，溫和道：「九思，我們都是被笑話過來的，你莫擔心，大膽說就是。」

顧九思聽到這話，感激地看了葉青文一眼，明白這是葉青文在向所有人表明和他之間的親暱。

顧九思恭敬道：「那微臣就說了。微臣覺得，這個案子，該辦。」

范軒點點頭，抬手道：「不必顧忌，繼續。」

「陛下，依微臣的想法，此番陸大人一事，背後必有人撮合，陸大人與微臣共事過一陣子，微臣以為，他的脾氣是做不出殺劉春之事來。一來陸大人並非陰狠之人，對害人性命始終心有芥蒂，若非走到某個地步，不會肆意殘害他人性命；二來他對陛下始終有兄弟情誼，不該如此猜忌陛下；三來，看管劉春大人的人，大多都是舊臣，與陸大人不該有太多交情，陸大人哪裡來的能力去見劉大人，乃至殺害劉大人？」

所有人沉默著，但大家心裡清楚，顧九思說得沒錯。

陸永是沒有殺害劉春的膽子和能力的，如果不是有人在背後煽風點火，這件事不會發展到這樣的程度。

所有人心裡都把那個背後的人想到太后身上，而顧九思接下來卻是道：「這背後的人目的很明顯，無非是要將這件事擴大到無法挽回的程度，一定要有人為這個案子出血，他們原本預計的應當是我和陸大人，我們走一個是一個，甚至如果按照他們原本的計畫，可能是先等我問斬，再拿出證據來替我翻案，然後讓陸大人也被懲治。這樣一來，戶部兩個緊要的位子便都空了出來。空出來的位子他們就能安排人接替。那麼如今朝中這樣大手筆的人還能有誰？微臣猜，其一是以太后為首的朝中舊臣，其二……」

「還有其二？」曹文昌詫異道，大家也都眼露疑惑。

顧九思接著道：「其二，便是太子太傅，洛子商。」

聽到這個名字，眾人在短暫呆愣後，便迅速反應過來。

洛子商入朝以來幾乎沒有任何動靜，一直乖乖教著范玉功課，以至於所有人幾乎忘了他的存在，如今被人驟然提起，大家才想起來，這是一位掌管著整個揚州的太傅。

掌管著揚州，以揚州之富、揚州之大、揚州之人口來說，都等同於掌握著一個小國。一個小國國君稱臣，哪裡是這麼容易的事？

「陛下原本計畫，是想著要南伐劉行知，為了南伐，陛下同意不大動舊朝血液，也同意

讓洛子商入東都任太子太傅，可如今結果很明顯，陛下能容忍他們，他們卻並不甘心就這樣乖乖待著，他們如今覬覦戶部的位子，就敢以四條人命做局，陛下想想，南伐絕非一日之功，若陛下當真南伐，如此內政，陛下心中可安？」

南伐是范軒早就定下的國策，顧九思這話已經是直問國策了，張鈺聽著，輕咳一聲，慢慢道：「可是，若仍由劉行知發展下去，陛下心中也難安啊。」

「劉行知發展，大夏也在發展。我大夏名正言順，有傳國玉璽傳承，他劉行知亂臣賊子，就算發展，又有何懼？自古以北伐南易，從未見以南伐北成功，哪怕是諸葛神算在世，也止步於五丈原之地，大夏又有何懼？倒是如今強行南伐，恐後院起火，傷了元氣。」

「這話，倒也不錯。」聽了半天，范軒終於開口，他嘆了口氣，看了眾人一眼道：「近日來，朕常常在思慮此事，尤其是在太后越發得寸進尺之後，朕便更加顧慮。朕想著，南伐一事，應當重新考慮，諸位以為如何？」

「陛下聖明。」

范軒這口氣，明顯已經定了結果，大家都是聰明人，稍稍一想，便明白過來，忙道：

「陛下聖明。」

確定不南伐要穩內政，那劉春案這把刀要怎麼用，便很明顯了。

范軒想了想，接著道：「如今要安內政，如何安，你們可有主意？」

所有人不說話，大家心裡都裝著東西，但卻知道這時候，不該輕易開口。范軒笑了笑，看向顧九思道：「大家都不說話，那你來說吧。」

「如今朝中舊臣很多，陛下要安穩內政，不宜太過，但也需要有能震懾人的魄力出來。

微臣覺得，首先要架空太后，讓這些舊貴族群龍無首。太后兩張底牌，一張是雲裳公主的婚事，另一張就是世家支持。我們要釜底抽薪，將兩張牌抽走。先將雲裳公主嫁了，再以劉春案為理由，打擊擁護太后的幾個世家。這個過程要快，不能等這些人做出反應，將消息傳出去，否則恐有內亂。」

范軒點點頭，抬手道：「繼續說。」

「之後，陛下再給這些貴族一些好處，在此之前，陛下可以從這些貴族家中挑選幾個庶出貧寒子弟，與他們達成協議，廢掉他們繼承人後，由庶子重新上位，給他們一些安撫。這樣下來，哪怕消息傳出去，也不會再有亂子。」

畢竟能安穩過日子，誰都不想謀反。

世家和那些天天在外面打仗的人不同，他們的命金貴，也就沒有那麼大的勇氣冒險。

顧九思見范軒沒有反駁，便接著道：「最後，陛下必須在今年重新恢復科舉，廣納賢才，之後逐步換掉舊朝的人，才能不受前朝舊人制約。」

顧九思這些話說完，范軒笑起來，「倒是個聰明的。」

說著，他看向眾人，「諸位愛卿覺得呢？」

范軒已經誇了，所有人自然連連稱讚，而後一行人便開始商議，這些事怎麼做，誰來做。

商量到了晚上，大家才離開，顧九思和葉青文一起走出大殿，等周邊沒人了，葉青文才

道：「顧大公子，以前一直聽說你是個紈褲子弟，如今才發現，你過去當真是藏拙了。」

「讓伯父笑話了，」顧九思趕忙謙虛道：「以往是不懂事，現在才開竅，以前是真拙劣，如今您要考究我書本，我也是學不好的。」

葉青文笑了笑，他看著天邊星宿，慢慢道：「年輕人，許多事都要慢慢學。九思，伯父勸你一句話。」

「還請伯父明說，」顧九思嚴肅了神色，恭敬請教，葉青文雙手攏在袖中，淡道：「這世上聰明人多得很，年輕時的聰明，總喜歡說出來，但年長之後就發現，真正的聰明，是不說出來。」

顧九思聽到葉青文的話，沉默下來，葉青文笑了笑，「你也別介意，我只是……」

「伯父的意思，九思明白。」顧九思開口，卻是道：「只是，話總得有人來說。」

「可是你如今說這些話，許多事必然就要你做，這些都是得罪人的事，我怕太后一黨此後就盯上你了。」

葉青文見他坦率，也不拐彎：「你我皆為揚州人士，你又是世安好友，九思，聽伯父一句勸，日後，這種話少說。」

「伯父，」顧九思聽著這話，苦笑起來，「您以為，今日陛下召我來是做什麼？」

葉青文愣了愣，隨後聽顧九思道：「陛下召我，就是想我做一把刀。我這刀若是不夠鋒利，便做不了。葉伯父，我不比世安，他有您替他鋪路，我卻是什麼都沒有的。」

「這朝廷之上，站不站得住，根本不是看你得不得罪人，而是看你背後站著誰。您看這滿朝文武，參我沒人顧忌，可誰參世安，是不是都要顧忌幾分？劉春這個案子，若不是發生在我身上，而是世安身上，怕是從最初收押他便難太多，刑部哪一個敢直接到葉府門口抓人入獄？不怕被御史臺參死嗎？」

葉青文聽著這話，沉默下去。顧九思苦笑：「伯父，人當官，都有自個兒的路。世安兄能沉默，可我卻是沒有沉默的機會的。我若不多說話，今時今日，怕是在這裡說話的機會都沒有。陛下要我當一把刀，我只能做一把刀。這把刀做好了，才不會再有如今的事。」

「我明白了。」葉青文嘆了口氣，看向天空，「回去吧，明日我讓人整理好卷宗，後日你該出來了。」

顧九思恭敬行了禮，這才離開。

他還是要回大牢裡歇著的，案子剛移交到御史臺，裝模作樣也要裝一番。

他坐在馬車上，聽著馬車咯吱咯吱的聲音，心裡也不知道怎麼的，突然生出了幾分蕭瑟。

若能沉默，誰不想沉默。

若能安安穩穩往前走，誰又願意做一把刀？

可他也沒什法子。

他和葉世安不一樣，他如今只有一個人。

他心裡想著，有些恍惚地回了大牢，剛回去，就看見柳玉茹坐在關押他那間牢房裡，正

捧著他平日讀的那本地圖，看得津津有味。

她本就和獄卒混得熟，如今獄卒見宮裡對顧九思態度好轉，更是讓柳玉茹自由來去。她聽見腳步聲，放下書來，抬眼看見顧九思站在門口，有些愣神地瞧著她。

她輕輕一笑，柔聲道：「回來啦？我帶了燉湯給你，趁熱喝了吧。」

顧九思聽著，忍不住慢慢笑了起來。

他往前走了幾步，將人摟進懷裡。

「我終究比他們幸運一些。」他低聲開口。

柳玉茹有些茫然：「什麼？」

顧九思沒說話，他自個兒心裡清楚。

雖然比不上葉世安等人有家中人照拂鋪路，可是，他有柳玉茹啊。

柳玉茹來送好吃的給顧九思，這一番牢獄之災，顧九思每日都在牢房裡待著，加上柳玉茹送的飯，竟是足足胖了一圈。

好在他本就清瘦，這麼胖了些，不顯得難看，反而恰到好處。

顧九思在宮裡待這麼久，回來時本就有些餓了，柳玉茹便守著他，一面看他吃東西，一面聽他說宮裡的事。

他是沒有葉家那些規矩的，盤腿坐在床上，吭哧吭哧吃著麵條，沒有半點儀態可言。

柳玉茹笑咪咪瞧著他，感覺像是小時候養過的一隻小白狗，吃起東西來，高興得很，吃

得高興了，還會抬起頭，朝人「汪汪」叫兩聲。

這天下再英俊多謀的男人，相處久了，都會發現這人孩子氣的一面，孩子氣起來，什麼帥氣俊朗都沒有，就是滿心覺得這人可愛。

顧九思同她說著朝廷上的事，她同顧九思說著自己生意上的事。

「我也不想事事都攬在手裡，一個人做事總有限度，我把大的盤子搭建好，剩下的他們自己做就是了。」

「不怕做不好？」顧九思忍不住笑。柳玉茹搖搖頭，「一個人做十分的事，那也只是十分，但若十個人做八分的事，那就是八十分。不能事事都想著要做到自己要的十分，這樣不行。」

「我發現妳這個女人，」顧九思想了想，忍不住道：「怎的這麼有野心？」

聽到這話，柳玉茹抿了抿唇，「還不是你吃太多。」

「妳不要這麼講話啊，」顧九思聽這話不服氣了，趕緊把嘴裡的東西咽下去，立刻道：「妳信不信我……」

「信不信你什麼？」柳玉茹靠在桌上，看著顧九思笑。顧九思瞧著柳玉茹的模樣，愣了片刻後，輕咳了一聲，扭過頭小聲道：「明日少吃一半。」

柳玉茹被這回答搞得呆了呆，隨後笑出聲來。她用帕子捂著唇，怕自己笑得太過誇張，顧九思瞧她高興，自己也高興了。

兩人聊了一會兒後，柳玉茹該走了，她從旁拿了顧九思的地圖，溫和道：「你這地圖我拿去看看。」

顧九思應了一聲，讓柳玉茹拿了書，便起身走了。

柳玉茹拿了冊子之後，回去的路上一直翻看。這是原本大榮的地圖，畫得極為細緻，每一條河，每一條路，幾乎都畫了上去，柳玉茹一面看著畫，一面思索著。

如今他們在東都這邊的米，都是從望都運送過來的。她當初在望都的時候，買了地、安置流民，用讓流民承包了土地的法子來管理他們，結果如今豐收。糧食收了，自然要到處賣，她熟悉東都，知道東都富饒。望都的糧食，她的成本價不過兩文一斗，在東都卻是十文。她想著利潤可觀，加上當初從青州、滄州、揚州收糧的時候損耗並不嚴重，以至於她錯誤判斷，讓望都的糧食送到東都來賣。

然而如今這樣將近一半的損耗，若真的一直運送到東都來賣，成本太高。可東都的糧店已經開起來了，她也不能打水漂。如果按照她和葉韻的商量，把望都的米做成貴族米來售賣，倒還勉強能把這個店撐起來，但利潤始終不夠讓她滿意。

如果能將成本降下來就好了。

柳玉茹思索著，她想了想，又看了看地圖。地圖上河流密布，有些地方有河流，有些地方沒有。柳玉茹手滑過有河流的地方，順著滑上去，而後便發現⋯⋯都有源頭。

意識到這一點後，柳玉茹突然想，她能不能專門規劃出一條只走水路的路來呢？

水路有大小之分，有些地方不能行大船，這是水路一大弊端，如果她在路途上建立倉庫，沿路設立糧店，然後大河用大船，小河用小船，一路賣糧食分攤成本呢？

想到這裡，柳玉茹有些激動。她突然意識到一件事，如果她真的規劃了路線，建立了倉庫，那運送的不一定只是糧食了，她還可以運送許多東西。而這些東西，在合理的路線規劃下，能極大降低成本，保證安全，增加效率。甚至還可以將這條運輸路線公開，專門給那些小商家使用，只要交給他們一部分運輸費用，他們負責將東西一路運送過來。

這個想法尚粗淺，但柳玉茹卻明白，這個設想是在鋪一張極大的網，如果她能想辦法透過建設倉庫、商隊等等法子降低運輸的成本、增加運輸效率，未來無論任何生意，她都能做得比別人好。

柳玉茹心裡大概有了想法，回到家後，立刻將老黑這些人叫來商議，詢問老黑她的想法的可行性。老黑聽了之後，沉默片刻，隨後道：「東家，妳這個想法，是極好的，也是極難的。」

「難在什麼地方？」柳玉茹思索著開口。

老黑說道：「最主要的就是，水路也有水路的門道。當初您是官府的船，而且人多勢眾，就沒人敢攔，但如果是一般商隊，在水路上也是要交過路費的。您要弄這麼一個行船的商隊，首先要和官府打好關係，其次要和路上的水盜打好關係，光是這兩件事就很難了。而

剩下的，主要就是錢。」

柳玉茹聽著老黑的話，點了點頭。

「不過東家，」老黑想了想，輕咳了一聲，隨後有些猶豫道：「這些事，對別人來說難，可對您來說，就不算難了。」

柳玉茹有些迷茫，老黑笑了笑，「您畢竟，也是個官夫人了。」

柳玉茹聽到這話，不由得愣了愣，片刻後，她猛地反應了過來。

這些事裡面，最麻煩的就是所謂的「關係」，怎麼和朝廷打好關係，怎麼和水盜打好關係，這是最難的。可如今她是官太太，顧九思出獄之後，便是戶部尚書，而葉世安在御史臺，只要她願意，借著顧九思和葉世安這些人的名頭，去嚇唬一下下面的官員，哪裡還有不給面子的道理？

只要官府擺平了，水盜便是小事，水盜大多和官府有些關係，讓官府打聲招呼，也就完了。若是不聽話的，直接讓官府帶著兵馬清了就行了。

柳玉茹明白過來，反而皺起眉頭，老黑不敢多話，片刻後，他聽柳玉茹道：「這事不要說出去，等時候合適了再說吧。」

老黑應了聲，柳玉茹便讓老黑退了下去。

老黑說的話，恰恰點醒了柳玉茹。如今她做的生意，和官府太密切，日後查起來，別人總會往顧九思身上查。她得為顧九思多做考慮。

她想了一會兒後，喚木南進來，讓他去找幾個熟悉大榮地圖的人來，讓他們三日內給出一個幽州到東都的線路，看看分別在哪裡沿路設置倉庫，能夠成本最低，效率最高。

柳玉茹一面思索著，一面去了房中，看自己的帳目。

第二日，御史臺就在朝中上書，查明顧九思無罪，是被人陷害，他們將當時所有守衛全部關押，確定這些人過去與顧九思沒有任何往來，是有人指使他們陷害顧九思。范軒當朝宣布顧九思官復原職，代任戶部尚書，配合御史臺查明劉春一案。

按照御史臺的摺子，此案可能牽扯甚廣，於是由范軒接管，所有奏摺直接上呈范軒。

這個結果出來，朝野震驚，從大殿中走出來時，所有人的臉色都不太好看，除了顧九思。

顧九思和葉世安、沈明、周燁一起走出來。四個人忙活了這麼久，終於鬆了一口氣。周燁看著顧九思，嘆了口氣道：「你如今沒事了，我也放心了。明日我便啟程回幽州，你們都來送送我吧。」

顧九思笑了笑，「那你可是托我的福，可以和嫂子多待一陣子。」

周燁苦笑，沒有說話。

他與秦婉清感情好，這麼分隔兩地，只有每年過年回東都敘職時能見一見，想一想誰都

高興不起來。

顧九思見周燁難過，頓時正了神色，認真道：「大哥你放心，我一定會好好照顧嫂子。」

「是啊，」葉世安也道：「周兄你不必憂心，我們都還在，會幫你好好照顧家人。」

「我倒是放心的。」周燁點頭，沒有多說。

四個人一起走出去，沈明吵嚷著要替顧九思接風洗塵，只是剛走到宮門外，就看見一個藍衫奴僕站在那裡，見顧九思走出來，忙上前道：「可是顧九思顧大人？」

顧九思挑了挑眉：「你是？」

「奴才乃陸永陸大人家中奴僕，奉我家大人之命，請顧大人一見。」

顧九思頓了頓，所有人沉默著，片刻後，就聽顧九思轉頭同三個人道：「諸位，我有些事要先行一步。」

「去吧。」周燁點頭，「正事要緊。」

顧九思告別了三人，坐上陸家的馬車，馬車一路搖搖晃晃，帶著顧九思到了陸家宅院。

陸家的房子修建得極為簡單，和同級別的官員比起來，顯得十分清貧。

顧九思進去之後，恭恭敬敬行了禮：「顧九思見過大人。」

陸永正在練字，聽到顧九思的話，他頭也沒抬，嘲諷道：「如今老朽白衣之身，算得上什麼大人？顧尚書抬舉了。」

聽到這話，顧九思也不奇怪。陸永辭官，一定是范軒授意，如今他沒上朝卻知道自己代

任尚書，也是正常。

他沉默著沒說話，陸永抬眼瞧他，淡道：「倒是個沉得住氣的。」

說著，他揚了揚下巴，同顧九思道：「沏茶。」

這話說得極不客氣，顧九思站著想了片刻，便坐到茶具前。

他其實沒沏過茶。

他一貫不是這麼風雅的人，向來都是大口喝酒，煮茶這些事，該當葉世安來做。可沒吃過豬肉，也見過豬跑，他磕磕絆絆倒了杯茶，放在陸永面前，陸永看了茶杯一眼，又看了顧九思一眼，不屑道：「人長得好得很，茶煮得醜得很。」

顧九思聽著，想直接把茶杯倒扣在陸永腦袋上。

但他忍住了，保持微笑：「不知陸老找我過來，是有何事？」

「何事你心裡不清楚？」陸永不高興道：「我如今坐在這裡，不是你找皇上說的嗎？你想要戶部尚書，想要我手裡的人，想要我帶帶你給你鋪路，你以為你想要就能要啊？」

陸永越講越激動，唾沫橫飛在空中。

顧九思站在原地，保持微笑。

陸永拍桌子拍扶手，一面拍一面道：「我和你講整個戶部我最討厭的後生就是你小子，有點小聰明在泥塘裡瞎攪和，還以為自己厲害得很。要不是周高朗護著你，你死一萬次都不夠！」

「陸老，茶快冷了，」顧九思也不氣，提醒道：「喝茶吧。」

陸永被這麼打斷，緩了緩。

片刻後，他拿著杯子，淡道：「這次陛下想要我退，我看明白，他是忍不了我了。我若不退，他日後不好管人。我退了，跟著我還有一批人，他們得有個人護著，也有個去處，陛下給你做了保，讓我把人都交給你。我可以把人交給你，可是我有幾個條件。」

聽到這話，顧九思忍不住笑了。

「陸老，」他坐下來，「都這時候，您還和我提條件？」

陸永面色僵了僵，顧九思靠著椅子，吊兒郎當翹起了二郎腿，有一搭沒一搭敲著扶手，全然不像個官員，反而像個在茶樓裡喝茶閒聊的富家公子：「您的人，必須是有個去處的，他們跟著您站了隊，沒有我護著，他們也很快就倒了。他們散了，您在朝中就真的什麼都沒了。可我不一樣，您給我這些人，我路子順一些，您不給我這些人，陛下如今要拿我當刀，周高朗因為周燁的關係要護著我，御史臺也因為葉世安的關係與我交好，我還年輕，有的是時間慢慢經營自己的人，您說您有什麼資格和我談條件？」

陸永沒說話，顧九思喝了口茶，慢慢道：「條件不該您提，該我給。方才給您倒那杯茶，是因為我對您還是十分敬重的。聽聞您出身於市井，家中沒有任何背景，靠自己一路爬到今日。說句實話，您無甚才學，也無功名，更無背景，當年的官都是捐的，可是陛下卻始終覺得您有能力。您的人，我要不要都可以，可是我需要一位老師。」

陸永抬眼看他，顧九思平靜道：「才能我有，背景我比您好些，我還有錢，可是陸大人，我的確差一樣東西。」

「我不懂做人，更不懂做官。」

陸永聽著他的話，慢慢笑了。

他明白過來。

顧九思和他討教的，是如何讓人舒服的法子。范軒這麼多年覺得他好，甚至其他人明知他貪也不為難他，主要就是在於他會做人。

「那你給我的條件是什麼？」陸永開口。

顧九思想了想，「您不是喜歡錢嗎？」

他淡道：「我想您也有錢，我媳婦會賺錢得很，您要不要考慮把錢交給她，讓她幫忙經營？」

陸永：「……」

和他要人，請他當老師，條件是讓他出錢給他媳婦做生意？

這種條件聞所未聞！

但陸永想了想，最後道：「讓你夫人把她經營的生意的帳本給我一下，我考慮考慮。」

顧九思從陸永家中出來，已經是深夜。陸永在家裡幾乎把他的親信都同顧九思介紹了一

遍，雙方接了頭，顧九思算是大致瞭解了他們，大家一起吃了飯，這才回來。

柳玉茹得了消息，說顧九思去了陸府，只是她沒想到，顧九思會待這麼久。原本給他設席接風洗塵，想著等等他便回家了，結果卻是一等等到了深夜。

柳玉茹安排江柔等人先吃，自己就在屋中研究著錢和水路的事。她既然賣糧，建這麼大一個商隊，自然在供糧上也要跟上。這意味著她要買更多的土地，招募更多的人，而這後面，都是錢。

柳玉茹算著錢，等到深夜時，外面傳來了喧鬧聲，有人送顧九思回來了。她忙起身去，就看見顧九思喝得醉醺醺的，被人扶著回來。

扶著他來的人都是她沒見過的，但看上去明顯不是奴僕，應該是什麼官員，顧九思在大醉之下還和他們打了招呼，含糊道：「王大人、李大人，慢走。」

柳玉茹趕忙和對方道謝，對方笑了笑，和柳玉茹告別之後，自行上了馬車離開了。

柳玉茹扶著顧九思往家裡走，心裡有些不大開心，她不喜歡顧九思不回來吃晚飯，更不喜歡他這麼醉醺醺回來。

但她仍舊是克制了脾氣，扶著顧九思回了屋裡，顧九思手搭在她肩上，卻還是努力支撐著自己，怕壓著她，含糊著問：「妳吃過飯沒？」

柳玉茹聽到這話，心裡舒服了些，這人還是掛念著她的。

她應了聲：「隨便喝了碗粥墊肚子，你吃過東西沒？」

「嗯，吃過了。」顧九思被她扶到了床上，他有些累，躺在床上，低聲道：「還喝了好多酒。」

柳玉茹讓人打了水來，幫他擦了臉，他有些難受，說話很艱難。柳玉茹吩咐人煮了醒酒湯，顧九思躺在床上，低聲道：「玉茹，我是不是很討人厭啊？」

「怎麼會？」柳玉茹低著頭，「大家都喜歡你。」

「也不是。」顧九思舌頭有些打結，「只是你們喜歡我的人，喜歡我，好多人，都討厭我的。」

「尤其是，我現在，要得罪很多人了。」顧九思慢慢道：「我不會吹捧人……也不會和人相處……脾氣還大……」

「誰同你說這些？」柳玉茹皺起眉頭，有些不高興，顧九思張開眼睛，看著床帳頂端，慢慢道：「陸永說，我得給自己留條後路。我覺得他說得也沒錯。」

「我不能一直狂下去。」

柳玉茹聽到這話，手頓了頓，顧九思開始乾嘔，柳玉茹趕忙讓人拿了痰盂來，顧九思在乾嘔了幾次後，猛地趴在床上，大半身子爬過去，抱著痰盂嘔吐出來。

他難受極了，柳玉茹從未見過他這副模樣，眼淚從眼角流出來，看著讓人心疼。

柳玉茹心裡也不知道是怎麼的，就覺得特別難受，她輕撫著顧九思的背，等顧九思吐完了，又用濕帕子替他擦拭乾淨臉。

顧九思躺在床上，拉著她，低聲吟語：「玉茹，我難受。」

柳玉茹握著他的手，溫和道：「醒酒湯一會兒就來了。」

顧九思不再說話了，他躺在床上，好久後，突然道：「玉茹，我馬上要當戶部尚書了。」

「我知道，」柳玉茹輕笑起來，「今日本來還辦了宴，給你接風洗塵呢。」

「總算是過去了。」他睜開眼，眼中神色茫然，「這些時日其實我怕得很，我以前覺得自己特別有能耐，現在卻突然覺得，自己其實沒什麼能耐。你沒殺人，如果需要你殺，就可以有證據證明你殺人。在權勢面前，哪裡有什麼公正可言？」

「我讓妳受欺負了。」他摸索著，將她的雙手攏在胸口，閉上眼睛，沙啞著重複了一遍：「我讓妳受欺負了。」

「九思……」

出事這麼久，這是他頭一次對她流露出軟弱。

她一直以為他很鎮定，運籌帷幄，可此刻才發現，顧九思入獄這件事不僅僅是衝擊到她，讓她覺得自己無能，其實也衝擊到了顧九思。

他們雙方都是心裡面慌得要死，卻還假裝成對方的依靠。

柳玉茹明白這種感覺，她看著面前的人皺著眉頭，將她的雙手捂在懷裡，許久後，她才道：「所以，今日你去和人喝酒了？」

顧九思有些睏了，聲音都變了，「爬到誰都不能欺負妳的位子。」

「我會往上爬的，」

「玉茹，」他認真道：「我馬上，就二十歲了。我長大了，不該任性了。」

柳玉茹沒說話。

她服侍著顧九思喝了醒酒湯，然後脫了衣服。夜裡她躺在他身邊，聽著外面淅淅瀝瀝雨聲，好久後，她側過身，伸出手抱住了他。

「我還是喜歡你任性。」

她低低出聲。

但顧九思睡著了，他聽不見。

顧九思一覺睡醒，頭痛少了許多。他醒過來，柳玉茹已經醒了，帶著婢子親自幫他穿衣服。顧九思有些忐忑，看著柳玉茹幫他穿著腰帶，他認真道：「昨個兒新認識一批大人，第一次見面敬酒，人多了些，我不好意思拒絕，妳別生氣。」

柳玉茹聽到他認錯，不由得笑了笑，抬眼看他一眼，嗔道：「你這麼害怕做什麼？你是為了正事，我心裡清楚。只是以後啊，」柳玉茹替他整了整衣衫，柔聲道：「別這麼實誠喝這麼多，傷身體。您可是顧尚書了，」柳玉茹抬眼，笑咪咪道：「是有身分的人，可得有點架子。」

這話把顧九思逗笑了，他將人撈到懷裡，低聲道：「妳說我聽妳叫顧尚書，怎麼就覺得妳這嘴兒這麼甜呢？」

柳玉茹知道他這是大清早耍流氓，瞪了他一眼，推了他道：「趕緊上朝去。」

顧九思低頭親了她一口，這才離開，走出門時想起來，同柳玉茹道：「哦，玉茹，妳缺錢嗎？」

柳玉茹愣了愣，隨後果斷點頭：「缺。」

顧九思笑了笑，「那妳把花容的帳本給我一下，我介紹個財神爺給妳。」

顧九思說完便離開了，柳玉茹愣了片刻後，突然同身後的印紅道：「我覺得今個兒的姑爺特別英俊。」

印紅有些無奈：「夫人，您這是誰給您錢，您就覺得誰英俊是吧？」

「也不是，」柳玉茹認真道：「比如葉大哥，給不給我錢，我都覺得，他是極為英俊的。」

葉世安上了馬車，忍不住打了個噴嚏。

顧九思早上說介紹財神爺給她，柳玉茹不敢怠慢，早早就準備好帳本，順便去看了看糧店的情況。

如今糧店都是葉韻管，柳玉茹點撥她之後，她便同芸芸請教，而後舉一反三。先是給米取名叫「神仙香」，而後聯絡了宮裡的人，把米送進御膳房，讓范軒嚐了一口。范軒一口就認出來是望都的米，當場詩興大發，寫了一首詩來稱讚這米。於是這幾天望都上下上行下

效，官家紛紛來買這神仙香回去嚐一嚐。葉韻為了廣開銷路，還舉辦試吃，在門口架了大鍋，當場煮了一鍋鍋米飯。她準備了花椒飯、麻油飯、槐花飯、桂花飯等等……免費試吃，又限量購買，加上官家熱搶，如今這「神仙香」的米，已經成為了東都街頭巷尾熱議的東西。

原本六分香的米，大家天天排著隊買，也就變成了十分香。甚至才開始賣沒有幾日，葉韻便已經要求加貨了。

因為花容的穩定和神仙香的熱賣，柳玉茹的錢銀還算寬裕。她清晨查完帳，從酒樓裡出來時，心裡很是高興，走了沒幾步，便聽到一個有些耳熟的聲音道：「沒想到在這裡又遇見顧夫人了。」

柳玉茹頓了頓，回過身，看見李雲裳站在那裡。

李雲裳看上去神色有些憔悴，柳玉茹看著，行了禮道：「見過殿下。」

「逛街呢？」李雲裳走過來，同柳玉茹走在一起，「一起走？」

柳玉茹應了一聲，也沒避諱，和李雲裳走在一起。李雲裳神色平和，兩人一起走上茶樓，找了個雅間。兩人都坐下來後，李雲裳突然道：「如今妳是不是在笑話我？」

「公主金枝玉葉。」柳玉茹低聲道：「哪裡輪得到民女來笑話妳？」

「這大概是咱們最後一次見面了。」李雲裳坐在位子上，神色平和。她面上呈現出一種將死之人的死寂，看上去卻不折半分美麗，她抬眼看向柳玉茹，眼若琉璃，「妳沒有什麼想問

「我與公主，有什麼好問嗎？」柳玉茹喝了口茶，神色平和。

李雲裳靜靜注視著她，許久後，輕輕一笑，「父皇還在世的時候，曾同我說，我是他最疼愛的女兒，希望我的婚事不要成為政治籌碼。他活著，他會照拂我，他死了，太子哥哥會照拂我，我可以任性一輩子。」

說著，李雲裳轉頭看向窗外，神色苦澀：「誰知道，他們竟都走得這麼早。父皇走之前，還在想著我擇婿的事情。我其實那時候心裡是有人的。」

李雲裳抬眼看向柳玉茹，「不問問是誰？」

「與我何干？」柳玉茹神色平淡。

李雲裳愣了愣，卻是笑了，「還是與妳有些關係的，其實我最早挑中的駙馬，就是顧九思。本來想著等他來東都見上一面，只要他真的像江尚書說得那樣好，我就求父皇下令賜婚。」

說著，李雲裳沉默下去，似乎在回想什麼，好久後，她慢慢道：「他比我想像要優秀，他很有能力，很有原則，也長得很好。我第一次見他，就覺得遺憾，這本該是我的人。其實我挺嫉妒妳的，每一次我聽說他保護妳，看見他陪伴妳，就會忍不住想，這本該都是我的。」

「我本該有和政治無關的婚事，」李雲裳眼裡帶著嚮往，「我本該嫁給一個喜歡的人，一直過得很好。」

柳玉茹聽著這話，溫和地笑了笑，「殿下，其實您也不是喜歡他，您只是覺得，顧九思對於您，像是一個美好生活的標誌。妳若真的和他成婚，怕是會後悔的。」

說著，柳玉茹眼裡有了懷念，「他以前不是這樣的，您也不會喜歡以前的他。」

李雲裳聽著，許久後，她笑起來，「或許吧。」

「殿下還有其他事嗎？」柳玉茹看了看外面的天色，「我還有其他事要忙，可能不能一直陪伴您了。」

李雲裳點了點頭，柳玉茹和她告別，她走了幾步，站在門口，突然想起來，轉頭問李雲裳道：「聽聞您要嫁給張大公子，日後還望殿下好好生活。」

聽到這話，李雲裳笑了，「我會的。」

她轉頭看向窗外，淡道：「鳳凰這種東西，非梧桐不棲，非清露不飲，我會一直過得很好。」

柳玉茹點了點頭，李雲裳看著她，忍不住笑了，「我以為妳會詛咒我。」

「嗯？」柳玉茹有些疑惑，片刻後反應過來，她笑了笑，「不瞞您說。」

她聲音溫和：「我對弱者，向來報以寬容。」

李雲裳愣了愣，而柳玉茹沒有再與她交談，提步走了出去。李雲裳看著空蕩蕩的雅間，

片刻後，忍不住笑出聲，笑著笑著，卻落下淚來。

直到這一刻，她才真正體會到柳玉茹這個人的厲害。

一句話，不鹹不淡，禮數周全，卻是直直扎在人心上，疼得人抽搐起來。

李雲裳抓了旁邊的杯子猛地砸在地板上，隨後痛苦地閉上眼睛。

柳玉茹回了屋中，便見到顧九思帶來的人，他是陸永的管家，柳玉茹帶著他進了書房，單獨和他談了一會兒，然後將花容的帳目遞給他。

「陸大人想要賺錢，我這裡有許多店鋪可以讓他入股，不過我還在籌畫一件事，陸大人如果感興趣，等籌備好後，會親自登門造訪。」

陸管家點了頭，便帶著帳本離開。出門時，陸管家已經和柳玉茹十分熟悉了，陸管家對柳玉茹印象很好，應該說，如果沒有什麼特殊關係，一般人和柳玉茹交談，都會印象不錯。這大概就是生意人的本能和天賦。

柳玉茹送陸管家上車，最後終於道：「我家郎君是個不大懂事的，他尚年輕，日後需要大人多多指點照顧。」

聽到這話，陸管家笑了笑，「不滿您說，我家大人說了，顧大人這個人，除了年輕氣盛些，其他都無需他人多言，是個狠人。」

「狠人」這個評價，讓柳玉茹不太認同，她總覺得，顧九思在她面前，總是有些孩子氣的模樣，怎麼都和「狠」這個字搭不上邊。

然而隔了幾日，就發生了一件讓朝野上下震動的事情。

顧九思花了五天時間清點庫銀，最後盤點出庫銀一共丟了近五百萬兩銀子。而這個偷盜庫銀的案子，與劉春直接相關，參與偷盜庫銀之人，顧九思整理出來，竟接近兩百人之多。

而顧九思一個沒少，全部參奏。

一人一日之內連參兩百多個官員，這創下了近百年來參人之最。當日一位老官員不知死活與顧九思當庭對罵，然後被氣得吐了血。

下朝的時候，葉青文走在顧九思身邊，輕咳了一聲，同顧九思道：「那個，九思，考不考慮來御史臺兼職？」

顧九思笑了笑，婉拒了葉青文的提議。而後笑著回了家。

看著顧九思遠走的背影，滿朝文武瑟瑟發抖。

這種狠人，還好沒去御史臺。

第三章　江河

顧九思一連參兩百人的壯舉，柳玉茹隔日就聽到了。滿大街都在議論顧九思的事，無論是在茶樓、飯店、花容、神仙香……任何一個地方，她都能聽到顧九思的名字。

好聽點的，無非是：「顧大人剛正不阿，有骨氣，有魄力。」

不好的，便是：「顧九思這傻子，這麼做官，都不給自己留點退路。」

柳玉茹聽久了，心裡發慌。其實不只是別人說，她自個兒對這件事也有些慌。她向來是個喜歡把刀子藏起來的人，見著顧九思這麼鋒芒畢露，不由得有些擔憂。

只是她相信顧九思有顧九思的打算，便忍住不問，低頭做著自己的事情，盤著自己的帳。

她找了許多人規劃水運一事，終於規劃出一條河路，而後她便派人出去，按照他們規劃的路，從頭到尾走一遍，順便再從幽州買了糧送過來。

這條水運的路，從頭到尾走一遍，從幽州到東都，大約需要半個月。於是柳玉茹便老老實實等了半個月。

而這半個月，顧九思忙得腳不沾地。他先送走了周燁，而後參了這兩百個人。參了兩百人的第二日，據說就有一百個官員參了他，參奏原因五花八門，諸如他見到長官不夠恭敬、上朝佩飾歪斜、在路邊辱罵他人、上次朝堂上罵人言語粗鄙、在家不夠孝順和父親吵架等等。

這些事雖然不算大，但是這麼多人參他，他也必須要解釋。

於是他先把最關鍵的問題——不孝，這個事情解決了。

他帶著顧朗華上了朝，由顧朗華親自在朝堂上澄清這是個誤會，據說當日顧朗華為了證明顧九思非常孝順，在朝堂上狠狠抽了兒子一頓。這一頓抽下來，再也沒有人說顧九思不孝順了——畢竟自己沒這麼孝順，能給自己的爹這麼抽。

當然，這件事的結果，就是顧九思和顧朗華回來之後，父子倆隔著屏風對罵到大半夜。

柳玉茹和江柔一直勸，完全勸不好兩個人。

柳玉茹去拉顧九思，規勸顧九思道：「九思，咱們回去了，公公打你是不對，但也不是為了你好嗎？」

「為我好個屁！」顧九思怒喝，指著臉上的痕跡道：「妳瞧瞧，玉茹妳瞧瞧我的臉，這是親爹嗎？他好久沒機會打我了這是公報私仇呢！」

「你放屁！」顧朗華在裡面罵：「老子打你還需要公報私仇？」

「顧朗華你摸著良心，」顧九思站在門口，「你良心被狗吃了嗎？你當著這麼多人的面這麼打我，我不要臉的？」

「哦，你不得了了，翅膀硬了要飛了，顧尚書了，我打不得是吧？」

顧朗華這話出來，懟得顧九思大火，他覺得這話比直接罵他還難聽，他繼續回嘴，柳玉茹忍不下去，直接拖他，「行了行了，回去了，再不回去我可就惱了。」

「妳也欺負我！」

顧九思甩開柳玉茹，氣得一屁股坐了下去，盤腿坐在大門口，指著站在旁邊的一圈人道：「你們都幫著他，都欺負我，今日挨打的是我，你們還不准我來討個公道！還嘲諷我？我當個官有什麼用？當個尚書有什麼用？在家還不是要被罵，還不是要來欺負？我不幹了，我明日就去辭官，這個家，我算什麼大公子？」

「妳也欺負我！」

柳玉茹：「……」

「我算什麼尚書？我算什麼天子寵臣？我算什麼一家之主？」

「老子還是老爺呢！」

柳玉茹勸不住了，嘆了口氣，同顧九思道：「好吧好吧，那郎君，你先罵著，我還有事，去把生意上的事忙完了，你罵完自個兒回來。」

說完，柳玉茹同旁邊木南道：「木南，去拿碗雪梨湯，要是公子累了，記得給他喝點潤潤嗓子，他明日上朝還得繼續罵人。」

顧九思聽到這話，有些愣，不由得道：「妳不勸我啦？」

柳玉茹搖搖頭，「您受了委屈，我也不能讓您受著。我還忙，先走了。」

柳玉茹說完，便起身走了，顧九思坐在門口，一時有些尷尬，看著柳玉茹的背影，不由得道：「妳要不再勸勸唄？」

柳玉茹沒理他，擺擺手，轉彎走了。

這裡一下子剩下顧九思一個人坐在門口，顧朗華坐在門內洗腳。

他今日占了便宜，有些高興。顧九思一個人坐著，沒什麼戲唱，不一會兒後，他輕咳一聲，故作鎮定地站了起來，拍了拍屁股道：「我該說的也都說了，今日天色已晚，我明日再來。」

說完，顧九思轉身離開。

他自個兒回了屋裡，柳玉茹果然還在忙，這幾日來他們兩人都忙，見面的時間也沒多少，顧九思想想方才柳玉茹的態度，便不大高興了。他覺得自己在家裡一點地位都沒有，柳玉茹一點都不幫著他。

他在床上輾轉反側，等了許久之後，柳玉茹終於回來，她一上床，顧九思就撲了上來，壓在她身上。

柳玉茹愣了愣，隨後詫異道：「郎君，你還沒睡啊？」

顧九思有些不高興：「妳也知道晚了，為什麼不早些回來？」

「我忙。」柳玉茹笑了笑，抬手撫著顧九思的背道：「你平日也是這麼忙的，今日你被打了，陛下放了你假，不然你哪兒有時間這麼早早等我？」

一聽這話，顧九思更不高興了，「妳既然都知道我被打了，還不心疼我？」

「我忙啊。」柳玉茹嘆了口氣，顧九思將臉埋在她肩頭，嘟囔道：「忙也可以擠時間，妳就是心裡沒我，所以才忙。」

柳玉茹：「⋯⋯」

她覺得自己得罪顧九思了。

她左思右想，輕咳一聲：「我心裡有你的，你可別冤枉我。」

「好啊，我說句話妳就說我冤枉妳了，可見妳是找著理由給我扣帽子了。」

柳玉茹：「⋯⋯」

柳玉茹被顧九思搞得沒轍，嘆了口氣道：「那我補償你吧？」

「那是自然的。」顧九思一臉認真。

柳玉茹看著他，「要補償什麼？」

顧九思聽著這話就樂了，臉上的表情有些興奮，趕緊同柳玉茹咬著耳朵說了許多。柳玉茹臉越聽越紅，最後終於道：「這麼晚了⋯⋯還去洗澡，不好吧？」

顧九思頓時興致缺缺，他從柳玉茹身上滾下去，嘆了口氣道：「說得也是，明日還要早起。玉茹，」他裹著被子，眼裡滿是哀怨，看著柳玉茹道：「再這麼下去，我覺得陛下這是要我斷子絕孫。」

柳玉茹被他逗笑：「你可別瞎說了。」

「真的，」顧九思認真道：「我方才說的妳都等著，等我把劉春這個案子收了尾，我一定要和陛下請假，與妳大戰三百回合。」

「你閉嘴。」柳玉茹見他口無遮攔，翻過身閉著眼道：「睡了。」

顧九思從後面抱著她，也不多說了，怕自己再多說幾句就睡不著了。

柳玉茹見他安靜了，想了想，終於道：「這案子什麼時候才是個頭？」

「戶部的人至少要換一半。」顧九思閉著眼道：「陛下要清理太后的人，現在藉著這個案子到處動人，馬上就要秋試了，等秋試之後，後面會慢慢好起來的。」

柳玉茹應了一聲，過了許久後，慢慢道：「九思，要小心啊。」

顧九思沒有說話，他在夜裡慢慢睜開眼睛，抬手將柳玉茹抱緊，「嗯，妳別怕。」

「我不怕。」柳玉茹柔和道：「我只是擔心你。九思，其實我希望你官別當太大，當個不大不小的官，不要出頭，不要站隊，一直平平穩穩的過，最好了。」

顧九思聽著這話，忍不住笑了，溫和道：「我也想的。」

他也想的，只是不能的。

哪裡都有風雨，他能做的，只有成為一棵大樹，庇護他想庇護的人。

柳玉茹明白顧九思的意思，於是沒再多說，回頭將利潤拿出來，私下收養了一批孩子，根據天賦分開來，會讀書的免費讓他們進學，體質好的則請了武師來教授，算是為商隊培養人才。

而這些時日，不斷有人上門來找柳玉茹，有送錢的、有送禮的，柳玉茹紛紛拒了。一開始她還問問別人送了什麼，後來就不問了，顧九思聽聞了這事，不免有些好奇，詢問她道：

「怎麼不問問他們送什麼了？」

柳玉茹翻了個白眼，有些不高興了，「知道自己失去了什麼，我怕我把持不住。」

顧九思被她說笑了，他歪著頭想了想，「那我送妳一個東西，就當彌補妳的損失。」

柳玉茹聽到顧九思要送她東西，頓時有些高興，想著顧九思一定是要送她一個十分值錢的玩意兒，才能彌補她的損失。

只是顧九思說完這話，彷彿忘了一般。繼續每日忙他的事情。

沒了幾日，柳玉茹便聽到太子班師回朝的消息。太子班師回朝，也就意味著太后這個案子要到尾聲了。

范軒會把案子在太子班師回朝前解決，因為跟著太子去的五千兵力，幾乎都是太后的人，他們必須在這些人回來前把事情料理乾淨。

柳玉茹猜想，這些時間，一定會有更多人來找她，於是她乾脆閉門不出，等著案子完結。

這麼熬了幾日，就傳來了李雲裳大婚的消息，李雲裳嫁的是左相張鈺的兒子，滿朝文武自然受邀過去，顧九思也在邀請之列。

於是柳玉茹終於出了門，她穿了紫色廣袖外衫，內裡著了白色單衫，用一根玉簪束髮，看上去溫婉高雅，和之前剛來東都時的窮酸模樣截然不同。

她畢竟也在東都摸爬滾打了一陣子，早就摸透東都的底，跟著顧九思出門，她自然是不想落了顧九思的面子的。

兩人坐馬車過去，去的路上，柳玉茹感慨道：「李雲裳也是好命，我聽說張雀之是個脾氣極好的公子哥兒，她如今嫁給張雀之，倒是許多姑娘求都求不來的好姻緣。」

顧九思聽著這話，卻是笑了笑，沒有多說什麼。

柳玉茹不免奇怪：「你笑什麼？」

「張雀之人不錯，」顧九思笑著道：「但若說好姻緣，卻是未必。」

柳玉茹愣了愣：「這怎麼說？」

「妳可知張雀之為何至今不婚？」

「為何？」

「張雀之與他夫人感情極好，而他夫人是死於前太子，也就是李雲裳哥哥之手，如今陛下賜婚，等於逼著張雀之娶她，妳覺得這門姻緣如何？」

柳玉茹聽到這話愣了，呆了片刻，突然想起一件事。

她聽葉世安說過，李雲裳這門婚事，是顧九思建議的。

她一路沒說話，到了張府，柳玉茹看到一個青年穿著一身紅衣站在門口，他面容清俊，神色冷漠，穿著喜服，卻在胸前別了朵純白色的玉蘭。

喜袍上掛白花，這樣不吉利的裝扮，柳玉茹見都沒見過。

柳玉茹和顧九思一起下了轎，同張雀之行禮，張雀之面無表情回了禮。

顧九思和柳玉茹一起入席，等了一會兒後，就被請去觀禮。

李雲裳的婚禮比起她的身分來說，可以說是落魄了。她像普通女子一樣，跟著張雀之一起站在大堂。這大堂之上，正上上方坐著張鈺和他的夫人，側位上卻是放著一個牌位。

大家看不明白這是什麼情況，只見張雀之領著李雲裳拜了父母，在夫妻對拜之前，他突然停住，同李雲裳道：「殿下，還請往妳的右上角一拜。」

李雲裳頓了頓，片刻後，她輕柔出聲：「敢問為何？」

「在下曾同髮妻發誓，這一生只有她一位妻子。」張雀之面無表情，聲音冷漠。李雲裳捏緊手中紅色錦緞，聽張雀之道：「這門婚事非我所願，公主既然一定要嫁進來，那請公主先拜見過大夫人。」

拜見大夫人。

按規矩，只有妾室進門才會先拜見大夫人，得到大夫人的許可。

所有人倒吸一口涼氣，座上張鈺輕咳一聲，卻沒有做聲，所有人都默許張雀之的做法。

柳玉茹看著堂上的李雲裳，她挺直了腰背，冰冷道：「本宮不拜呢？」

張雀之冷聲道：「行禮。」

話剛說完，旁邊的人突然衝上來，按著李雲裳的頭猛地壓了下去。李雲裳整個人都在顫抖，張雀之平靜道：

那力道太大，李雲裳被壓著當場跪了下去。

「殿下，我娘子當年曾經跪在公主府前一天一夜，請公主為她做主，公主可還記得？」

李雲裳咬緊牙關，片刻後，她輕笑起來，「我明白了。」

說著，她慢慢站起來，卻是猛地掀了蓋頭，看著張雀之，怒喝道：「張雀之你個孽種！」

時至今日，拿這種辦法給你夫人報仇是吧！」

繼續吧。」

「好了，」張鈺開口，平靜道：「殿下喜怒，吾兒只是太過思念夫人。這是陛下賜婚，

「本宮不嫁了！」李雲裳將喜帕一甩，怒道：「本宮再落魄也是公主，輪得到他這樣的人娶本宮？張雀之你有本事，你怎麼不手刃了我哥？如今娶我來羞辱，你以為就能報仇了？

我告訴你，你當年沒保住你夫人，是你沒本事！」

「你記住，」李雲裳咬牙，「本宮不嫁你這種人，你這種人，也不配有人嫁。」

說完，李雲裳便衝了出去。周邊鬧哄哄一片，喜娘去追李雲裳，張雀之冷聲道：「不准追。」

「還是追回來吧。」張夫人開口，「送回房休息，這禮就辦到這裡。」

一場大婚辦成這種樣子，誰的臉上都不好看，柳玉茹和顧九思吃過飯，便匆匆回去。到屋裡，沒多久就聽侍衛回來與顧九思傳話道：「主子，張府出事了。」

顧九思正在洗臉，低頭用水潑著臉道：「說。」

「公主殿下在屋中自盡了。」

聽到這話，顧九思的動作頓住了。

柳玉茹抬起頭，滿臉震驚。片刻後，房間裡響起顧九思的聲音，平淡道：「哦，知道了。」

柳玉茹呆呆看著帳本，突然想起李雲裳之前的話。

鳳凰這種東西，非梧桐不棲，非清露不飲。

柳玉茹說不出是什麼感覺，胸口突然有些悶，顧九思擦完臉，抬眼看她，「妳的算盤從剛才就沒動過，在想什麼？」

「九思，」柳玉茹抬眼，也沒打算瞞他，她看著顧九思，慢慢道：「你是不是算好的？」

「算好什麼？」顧九思平靜地看著她。

柳玉茹知道他明白她的意思，她捏著衣袖，慢慢道：「李雲裳的事情，從她嫁給張雀之到現在。」

顧九思沉默了一會兒，卻是道：「我算好，或者不算好，有什麼差別嗎？」

柳玉茹沉默了，片刻後，開口道：「能不能告訴我為什麼？你為什麼，要向陛下建議，讓她嫁給張雀之？」

「妳是不是懷疑，我是為了妳，所以算計她到死？」

顧九思一雙眼看得通透，他盯著柳玉茹，環胸靠在門邊，勾起嘴角：「就算這是真的，又怎麼樣？她不該死？她算計妳我，她給妳上刑，她逼著妳喝毒酒，如果那杯酒是真的毒

酒，妳現在的屍體都涼透了還會在這裡同我說話？」

「張雀之要羞辱她是為什麼？是他哥哥弄死了張雀之的岳丈！是張雀之的夫人去討個公道，在公主府跪了兩天，得了她一句『天生賤命』！我算計她？這是她的報應！妳現下可憐她？人死了，她做過的一切都可以原諒了是嗎？」

顧九思看著柳玉茹平靜的眼，忍不住煩躁。

那雙眼太安靜，太通透，彷彿把人心看穿，讓人忍不住惶恐退縮。

柳玉茹等他吼完，抬手抿了口茶，低下頭，看著帳本，平靜道：「九思，我不是在可憐她，也不是在為她鳴不平。」

「我只是擔心你。」她聲音平和：「她的生與死，與我沒有關係。可我希望你答應我一件事，」她抬眼看他，神色平穩，「記得你為什麼當這個官。你是為了保護我，不是為了報復別人。你是為了文昌說的『安得廣廈千萬間』，不是為了讓自己掌控他人生死，為所欲為。」

「錢和權迷惑人心，我希望你我未來永遠記得，自己是為了什麼走上這條路。」

顧九思聽著這話，一時說不出話來，他靜靜凝視著柳玉茹，許久後，沙啞道：「那妳是為了什麼想賺錢？」

柳玉茹愣了愣，片刻後笑起來，「若我說是為了你，你信嗎？」

「這麼早就喜歡我了？」

顧九思聽到這話，忍不住笑起來。柳玉茹有些不好意思。

「倒不是喜歡，」她答得有些底氣不足，怕顧九思生氣，「那時候你說要休了我，我怕你真的休了我，就想著，有點錢，總還是好的……」

顧九思：「……」

「那我給妳的銀票……」

「後來存起來了。」

顧九思：「……」

「玉茹，」顧九思嘆了口氣，走到柳玉茹身邊，半跪下去將她攬進懷裡，「別懷疑我，我不是那樣的人。」

「我知道。」柳玉茹輕輕靠著他，「可是你走這條路啊，一不小心就掉下去了，我得提醒你。」

「嗯。」

「九思，」她平和道：「別把自己變成一個政客。」

顧九思抱著她，感覺整個人都平和了下來。

他知道自己在氣惱什麼，人氣惱，無非是因為那個人說在讓自己疼的地方。

他慢慢道：「李雲裳是一定要嫁的，陛下不能讓她嫁給她可能操控的人，嫁給張雀之，不是我為了報私仇故意羞辱她，我沒想過她會死。」

「可是妳說得沒錯。」顧九思閉上眼睛：「在諫言讓她嫁給張雀之的時候，我知道一

點，她會過得不好。而我，希望她過的不好。」

「我是個凡人，也有七情六欲。她傷害過妳，我祝福不了她。可我希望玉茹，我不好，妳就拉我回來，因為這一輩子，我變成什麼樣子，我都是顧九思，我都愛著妳。」

李雲裳死的第二日，顧九思上朝後回來，便同柳玉茹道：「這幾日妳先去東都外的護國寺上休息一下，別留在東都城了。」

柳玉茹聽著這話，頓了頓，抬頭想問什麼，但見著顧九思神色不善，便知道不該問，只是道：「那我把家人都帶過去吧，許多年沒去寺廟裡住住，怕是佛主都覺得我們不誠心了。」

顧九思應了一聲，沒有再說什麼。

當日晚上，他們躺在床上，顧九思見柳玉茹久久不睡，翻過身拉了她的手道：「等妳從護國寺回來，我便要準備加冠了，陛下允我三日假期，我陪妳出去玩好不好？」

柳玉茹聽著，抿了抿唇，抬起手握住他的手，柔聲道：「原來郎君才二十歲。」

「是呀，」顧九思有些得意，「我厲害吧？二十歲的尚書，妳去哪兒找？等我再立點功，妳的誥命夫人也不遠了。」

柳玉茹看著他的模樣，知道他是在安撫她，沒有多說，只是將頭靠了過去，聽著他的心

跳，一言不發。

第二日柳玉茹帶著全家人悄悄出行，去了護國寺禮佛。他們住進寺廟之後，沒過多久，宮裡就傳來消息，說太后在宮中氣得嘔了血，太醫建議靜養，於是范軒收拾了一下，把太后挪到靜心苑去好好休養。

靜心苑的位置離冷宮不遠不近，明白的人都知道，名義上是靜養，其實是削權。

柳玉茹在護國寺裡燒著香，神色動了動，沒有說話。

當日晚上，她一夜沒睡，帶著木南和印紅上了山頂，眺望整個東都。

半夜時分，東都傳來喧鬧聲，遠遠的聽不真切，卻能聽到喊殺之聲，那喊殺之聲一直到啟明星升起來才結束，而後就沒了聲音。

柳玉茹坐在山崖上，一直看著東都，沒有動彈。

等到天澈底大亮，虎子奔上了護國寺。

他從望都一路跟著顧九思到了東都，在望都的時候他當乞丐頭子，到了東都後他繼續當乞丐，但實際上卻是顧九思布在東都的眼線。

他一路狂奔上護國寺山頂，找到坐在山頂的柳玉茹，喘著粗氣道：「少夫人。」

柳玉茹轉過頭，一雙通透的眼瞳著他，「說吧。」

「九爺讓小的來接少夫人回家。」

虎子說著，露出虎牙笑了起來。

柳玉茹眼裡有喜色波動，可面上還是克制住情緒，轉頭同印紅道：「吩咐下去，收拾收

拾，回去吧。」

柳玉茹從護國寺下山，入城的時候，東都的街道已經打掃乾淨，恢復了平日的熱鬧模樣。

柳玉茹行到半路被人攔住，范軒身邊的大太監張鳳祥站在那，笑咪咪道：「顧少夫人，

陛下請您進宮一趟。」

范軒叫柳玉茹過去，柳玉茹自然是不敢不去的，她跟著張鳳祥進了宮，這時宮中還在清

掃地上的血跡，柳玉茹的馬車一路滾過血水，直接進到御書房門口。

這種行為，明顯是范軒的恩寵，不用說柳玉茹也知道，這次顧九思必然是立了大功。

柳玉茹坐在馬車裡定了定神，還沒聽到外面出聲，車簾就被人驟然捲起，而後看到身著

緋紅色官服的青年站在馬車門口，笑意盈盈朝她伸出手，高興道：「下來。」

柳玉茹愣了愣，覺得顧九思在殿前這個樣子，有那麼些冒失。她輕咳一聲，用眼神示意

顧九思不要太放肆，隨後抬起手搭在顧九思的手背上，藉著顧九思的力氣起身下了馬車。

下了馬車之後，顧九思直接反手拉了她，而後領著柳玉茹進了御書房，跪下叩首道：

「陛下，內子來了。」

范軒看著顧九思高興的樣子，忍不住笑了，轉頭同身後周高朗等一干人道：「你們瞧瞧

他孩子氣的樣子，哪裡有尚書的模樣？要不是我親眼見著，都不敢信這是昨晚在宮裡運籌帷

幄的顧大人。」

大家跟著范軒笑起來，柳玉茹搞不清情況，就跟著顧九思跪在范軒面前。范軒讓他們先起來，隨後同柳玉茹道：「顧少夫人，妳家郎君昨日晚上立了大功，朕要嘉獎他，原本想送他十個美女，百兩黃金，結果他一聽就嚇跪了，磕著頭求我放他一條生路，說家有猛虎，不敢攀折嬌花。」

柳玉茹聽著，完全能想像的出顧九思的樣子。她不知道該高興還是該生氣，只能溫和道：「陛下說笑了。」

「我沒說笑，」范軒擺擺手，「美女他不敢要，黃金他收下了，然後他向朕求了一個嘉獎，說妳要當誥命夫人，朕就將妳叫來，玉茹妳看，顧愛卿如今只有三品，我給妳個二品誥命，品級比他高，妳看怎麼樣？」

「陛下，」顧九思嘆了口氣，「您這是欺負臣啊。」

這話逗得范軒開心，立刻道：「就這麼定了，玉茹，這小子太混，在朝上沒人能治他，妳回去可得好好收拾。」

范軒說完，立刻當場擬旨，然後柳玉茹就這麼渾渾噩噩，彷彿小孩子過家家一般，領了個二品誥命回家。

回家路上，柳玉茹還有些懵，顧九思坐在旁邊，搖著摺扇搧著風道：「怎麼，還沒回神呢？妳不是喜歡當誥命嗎？這次我掙來了，高興不？」

柳玉茹被他喚回了神，輕咳一聲，隨後道：「昨夜怎麼回事？」

之前她知道顧九思不好說，也就不問，如今事情了了，便要問問了。

顧九思聽她說正事，卻不見嚴肅，手撐在旁邊小桌上，抵著頭搖著扇子道：「李雲裳死了，我這邊又動了許多人，之前太后黨的人幾乎被我們藉著劉春的案子清洗了一半，然後陛下又削太后的權，太后哪裡忍得了？昨日早上宣布讓她搬進靜心苑，晚上就起事了。但我們就等著他們鬧呢，他們以為我讓太子領五千精兵出去是做什麼，遊山玩水嗎？」

顧九思輕嗤一聲：「太后習慣陛下的忍讓了，陛下當初在她的幫助下登基，她就一直以為陛下不會殺她，要殺早殺了。可她卻忘了，陛下雖然是文臣出身，但始終是當年的幽州節度使，骨子裡帶著血性，不殺他們完全是為了南伐的計畫。他們如今在朝中上躥下跳影響了南伐之事，陛下要安內，自然會安得澈澈底底乾乾淨淨。昨日夜裡我們在宮城裡布防，等著他們攻城呢。」

「清理乾淨了？」柳玉茹倒了茶給顧九思，顧九思點點頭，淡道：「乾淨了。」

他說這話太隨意，讓柳玉茹忍不住抬眼瞧了他一眼。

如今這些事對於顧九思而言，彷彿已經成了習慣，見怪不怪了。柳玉茹起身坐到他身邊，拉了他的袖子往上捲去，檢查道：「你沒受什麼傷吧？」

「沒有。」顧九思趕緊邀功，「我昨夜還帶了一支小隊突襲了他們主將，他們主將的首級是我斬下的。玉茹，妳看，妳家夫君真是文可治國武可安邦，簡直是文武雙全，妳的眼光太

好了。能從千百納褲子弟中選出我顧九思，這一定是妳這輩子做得最好的買賣。」

他說得起勁，柳玉茹看出他高興極了，也沒打攪他，只是看著他抿著唇笑。顧九思自誇了一會兒，突然想起來，轉頭同柳玉茹道：「哦，還有個事。」

「嗯？」

「我舅舅，」顧九思猶豫著道：「後天應該就會從牢裡出來，在他找到府邸前暫時會先住在我們家，妳安排一下吧。」

柳玉茹應了一聲，溫和道：「放心吧，家裡的事我會安排妥貼。」

「我舅舅這個人，」顧九思慢慢道：「可能有點難搞。」

「嗯？」柳玉茹抬眼，有些茫然，「難搞？」

「嗯，」顧九思有些擔心，他想了想，同柳玉茹道：「要不妳拿個紙筆來記一下？」

柳玉茹茫然，顧九思從旁邊翻了紙筆過來，遞給柳玉茹，隨後道：「妳準備記，我開始說了。」

柳玉茹提著筆，點了點頭，就聽顧九思描述道：「首先要準備四個侍女專門伺候他起居，這四個女人必須長得好看，還不能是一樣的好看，得各有風情，各有所長，一個會跳舞、一個會奏樂、一個會按摩、一個會做事。他每日早上定時在早朝前半個時辰起床，他的衣服必須用出雲閣的龍涎香薰過，髮冠必須在南街珍寶齋專門訂製，他的漱口水必須是晨間露水，以前需要花露，咱們家院子裡花不夠，就先算了，但是得趕緊種起來，至少要表個態

度。他的口味複雜，每日都需要不同的菜系，所以得請個什麼菜系都能做的大廚，而且他特別挑……」

柳玉茹聽著顧九思的話，一開始還在記，後來慢慢崩潰了。顧九思說了半天，有點渴，喝了口水，緩了緩，接著道：「妳記好了嗎？還有……」

「九思，」柳玉茹打斷他，認真道：「你知道按照你舅舅這個開銷，他一個月需要花多少錢嗎？」

顧九思愣了愣，他緩了過來，輕咳一聲道：「那個，他脾氣不太好，要是……」

「你為什麼這麼怕他？」柳玉茹皺起眉頭，有些不理解，「他來我們家做客，就該遵守我們家安排。他若脾氣不好不給我們家臉，我們還要給他臉嗎？」

聽著這番話，顧九思用一種不知死活的眼神看著柳玉茹。柳玉茹看著顧九思的眼神，心裡有些疼，覺得顧九思小時候受了舅舅多大的虐待才能這麼怕他。

柳玉茹抬手握住顧九思的手，溫柔道：「九思，你別怕，你已經長大了，你還娶了我，我不會讓他欺負你的。他敢來咱們家耍橫，我就收拾他。」

「可是……」顧九思猶豫，「可是……」

「可是什麼？」柳玉茹皺起眉頭，「你大膽說出來，我會想辦法。」

「可是，他有錢啊。」

「舅舅在牢裡時和我說了，」顧九思眼裡帶著光，「他私下還有一座小金庫，住在咱們家

這些時間，他可以供我們全家開銷。」

一聽這話，柳玉茹立刻挺直了身子，認真道：「舅舅明日才來嗎？要不今日我們就去迎接吧。哦，九思，舅舅以前喜歡打你嗎？喜歡用什麼棍子，我替他準備一下。」

顧九思：「……」

江大人沒有立刻來顧家，但他很講究的讓顧九思先去準備了。

江柔非常熟悉這位弟弟的作風，她領著柳玉茹去買了馬車，挑了美女，然後買了一眾金燦燦的衣服掛在櫃子裡，熟門熟路訓練了一批人來照顧江河。

柳玉茹看著江柔臨時抱佛腳，忍不住道：「婆婆，既然舅舅這樣麻煩，為何不早點訓練人？」

江柔嘆了口氣，「玉茹，咱們家不比以前富有，萬一他出不來，這錢不就浪費了嗎？」

柳玉茹一聽，覺得江柔所言甚是，買馬車買美女買衣服訓練下人的錢，如果沒有人報銷，的確是一筆不菲的費用。

收拾好屋子，第二日顧朗華便帶著全家去刑部門口等江河。路上顧九思跟她大概介紹一下這位舅舅。

他們江家原本是東都首富，江柔這一輩，江家一共有兩子一女，江河是最小的兒子。按江老爺原本的打算，是讓江家的大公子江山從政，讓小兒子江河經商，誰知道江山當官不過

五年，就因為牽涉奪嫡一事被流放到南疆，然後病死在路上。江老爺被政治鬥爭傷害到之後，更是不願意江河當官，誰知道江河十五歲那年偷偷參加科舉，連中三元，成了當年天子門生。至此在官場上平步青雲，而立之年便扎根於朝堂，從工部、戶部到吏部，成為了六部之首吏部尚書，主管整個大榮朝堂官員考核升貶。如果不是出了梁王的事情，江河或許如今已經位居丞相也不一定。

當然這些都是官方的說法，按著顧九思私下介紹的就是：「我這個舅舅脾氣特別差，但平時笑咪咪的，可妳要記得，一定不要招惹他。」

「他的性格囂張，要是說話傷到妳，我會幫妳罵他，妳準備好大夫，記得給我上藥，他喜歡打我臉。」

「其他的妳不必害怕，一切有我，只要準備好大夫就可以了。」

顧九思渲染了很久的氣氛，柳玉茹終於跟隨著大部隊到了刑部門口，然後他們全家規規矩矩站在門口，不一會兒，裡面傳來了腳步聲，緊接著，一個身影出現在門口。

柳玉茹見到這個人的第一眼，便是滿眼一片金色，他穿著金燦燦的外袍，內著白色單衫，腰上懸著和田白玉，頭上金冠鑲珠。

他看上去三十出頭，生得極為英俊，眉眼間帶著和顧九思相似的好顏色，只是他或許是因為長開了的緣故，生得更加明豔一些。他手裡拿著一把小扇，走出門，陽光落在他身上，小扇「唰」的一張，將扇子反擋在額前，抬眼看向遠處，用華麗的音色感慨道：「啊，真是

好久沒見到這麼刺眼的太陽了。」

說著，他轉過頭，掃了顧家眾人一眼，隨後笑了笑，「好久不見啊，姐姐、姐夫、小九思。」

「念明，出來啦。」顧朗華強撐著笑容，叫了江河的字，隨後道：「我們把家裡準備好了，趕緊先回家，吃頓好的吧。」

「讓姐夫操心了。」江河收了扇子，矜雅領首表示感謝，隨後便抬眼一掃，直接往江柔買好的那架金燦燦的馬車走了過去。

那馬車用金粉塗面，看上去極為奢華，事實上，如果有賊大著膽子去刮一刮，的確可以偷點金粉去換錢。

他上了馬車之後，柳玉茹靠近顧九思，悄悄道：「你舅舅看上去挺好相處的。」

顧九思勉強勾起笑容，「妳開心就好。」

江河上了馬車，所有人鬆了口氣，柳玉茹和顧九思正打算去另一架馬車，就看江河挑了簾子，同顧九思熱情道：「小九思，幹嘛和舅舅這麼生分呢？上來和我敘敘舊，哦，」說著，江河把目光落到柳玉茹身上，「那個是小姪媳婦兒吧？一併上來吧。」

聽到這話，顧九思頓時苦了臉，可他沒有違背，低著頭認了命，領著柳玉茹上了馬車。

這輛馬車非常大，裡面坐著四個美女，都是江柔選好的，柳玉茹和顧九思進來的時候，江河靠在一個美女身上讓她揉著腦袋，腳搭在另一個美女身上讓她捏著腳，旁邊還有一個美

女跪在地上餵著葡萄，邊上坐了一個美女，抱著琵琶，同江河道：「大人想聽哪支曲？」

柳玉茹覺得自己是個土包子，在這一刻，她真的被江河震撼住了。

可顧九思非常習慣這種場面了，他帶著柳玉茹坐得遠遠的，一臉鎮定道：「我先和你說好，你想打人可以打我，你想罵人可以罵我，你想找麻煩可以找我，別動我媳婦兒。」

聽到這麼嚴肅的開場白，柳玉茹有些害怕。江河抬眼，仔仔細細打量柳玉茹一會兒後，嗤笑出聲，隨後撐著身子從女人身上起來，靠在車壁上道：「你見我什麼時候找過女人麻煩？小九思，舅舅不是這麼沒品的男人。」

說著，江河往柳玉茹身上上下一掃，隨後摺扇微張，遮住了唇，輕笑道：「你眼光可真不錯，怪不得我給你的公主都不要，要找這麼個揚州小傻妞。」

這話把柳玉茹說愣了，她頭一次聽人用這種詞形容她，倒也不覺氣惱，甚至有那麼幾分可愛。

可顧九思明顯不覺得這是什麼好話，他僵著臉道：「舅舅，你克制一點。」

江河聳了聳肩，攤手道：「我還不算克制嗎？你們給我一輛這麼寒酸的馬車、這麼幾個長得寒磣的侍女，還有這麼一套登不上檯面的衣服我都沒說什麼，你還覺得我不算克制？」

「九思啊，」江河語重心長，「我早就讓你來東都多見見世面，至少要學會怎麼花錢。人家都說外甥像舅，你看看你，除了長相有點像我，完全沒有繼承我半點風流氣度。舅舅我又沒兒子，你不好好繼承一下我這份風度，以後別人怎麼知道我們江家的風貌啊。」

「夠了舅舅，」顧九思黑著臉，「你可以找個舅媽再生一個。」

「啊，舅媽，」江河抬手捂住額頭，似乎提到什麼苦惱至極的事情，想了想，他抬眼看向柳玉茹，溫柔道：「玉茹妹妹，妳們家還有和妳一樣美麗溫柔雲英未嫁的姐妹嗎？」

「江河你個老色胚！」顧九思抬手就抽了過去。

江河用扇子擋住顧九思的拳頭，笑咪咪看了過去：「小九思長大了。」

顧九思聽著這話，不知道為什麼，突然有點慫，就在那一瞬間，柳玉茹看見江河一腳踹了過去，顧九思直接被踹出馬車，滾到地上。

柳玉茹立刻驚叫起來，「停車！」

話沒說完，江河的扇子就壓在柳玉茹肩上，巨大的力道逼著柳玉茹坐下來，江河同外面車夫用不容質疑的音色道：「不准停。」

車夫不敢停，顧九思翻過身爬起來，追著馬車跑，怒道：「江河！江河你有本事給我停下！」

江河用扇子挑起車簾，看著顧九思，笑咪咪道：「小九思，你最近身體不行啊，還是鍛煉一下，追著來吧。」

說完，他便放下車簾，笑咪咪看向柳玉茹。

顧九思一走，柳玉茹瞬間感覺到整個車廂裡有一種無形的壓迫感展現出來，江河看著她，柳玉茹故作鎮定，許久之後，江河輕笑一聲：「我倒是真沒想過，柳家那種小門小戶，

能養出妳這樣的姑娘來。」

柳玉茹聽到這話，鬆了口氣，知道江河這一關她算是過了。

她不說話，江河重新躺倒美女身上，自己手撚了葡萄，慢慢道：「我查過妳，也知道妳做過的事，顧家一路能走過來，應當多感謝妳。我這個姪兒，個個以為他是個紈褲子弟，但其實是我一手教大的，原本我是想著讓他至少要娶個公主這般的人物，沒想到居然讓妳撿了漏。」

柳玉茹不明白江河同她說這些是要做什麼，她靜靜等著，聽江河道：「我不喜歡女人，除非是我姐姐那樣的女人。妳嫁給他，別想著自己一輩子就依附一個男人了，自個兒好好掙錢，以後妳掙錢，九思當官，這樣顧家的基石才穩。」

說著，江河抬眼看她，「我說這些妳聽得明白？」

「明白的。」柳玉茹聲音溫和，面上帶笑，江河皺了皺眉，似是覺得敷衍，隨後就聽柳玉茹道：「姪媳也就一個問題，聽九思說，您在顧家的時間會承擔顧府一切開銷，這是九思說著玩的，還是？」

江河愣了愣，片刻後，他慢慢笑起來。

「妳這個小姑娘，」他的扇子靠在唇邊，壓不住笑，「倒是有趣得很。」

柳玉茹笑而不語，片刻後，江河似是有些疲憊，閉上眼睛，「既然妳明白，我也就不多問了。我這裡有點錢，日後你們在東都有什麼難處，可以同我說說。」

「舅舅這樣說，玉茹便有些不解了。」柳玉茹搖著團扇，看著面前面容俊美的青年，「玉茹見舅舅如今容光煥發，在獄中應當沒吃什麼苦，不知舅舅在牢獄中待這麼久，是自願的，還是被逼無奈？」

江河聽著這話，轉頭看向柳玉茹，目光裡帶著笑，「妳是什麼意思？」

「舅舅，」柳玉茹轉頭看向馬車外，顧九思正在艱難地追著馬車跑，所有人看著顧九思，柳玉茹壓著嘴角的笑意，柔聲道：「九思一直堅信你是冤枉的，是以自己的性命擔保才讓陛下放您出來，並任位任戶部侍郎。玉茹希望您把九思當家人，坦誠相待。」

「妳覺得我有什麼不坦誠？」江河笑咪咪看著柳玉茹，柳玉茹沒說話，許久後，柳玉茹抬眼看向江河：「江大人，您和梁王之間，是真的沒有勾結嗎？」

江河不再說話了。

片刻後，他笑了笑，轉頭看向窗戶外：「妳這個小丫頭片子呀。」

說著，神色裡帶了些悵然：「都死了的人，說這些，還有什麼意義呢？」

他沒有避諱，柳玉茹聽到這話便明白了。她遲疑著，終究沒有將想問的話問出口。

馬車一路行到顧家大門前，江河在所有人面前下了馬車。

顧府如今是在一條巷子裡，遠比不上江河過去的府邸，江河一下馬車就忍不住道：「都來東都了，怎麼不買個好點的宅子？這種地方住著，你們不覺得憋屈嗎？」

話正說著，一輛馬車停了下來，所有人抬頭一看，發現顧家的馬車堵住了對方的路。

顧家的後門在後面，馬車在正門放了人，從後門入，這個角度來說，這輛馬車也擋了顧家的路。

於是兩家馬車對峙著，江河挑了挑眉，看了追著上來的顧九思一眼，顧九思才剛跑到門口，便看見這種情況，抹了把頭上的汗，趕緊上去道：「這位兄臺不好意思，麻煩您退一步……」

「顧大人。」

話沒說完，馬車裡傳來帶了笑的男聲，顧九思聽到這個聲音，頓時冷下臉，隨後看見一把小扇挑起車簾，洛子商藍衫玉冠，坐在車中瞧著顧九思，似笑非笑，「好久不見。」

說著，他抬起眼來，掃了周邊一圈，隨後將目光落到江河臉上。

江河和洛子商對視，江河微微一愣，洛子商面上也明顯呈現出詫異的神色。

他們明顯是認識的，然而卻在這短暫的交視後，迅速將目光錯開，明顯誰都不想認出誰。

顧九思看著兩人的互動，隨後道：「在下尚未聽到太子回東都的消息，沒想到洛太傅就提前回東都了？」

「太子殿下已駐紮在城外不遠處，修整之後，明日就會入城。」洛子商笑了笑，「在下身體不適，就提前回來休息了。」

「如此。」顧九思點了點頭，隨後道：「這路洛大人到底讓不讓？」

洛子商：「……」

洛子商沒想到顧九思會問這個話，片刻後，他輕咳一聲，隨後道：「讓是應該的。」

說著，洛子商想了想，抬眼看向柳玉茹。

他只是匆匆掃了一眼，顧九思頓時像一隻被人覷覬了骨頭的惡犬，怒道：「你看什麼呢！」

洛子商笑了笑，放下車簾，同下人道：「退吧。」

下人驅使馬車退出巷子，給顧家讓出路來，顧九思到柳玉茹身邊，嘀咕了一聲：「他真是賊心不死。」

柳玉茹有些無奈：「人家一句話都沒說。」

「他看妳了。」

「他還看你舅舅了。」柳玉茹小聲道：「下次別這麼聲張，怕別人不知道他看過我？」

顧九思撇了撇嘴，沒有說話。

江河進了屋裡，倒沒有多說什麼，他吃了飯，便自己休息。江河休息，顧九思也輕鬆了下來，他洗了個澡，和柳玉茹坐在一起做事，柳玉茹算著帳，顧九思處理公務。兩人一面做事，一面有一搭沒一搭的閒聊。

「今日洛子商回來，你沒什麼好奇的？不同他多說幾句話？」

「有什麼好說的？」顧九思翻著文書道：「他會說的，我應該都知道了。剩下的他也不

會說，我何必和他浪費這個時間？」

柳玉茹覺得他說得也不錯，想了想道：「他到底為什麼提前回來？」

「回來看看能不能搶救吧。」顧九思覺得很是高興，抬頭看了柳玉茹一眼，「我和陸大人聊過了，當初劉春那事就是他指使陸永的。所以很明顯了，他肯定是太后那邊的，太后倒了，他還有什麼戲唱？等著吧，」顧九思淡道：「太子一回來我就參他，保證他日子不好過。」

「你也別逼太狠了，」柳玉茹嘆了口氣，「如今陛下都要供著他，他手裡拿著揚州，萬一逼急了投了劉行知，到時候怪罪到你的頭上，我看你怎麼辦。」

「他有本事就投，」顧九思提著筆道：「大不了我辭官。我有媳婦養，他有嗎？」

顧九思一臉理直氣壯的模樣，把柳玉茹逗笑了。

她從旁邊撿了個墊子砸了過去，顧九思接住墊子，搖著頭道：「看看這隻母老虎，有了錢，果然氣勢就不一樣，都敢打自己的郎君了。」

「顧九思，」柳玉茹哭笑不得，「你什麼時候才能正經些？」

「想看我正經啊？」

顧九思抬手撐著頭，認真想這個問題。

打從與柳玉茹認識近兩年來，他長高了許多，身形修長，面容清俊。

他的長相繼承了江家的美麗，又帶了顧朗華那份英俊，於是在他身上雜糅出一種難以言

喻的俊美來。

此刻他身著白色絲綢單衫，墨髮隨意散開，白皙的肌膚在燈火下泛著如玉的光輝，他隨意撐著頭，唇邊含笑，認真思索的模樣，帶了一種禁欲的美感。

柳玉茹本只是匆匆掃上一眼，但見著這人的樣子，竟愣了。

顧九思轉過頭，看見她愣神的模樣，唇邊笑意更濃。

他披著外衫站起身，赤腳步行到她身邊，然後單膝跪地半蹲下來，一隻手搭在自己的膝蓋上。

柳玉茹抬眼瞧他，他離她極近，墨色的眼裡流淌著光。

他伸出如白玉雕琢般的手，輕輕捏住她的下巴，迫使她抬頭注視他。

柳玉茹有些不好意思，開口道：「郎……」

那郎字便被吞入了口裡。

外面明月當空，秋海棠在月下緩緩盛開。

顧九思輕輕放開她，看著柳玉茹帶著水氣、有些迷蒙的眼，忍不住動了動喉結，隨後華麗清朗的嗓音裡帶了幾分沙啞，抬手用拇指抹過她的唇，低聲道：「妳的郎君，現下正經了嗎？」

柳玉茹紅了臉，哪怕已經成婚許久，面對這些事，她始終還是比不過顧九思這份坦誠猛浪的。

她緊捏袖子，努力控制聲音，可她的聲音還是彷彿能滴出水來一般，低低道：「這哪裡是正經？好好看你的文書去。」

顧九思笑了笑，目光追隨著她，彷彿他的視線是一隻手，一路慢慢滑下去。這目光看得柳玉茹無法呼吸，顧九思從袖裡取了小扇，代替自己的手，挑開了衣衫，同柳玉茹道：「妳要我正經，無非是想討妳喜歡，那現下妳若喜歡我，我便是正經，妳若不喜歡，我便是不正經。可我又聽，女人大多愛的就是不正經，所以妳說，當一個男人，是正經得好，還是不正經好？」

柳玉茹沒說話，捏緊了手裡的算盤。

顧九思看著她衣衫凌亂，歪頭笑了笑，還是不忍她受苦，將人抱回床上。

酒足飯飽，第二日上朝的時候，顧九思明顯心情極好。

旁邊的葉世安不由得道：「你怎麼這麼開心？」

不等顧九思回話，沈明便道：「肯定是吃飽了。」

葉世安愣了愣，有些不解。顧九思輕咳了一聲，隨後道：「世安，你的摺子準備好了嗎？」

「什麼摺子？」沈明不明白。

顧九思抬手撩了落在耳邊的碎髮，雲淡風輕道：「昨日我遇見洛子商了，他提前回東都，太子今日會入城。」

聽到這話，葉世安瞬間冷了臉色。

他轉頭就道：「我這就去寫。」

「那個，」沈明看著葉世安去找紙筆，有些不安道：「給陛下的摺子這麼草率，這樣不好吧？」

沈明：？？？

「有什麼不好的呢？」顧九思雙手攏在袖中，溫和道：「反正陛下也想讓人參他。要不是我最近參的人太多，今日還用世安寫摺子？」

沈明愣了愣，他不知道為什麼，從顧九思的語氣裡聽出幾分遺憾的味道。

過了一會兒，沈明想了想道：「九哥，昨個兒洛子商是不是又去對玉茹姐姐獻殷勤了。」

自從柳玉茹幫沈明私下找點夥計賺些三零花錢後，柳玉茹也變成玉茹姐姐，而不是少夫人了。

顧九思被沈明看穿心思，冷冷地瞟了沈明一眼，「沒有，你在想什麼？」

「沒有不對啊，」沈明立刻道：「你這麼小心眼的樣子，明顯是得罪你才行。洛子商得罪你最狠的事也就是他總關注玉茹姐，昨個兒他不騷擾玉茹姐，你會這麼積極的在今日參他嗎？」

「我喜歡你這個詞。」顧九思聲音平淡。

沈明下意識重複：「什麼詞。」

「騷擾。」顧九思咬重了字音。

沈明有些無奈，他就說，洛子商一定騷擾擾柳玉茹了。

葉世安辦事效率很高，尤其是在報家仇這件事上。他去借了紙筆，趁著還沒早朝，趕緊奮筆疾書一份摺子。

這份摺子洋洋灑灑罵了洛子商一大篇，罵得行雲流水沒有半點思考空間，可見葉世安對於罵洛子商這件事早有準備。罵完了之後，就是一個重點：這個人不配當太傅，趕緊換人。

顧九思看了葉世安的摺子，點了點頭道：「很不錯，我很動容。」

「那就這樣了。」葉世安冷著聲道：「陛下如今已經開始懷疑他，也確定不再南伐首先安內，不可能讓他繼續當太子太傅。他離太子遠點，以後我好好教導太子，這才能保證太子不受他蠱惑。」

顧九思點點頭，沒有反駁。

雖然他打從心裡覺得，以葉世安的說教水準，很難和洛子商這種專業馬屁精抗衡。

可這並不重要，今日的重點事件只有一件事，參他。

於是早朝開始後不久，在范軒詢問「有事起奏」這句話時，葉世安一個健步邁了出來，大聲道：「陛下，臣有本要奏，臣認為，洛子商師德不顯，不宜為太子太傅！」

這話一出，顧九思立刻出列，贊成道：「臣附議。」

沈明愣了愣，看著兩兄弟站了出去，覺得自己不能落後，於是立刻跟著出列，一臉認真道：「臣也一樣。」

第四章　黃河

某種意義上說，葉世安代表了葉家的態度，顧九思代表了周高朗的態度。於是在沈明站出來後，一大批大臣陸陸續續站了出來。

洛子商站在前方，神色從容淡然，范軒看向前方的洛子商，沉聲道：「洛太傅，你有何話好說？」

洛子商笑了笑，「陛下是君，臣是臣，陛下覺得怎樣，微臣怎敢多言？一切聽陛下吩咐。」

這話說得大氣，若是范軒還要幾分面子，就會給洛子商一個臺階。然而范軒卻是點點頭，直接道：「洛太傅這樣的才能，當太子的老師未免太過屈才，還是還玉於寶閣，讓洛大人能為朝廷做更多事才好。」

說著，范軒想了想，卻是道：「修史乃國之大事，洛大人師從章大師，又是太子太傅，如此重要之事，便交由洛大人來做吧？」

大夏保持了大榮的規矩，按照大榮的規矩，每個國君的政績之一就是修史。因此國家再

窮再苦再亂，皇帝也會堅持讓人修史。而修史之人常在後期受到重用，算是一個政治跳板，畢竟比起處理那些雜七雜八的事，修史這件事最不容易出錯，又最容易升官。讓太子太傅修史，算得上是給太子面子，是恩寵了。

但顧九思心裡清楚，按著范軒的意思，他是打算先收拾了劉行知再回來收拾揚州，洛子商若是失了揚州，在朝中沒什麼依仗，修史這件事並無實權，到時候收拾洛子商也來得更方便。

他明白這一點，朝堂上除了幾個老狐狸以外，大多數人卻是不太明白的。葉世安緊皺著眉頭，打算再次諫言，然而開口之前，卻看洛子商跪了下去，恭敬道：「臣謝過陛下厚愛，但微臣雖師從章大師，在史學一事上卻並無建樹，陛下想讓臣為朝廷、為百姓多做些事，臣心中十分感激，臣過去學過一些雜學，想請陛下調臣入工部，監管黃河修繕一事，以學所之長回報於朝廷，還望陛下恩准。」

「黃河？」范軒皺了皺眉頭，洛子商跪在地上，從懷中取出摺子，「陛下，太子今日才入東都，尚未來得及稟報，此次太子巡視黃河，發現前朝舊疾，黃河多處需加防修繕，今年殿下已經命人以沙袋加防，但若不加緊修繕，日後怕是要出大亂。」

聽到這些話，朝臣不禁擔憂起來。如今到處都需要錢，朝廷本就捉襟見肘，要是黃河再出事，怕不等南伐劉行知，大夏內部就要先亂。

范軒沉默下來，片刻後，他終於道：「等太子入城後，你同他一起到御書房與朕細說此事。」

洛子商叩首應聲，朝上無人敢再說他太傅位子一事了。

大家心裡清楚，所謂師德這種事，無非是想要趁著太后失勢找找洛子商麻煩罷了。畢竟洛子商過去在揚州雖然名聲不好，但任太傅以來，沒有半分逾矩，如今參他，不過是舊事重提。當初讓他當太傅的時候不追究這些，如今追究，分明是找事。在黃河水患面前這麼赤裸裸爭權奪利，傻子也不會去幹這麼不討好的事。

顧九思和江河從朝堂上一同走出來時，江河面上帶著笑，看著顧九思有些不高興，江河手持笏板，笑咪咪道：「參洛子商之前，沒想到他有這一手吧？」

顧九思看了江河一眼，有些奇怪道：「你知道了？」

「黃河的事我不是不知道，」江河懶洋洋出聲，「可我若是洛子商，進東都之前就會想到這些了。太后倒了，陸永辭官，你當了戶部尚書，皇帝決定停下南伐之事，那下一個要收拾的肯定是他。再考考你，」江河挑眉，「你覺得等會兒洛子商進了宮，會做什麼？」

顧九思沒說話，他認真思考起來，江河伸了個懶腰，「換個說法吧，你覺得若你是洛子商，你如今會做什麼？」

顧九思順著江河的話想。

他如果是洛子商，如今皇帝心裡一定是想換太傅的，因為他怕自己繼續影響太子，可是洛子商已經教授太子一段時間了，該影響早影響，太傅這個位子，留不留無所謂，當務之急是讓皇帝信任他。

畢竟洛子商不是劉行知，如果洛子商表忠足夠，范軒相信他，說不定真的會把他當臣子重用。

「他要取信於范軒。」

「對咯。」江河笑著開口，「所以呢？」

顧九思頓住腳步，片刻後，笑起來道：「舅舅你先回去，我得去找一個人。」

說完，顧九思便轉過身，找了正打算離開的葉世安。

此番讓洛子商躲了過去，葉世安心中正氣惱得很，他上了馬車，冷著臉，正準備打道回府，就聽到顧九思道：「世安，等等！」

說著，顧九思一個健步跨了上來，進了馬車內道：「世安，幫個忙。」

「嗯？」

「我帶你進宮哭一哭。」

「啊？」葉世安是懵的。

顧九思打量著他道：「你哭得出來嗎？」

「你到底要做什麼？」

「沒什麼，我估計今日下午洛子商一定要去陛下面前說好話了，咱們要先下手為強，給陛下提個醒，狼崽子養不熟。」

葉世安是個聰明人，顧九思稍稍說說，他便明白過來。

他的品級是不太好見皇帝的，可顧九思如今已是戶部尚書，帶著他回了宮，恭恭敬敬請人通報之後，由范軒召見，終於來到御書房。

到的時候，范軒正在批摺子，他聽著顧九思和葉世安叩拜了他，讓他們站起來，隨後道：「有什麼事說吧。」

「陛下。」葉世安哐噹跪了下來，叩首道：「洛子商絕不可留做太傅。」

范軒筆頓了頓，片刻後，他嘆了口氣道：「世安，你的意思我明白，但如今不好提這事，再等等。」

「陛下，如今太后剛失勢，朝內動盪，此時不提，日後便更不好提，」葉世安跪在地上，急切道：「太子乃大夏未來之希望，放由他這樣的人教導，多一日便多一日的危險，陛下，此人不可再留。」

「世安，」范軒有些頭疼，「我理解你的心情，但朕有朕的考慮，黃河水患之事才是最重要的……」

「陛下！」葉世安提了聲音，「黃河水患重要，難道我大夏的未來，太子的德行，這不重要？」

「陛下，」葉世安抬起頭來，認真看著范軒，「過去臣擔心陛下覺得臣對洛子商是因私擾公，不敢多做他言，可今日話已說到這裡，臣也豁出去了，陛下可還記得，臣的父親是如何死的？」

范軒愣了愣，葉世安身子微微顫抖，他捏緊了拳頭，紅了眼眶，倔強地看著范軒道：

「陛下可知，洛子商掌權之時，有多少百姓無辜冤死，多少人家破人亡。洛子商心中根本就沒有百姓，他心中只有權勢，為了權勢什麼都做得出來。他這樣的人，提什麼黃河水患？不過都是鬥爭之中的托詞，陛下近日若不廢他，日後又拿什麼理由廢他？」

范軒沒有說話，葉世安直起身子，胸膛劇烈起伏，極度控制著自己的情緒，他一貫是翩翩君子，少有克制不住自己情緒的時候，偶然這麼一次，便看得人心裡難受起來。

「陛下。」葉世安聲音沙啞，「臣當年，也是父母健在、家中和睦，臣少年成名，順風順水，當年參加前朝科舉前，父親還同陛下一起喝酒，說想要看看臣的本事，看臣能否在此次科舉之中三元及第，不負我葉家盛名。」

葉世安說著，眼淚落了下來，范軒靜靜看著葉世安，葉世安閉上眼，低啞道：「可我父親看不到了。只因為葉家不願意向王善泉低頭，只因為我父親想保留一份風骨，不願向洛子商折腰。陛下，這樣沒有底線、不擇手段的人，您多留一日，就不怕太子殿下變成下一個王家公子嗎！」

「葉大人！」張鳳祥在一旁聽到這話，急促道：「太子殿下怎能同王家那些上不了檯面的貨色混為一談？您⋯⋯」

范軒沒讓張鳳祥說下去，抬起手打住了張鳳祥的話。

他看著葉世安，眼裡帶了些回憶。

許久後，范軒出聲道：「你的話，朕明白。你回去吧。」

葉世安狠狠叩首，同顧九思一起告退。

顧九思同葉世安走出來，他們並肩走下臺階，顧九思沉默很久，終於道：「當年在揚州的時候，我未曾想過，竟真有看你哭的一天。」

葉世安聽著，笑了笑，「不過做戲罷了，都是過去的事了。」

顧九思沒說話，他沒有揭穿葉世安的話。

葉世安不是個會演戲的人，他向來知道。

可是人總得留些尊嚴，於是顧九思想了想，抬手搭在葉世安的肩上，高興道：「我打小就知道你是我認識的人裡最聰明最有能耐的，你放心吧，咱們兄弟聯手，那就是天下無敵。

別管什麼王善泉洛子商劉行知，幹他就是了！明日我就帶沈明先去堵洛子商打一頓，等改些時日成熟了，咱們把他抓過來，你喜歡清蒸還是油炸？」

他明白這是顧九思的安慰，於是乾脆地說了聲：「謝謝。」

葉世安知道顧九思是說笑，洛子商好歹是朝廷命官，哪裡能說打就打？

顧九思輕輕捶了他一拳，「你的事就是我的事。」

「謝什麼？」

兩人笑著出了宮，顧九思送葉世安上了馬車，等顧九思轉身要離開時，葉世安捲起車簾，叫住顧九思道：「九思。」

顧九思回頭，看見葉世安坐在馬車裡，認真地看著他道：「有你這個兄弟，我很高興。」

顧九思愣了愣，片刻後，有些無奈地攤了攤手，「沒辦法，誰叫我這麼優秀呢？」

葉世安笑出聲，他擺擺手，放下車簾。

顧九思看著葉家馬車噠噠離開，在宮門口站了站，看見宮門頂上白鴿振翅飛過，在陽光下劃過一道優美的弧線。他笑了笑，回到顧家馬車上，噠噠離開。

他們離開後不久，洛子商便跟著太子進了宮中。進御書房之前，洛子商同范玉道：「殿下不必解釋，也不必同陛下說情，周大人與陛下是生死交情，殿下說得越多，陛下就只是覺得殿下不懂事罷了。」

范玉冷著臉，克制著憤怒道：「周高朗那個老頭子，就是見不得孤有自己的人。他的算盤孤清楚，不就是想慫恿著父皇再生個兒子，然後廢了孤。以父皇的身子，哪裡等得到那個孩子長大？到時候他們不就可以挾天子令諸侯，誰都管不了他們嗎？這份狼子野心路人皆知，父皇念著過去情誼，他們念了嗎？」

「殿下息怒，」洛子商嘆了口氣，「陛下是感情用事的人，您如今不宜再和陛下置氣，您說得越多，陛下對您成見越大，如今不妨順著陛下，您是陛下的兒子，天下早晚是您的，一切等到時候再說。」

范玉聽洛子商規勸，終於冷靜了些，洛子商繼續道：「等會兒殿下就按照我準備給殿下的話說就好，只提黃河水患情況，其他一律不要多說。」

「太傅，」范玉嘆了口氣，「若陛下真的讓你去工部，日後孤就當真是一人在宮中了。」

「殿下，」洛子商溫和道：「臣只是去幫殿下做事，微臣永遠是殿下的臣子。微臣如今去工部做事，將黃河修繕好，等日後殿下登基，也少幾分擔憂。」

「太傅，」范玉聽著洛子商的話，有些難過道：「若朝中大臣都如您這般，不要總想著爭權奪利，那便好了。」

「殿下乃聖明之君，」洛子商低頭道：「等殿下澤被天下，自有這一日。」

兩人說著到了御書房門口。范玉先進去，洛子商看了守在門口的太監一眼，小太監在洛子商路過時，小聲道：「顧葉二人方才拜見。」

洛子商面不改色，彷彿什麼都沒聽到一般，跟著范玉進了御書房，跪下去恭敬行禮。范軒聽到行禮聲，抬眼看了兩人一眼，讓范玉起來，卻沒管洛子商。

洛子商便一直跪著，范軒詢問范玉出行之後的事，范玉恭恭敬敬答了。

這次他答得很沉穩，詳略得當，范軒很快就清楚情況，范軒忍不住看了這個兒子一眼，感慨道：「出去一趟，長大了不少。」

「見了民生疾苦，」范玉沉穩道：「才知自己年少無知。過去讓父皇為兒臣費心了。」

頭一次聽到范玉說這樣的話，范軒不由得欣慰許多。

他一生事事都掌握在手中，唯有范玉這個兒子，讓他無所適從。如今范玉終於有了幾分自己期待的模樣，范軒不由得高興道：「知道百姓不容易，你終於懂事了。」

范玉笑了笑，轉頭看了洛子商一眼，「是太傅教導的。」

這話讓范軒愣了愣，洛子商跪在地上，沒有多說什麼。范軒沉默片刻，想了想，同范玉道：「情況我明白了，我會吩咐人去辦，這次你做得好，先回去吧。」

范玉猶豫片刻，想了想後，恭敬道：「兒臣告退。」

范玉離開後，房間裡就剩下范軒和洛子商。范軒看著洛子商，喝了口茶道：「洛大人，這些時日，你將太子教導得很好。朕從未見過他這麼聽一個人的話，實在讓朕有些詫異，洛大人果然手段了得。」

明眼人聽著這話，都明白這是嘲諷。洛子商沒有抬頭，許久後，他慢慢道：「陛下，其實您也可以。」

「哦？」范軒笑出聲，「朕可沒有洛大人這副玲瓏心腸。」

「陛下，」洛子商平和道：「讓一個人聽勸，不需要手段，只需要用心。」

「你的意思是，朕對太子不夠用心？」范軒皺起眉頭。

洛子商慢慢道：「陛下作為天子，自然是用心。可作為父親，陛下捫心自問，算得上用心嗎？」

這話讓范軒愣了愣，片刻後，卻是不敢出聲了。

他知道，洛子商說得沒錯，其實范玉成長至今日，他作為父親的確沒有盡好責任。

范玉母親去得早，以前他太忙，總將范玉交給家中奶娘帶著，等後來范玉成人，已經是

這個性子。

「陛下不瞭解太子，遇到事情，要麼寵溺退讓，要麼叱責辱罵，陛下從未打心底肯定過殿下，又讓殿下如何認可陛下呢？陛下認為臣手段了得，臣其實不過就是以真心換真心罷了。」

范軒沒說話，這些話都說在他心裡，他一時竟真想和洛子商討教一下。可是又不自覺在腦海中閃過葉世安跪在地上顫抖著的脊梁。

他心裡頓時冷下來，淡道：「洛大人原本在揚州也是一方諸侯般的人物，如今到了大夏當太傅，還如此盡心盡力，讓朕十分感激，都不知該如何嘉獎才是了。」

洛子商聽著，笑了笑道：「陛下也不必嘉獎，若陛下真的體恤微臣，還望陛下讓臣入工部，主管黃河修繕一事，為百姓做點實事吧。」

范軒沒說話，洛子商如此果斷，他一時失去了和洛子商繞彎的想法，從旁邊端了茶，淡道：「洛子商，其實朕的意思你也明白，朕不太明白。」

「臣知道，」洛子商平靜道：「陛下不能理解，臣放棄揚州自立為王的機會，來大夏當個臣子是為什麼。甚至於陛下一直在防範臣，陛下心中，臣始終是外臣。」

「既然知道，你還要留在大夏？」

「陛下，」洛子商抬起頭，認真道：「若臣告訴陛下，臣有不得不留在大夏的理由，陛下信嗎？」

「洛子商，」范軒看著他，真誠道：「你若說出來，朕可以信你一次。」

洛子商聽到這話，慢慢笑起來。

「陛下，洛某可以同您說一件事，」洛子商苦笑，「其實，洛某並非當年洛家大少爺洛子商，洛某只是洛家一個私生子。」

「這與你留在大夏有什麼關係？」

洛子商沒有說話，神色有一瞬間恍惚，似乎想起了什麼，片刻後，他苦笑起來，「陛下，以揚州之能力，揚州不可能自立，最後必然是依附於他人。微臣要麼依附於劉行知，要麼依附於陛下。微臣沒有什麼親人，所以微臣不想與自己的親人兵戎相見。」

「你的親人？」范軒疑惑：「你的親人在大夏？」

「是。」洛子商苦笑，「微臣的父親，在大夏。縱然這一輩子，他或許都不知道，了也不會認我，而微臣也不想認他，可是微臣還是希望，這唯一的親人，能夠好好的。」

范軒沉默下來，許久後，范軒終於道：「那你的父親是？」

洛子商聽著，苦笑起來。他將額頭點在地上，低啞著說出一個名字。

范軒驚愕在原地，片刻後，他露出恍然大悟的表情，許久後才道：「那你……當初為什麼還要做那些事？」

「陛下，」洛子商苦笑，「以微臣的手段，若真的下了死手，又怎麼會讓人逃出去？」

「陛下，」洛子商重新低頭，額頭點在地上，保持著恭敬的姿勢道：「人生在世，難免

身不由己。微臣知道陛下一直介意當年微臣在揚州所做的一切，可是那時候，微臣又有什麼能選？微臣不做那個惡人，王善泉在一日，自然有人做那個惡人，只有微臣做了那個惡人，才能保下更多人，給大家一條生路。」

「微臣知道朝中許多人對微臣有誤解，可是微臣還是希望陛下明白，微臣之所以明明可以為諸侯卻來到大夏成為一個太傅，明明可以逼著陛下保留太傅之位卻不留，都只是因為微臣想在大夏討一個位子。」

「這裡有微臣的家人，微臣傾慕的女子，微臣在這世上所有牽絆的、留戀的盡在大夏，微臣不可能對大夏做什麼。因為微臣，畢竟也只是個凡人。」

凡人就有七情六欲，有愛恨嗔癡。

劉行知能給他的，大夏也能給，而大夏還有著他的家人。

范軒看著地上跪著的青年，一時有些不知如何抉擇。許久後，他嘆了口氣，終於道：

「你說的話，朕會考慮。你先去工部吧，你說的是真是假，朕會慢慢看。」

「謝陛下。」洛子商認真回答。

范軒點點頭，讓他退下，洛子商行禮起身，臨去之前，范軒突然道：「你……要不要我幫你同你父親說一聲？」

洛子商背對著范軒，許久後，他出聲道：「不必了。」

他聲音低啞：「我知道他們的存在就好。我做過什麼，不指望他們明白，我自己心裡清

楚便是。如今說出來，對誰都不好。」

范軒沒有說話，他知道洛子商說的不錯。許久後，他嘆了口氣，「朕明白了。」

洛子商告離開，等出宮之後，他舒了一口氣。

侍衛看著洛子商靠在馬車上，有些擔憂道：「主子，如今局勢對您不利，我們是否早做

準備？」

「不利？」洛子商眸眼，有些奇怪道：「我怎麼不知道呢？」

侍衛愣了愣，洛子商笑了笑，靠在車壁上，沒有再說話。

顧九思回到屋裡時，柳玉茹正在屋中算帳，他聽柳玉茹的算盤打得劈啪作響，進門就道：

「我一聽這算盤聲，就感覺聽到了銀子撞在一起叮叮噹噹的聲音。」

柳玉茹聽到顧九思的話，抿唇抬頭看了他一眼，責備道：「你以為錢不需要賺的？」

「需要，」顧九思趕忙道：「我每日賺錢很辛苦的。」

「那你倒是說說你賺了多少銀子？」柳玉茹抿唇笑起來。

顧九思把外套脫給木南，大聲道：「少說得有幾百兩吧。」

「這麼多銀子，我怎麼沒見著影子？」柳玉茹看他走過來，調笑道：「別騙我婦道人

家。」

「這些銀子都是妳給的，妳還不知道嗎？」

顧九思坐到她邊上，撒嬌一般挽住她的手，靠在她肩膀上，捏著嗓子道：「這可都是人家伺候柳老闆換來的賣身銀，柳老闆都不記得啦？」

柳玉茹聽這話有些哭笑不得，柳老闆都不記得啦？」

「妳戳了我，」顧九思伸出手來，抬手戳了戳顧九思：「德行。」

柳玉茹愣了愣，顧九思接著道：「不給錢也行，看在妳長得好看的份上，用妳自個兒抵也行。」

「顧九思，」柳玉茹見他玩得高興，不由得道：「今日活兒少了是吧？」

「夫人面前，什麼活兒都得讓道。」顧九思一臉嚴肅，「只要夫人臨幸顧某，顧某赴湯蹈火、翻山越嶺，也要來赴夫人雲雨之約。」

話剛說完，柳玉茹就把帳本拍在顧九思臉上，拿了一疊紙，起身道：「就知道耍嘴脾氣，我不同你說了，我找財神爺去。」

「嗯？」顧九思愣了愣，「什麼財神爺？」

「舅舅說好負責咱們府上開支的，也快到月底了，我去看看舅舅給不給得起，若是給不起，還是早點讓舅舅搬出去吧。」

「怎麼會是顯得勢利眼呢？」柳玉茹認真道：「我們就是勢利眼啊。」

顧九思聽到這話，趕忙翻身起來，跟著柳玉茹道：「這麼做是不是顯得太勢力眼了？」

顧九思愣了愣，柳玉茹笑著轉進了江河的屋裡。顧九思在門口反省一下自己，他覺得柳

玉茹說得很對，這些時日，他果然太虛偽了。

他跟著柳玉茹進了江河的房中，江河聽到通報，讓他們進門，顧九思掃了屋裡的布置一眼，全都是名畫古玩金雕玉器，旁邊四個美女盡職盡責服侍著他，文書都用念的，過得要多滋潤有多滋潤。

看見他們進來，江河坐起身，笑著道：「姪媳婦兒有事？」

「是呢，」柳玉茹柔聲道：「如今到月底了，玉茹特地來跟舅舅報一下這個月顧府的開銷。」

他點點頭道：「妳找江韶拿錢。」

江韶是江河帶過來的僕人，聽說以前就跟著他。柳玉茹應了聲，隨後同江河道：「舅舅確定不看一下帳？」

「不就是一府開銷嗎，不在乎道：「能有多少？」

「那我就去找江先生領錢了。」柳玉茹沒多說，站起身，「舅舅好好休息吧。」

「等等，」江河不知道為什麼，突然萌生出不安，「這個月花了多少錢？」

「兩千五百兩。」

「什麼？」江河詫異道：「怎麼會這麼多？」

他覺得自己以前已經算很奢華了，一個月一千兩就是極限。畢竟一個普通下人一個月不

過就是二兩銀子，上等丫鬟八兩銀子，兩千五百兩都夠雇一千二百五十個普通下人，誰家閒著沒事在東都地價這麼高的地方雇一千多個下人？不需要地盤放人的嗎？

柳玉茹早料到江河的反應，從旁邊拿了開銷清單過去，同江河道：「舅舅，這是開銷清單，您過目一下。」

江河一把抓了清單過去，從上往下掃，其他開銷都算正常，只有最後一排開銷上寫了一個「顧九思專屬療養費」，後面金額寫著兩千兩。

「這是什麼東西？」江河立刻指著這個療養費詢問，柳玉茹笑了笑，「哦，這個是專門為您準備的特別服務。」

「什麼？」江河有些懵懂。

柳玉茹拉過顧九思，同江河道：「舅舅，玉茹知道您壓力大，平時需要發洩，九思皮糙肉厚，隨便打都沒有問題的。每個月您可以隨意管教他，放心抽他罵他，不用手軟，這些您都已經交過錢了。九思如今也算戶部尚書，我算過了，每個月身價也該有兩百兩，誤工費……」

「我明白了。」江河盯著柳玉茹，嘲諷笑開，「妳這是替妳夫君報仇呢？」

「舅舅怎麼能這麼說？」柳玉茹抬眼，面上一派溫和，笑著道：「大家都是生意人，有買有賣，這不是很正常嗎？九思如今畢竟是我的人，舅舅要打他，自然是要付一些費用的。您若覺得貴了，還有商討的餘地。」

江河不說話，柳玉茹想了想：「舅舅是想賴帳？付不起錢沒關係，舅舅，我替您看了您以前那個府邸，現下……」

「好了好了，」江河擺了擺手，「我明白妳的意思了。以後不打他就是了。妳這小娘子說話拐彎抹角的，麻煩死了。」

柳玉茹笑著沒說話，江河瞪了顧九思一眼，「趕緊走吧，免得你家娘子又趕我。」

顧九思聽到這話，忍不住笑了，看著江河道：「舅舅，下次多踹幾腳，多來光顧啊。」

「滾！」江河從旁邊抓了枕頭。

顧九思立刻道：「砸一下一百兩。」

江河的動作僵住了，片刻後，他怒道：「滾滾滾！」

柳玉茹和顧九思一起被關在門外，柳玉茹看了看顧九思，輕咳一聲道：「我是不是太過分了？」

「這有什麼過分？」顧九思立刻道：「他過分很多年了！」

躺在裡面的江河聽到外面小夫妻的話，大吼：「滾遠點說！」

顧九思撇了撇嘴，拉著柳玉茹大搖大擺走了。

走出了院子，顧九思忍不住大笑出聲，抱著柳玉茹道：「還是妳厲害，不然他老是欺負我。」

「哪裡是我厲害，」柳玉茹笑了笑，「是因為你疼愛我，舅舅給我面子罷了。」

顧九思聽到柳玉茹的話，抱著柳玉茹，高興道：「不管怎麼樣，我有媳婦兒疼，就是高興。」

柳玉茹抿唇笑了笑，挽了顧九思的手，低笑著道：「小聲些，被人聽見，要說你孩子氣了。」

兩人說說笑笑走了，江河躺在榻上，旁邊美女搖著扇子，江河手枕在頭下，生無可戀道：「聯手欺負一個老人家，太過分了。」

美女抿著笑，江河看著房頂，好久後，終於羨慕道：「我也想娶媳婦兒啊……」

顧九思和柳玉茹在江韶那裡道了歉，兩個人便一同回去。

柳玉茹將自己正在考慮弄出一條專門運送貨物的道路的想法說出來，顧九思聽著，隨後拿了柳玉茹的地圖過來，看了看道：「妳想得也差不多，有什麼需要我幫忙的？」

有，有很大的問題。

她需要錢，也需要有人打通各個地方的關係。

這條路線有十一個停靠的點，每個地方她都要建立倉庫，建立好了之後，和官府的關係非常重要。

可是這些她都沒說，笑了笑道：「沒什麼，我如今只是在籌備而已，你不用擔心。」

顧九思聽著愣了愣，其實這麼大的事，哪能沒什麼需要他幫忙的？如今他是戶部尚書，

多少人求著他幫忙都來不及，可柳玉茹卻一點求他的話都沒說。

他立刻便想明白柳玉茹的顧慮，沒多說什麼，只是道：「和陸先生那邊的人談得如何？」

「陸先生那邊有一些錢，」柳玉茹笑笑，「我手裡有好幾個可以讓他投錢的事，他還在選呢。」

顧九思點點頭，兩人一面閒聊一邊回了床上，到了睡前，顧九思才道：「不久就是妳生日了，妳想怎麼過？」

「這個不急，」柳玉茹笑道：「先等你加冠吧。」

顧九思應了一聲，沒有多說。

昏昏沉沉睡過去，等到第二日早上，顧九思上了朝。上朝之後，顧九思發現洛子商站的位子不太對，他的官服顏色也不太對。太子太傅原本是從二品，著紫服，此刻他卻穿著緋色官服。

顧九思打量洛子商一眼，心裡便有了數。應當是昨日葉世安那一番痛哭有了效果。等下了朝，顧九思到了工部去問，果然聽到洛子商調任到工部，任工部侍郎的事。

這調任令下得悄無聲息，范軒明顯不想聲張。范軒不聲張，其他人也不敢張揚。但很

快，洛子商調任到工部這件事所有人都聽說了。

范玉得知這個消息的當晚就去了范軒的寢宮，他來得氣勢洶洶，看見范軒後，他忍住氣，低聲道：「父皇，你為什麼將洛太傅調到工部去？」

「這不是朕的處置，」范軒平靜道：「是洛大人自己請任的。」

「父皇，您不用拿這一套敷衍我，」范玉焦急道：「你不放心他，想調走他，這件事所有人都知道。洛太傅自己為什麼要去工部，您心裡不清楚嗎？他就是希望您放心，他都退到這樣的地步了，父皇您還不滿意嗎？」

范軒低著頭，看著洗腳盆裡泛著波瀾的水。水面倒映著他有些疲憊的面容，聽范玉道：

「太傅讓我不要和您吵架，不要和您爭執，兒臣改不了您的決定，可兒臣還是要說一句。」

「父皇，洛太傅是個好人，不該被這麼誤解。」

范玉說完，便甩袖離開。

等他走了之後，范軒嘆了口氣。

誰是好人，誰是壞人，他都不清楚，又怎能指望一個不到二十歲的毛孩子呢？

洛子商調到工部後，所有人都在等著看他的笑話。

工部原本就已經有兩個工部侍郎，他調過去，不可能挪其他人，於是就將侍郎的職位加成了三個，他專門負責今年黃河的修繕。

這樣突然的調任，一方面工部其他人必然不服，另一方面因為毫無根基建樹，他不太可能做成什麼事情。於是大家都在等著，看洛子商打算怎麼做。

然而等了沒幾日，等到了洛子商擬出來的一份黃河修繕計畫。

這是他根據這次陪太子巡查黃河時候的記錄做出來的一份計畫，從問題到解決方案寫得明明白白，甚至連花銷預算都寫了出來。

工部給專門的人看過之後，所有人都對洛子商做出來這個計畫十分滿意，唯獨一個問題，這個計畫十分耗費人力。

在洛子商做計畫的時候，東都不知道為什麼開始流傳起一個謠言，說黃河今年必有水患。

而黃河修繕的問題，就成了大街小巷的熱議話題。

於是等這個計畫出來時，工部雖然知道這個計畫十分費錢，卻也硬著頭皮將計畫交了上去。

畢竟，如果不提出計畫，這是工部的問題，提出計畫後沒有錢，這就是戶部的問題了。

計畫送了上去，工部尚書廖燕禮大加讚揚，同范軒道：「陛下，黃河若按照此法修繕，百年之內，必無憂患，這實乃罕見之良策。」

范軒點點頭，抬頭看向在旁邊一直站著的顧九思，詢問道：「九思以為如何？」

「很好啊。」顧九思盯著廖燕禮，皮笑肉不笑開口：「那先從廖大人家開始抄起？」

「什麼？」

范軒和廖燕禮愣了愣，顧九思拿了摺子，指著上面的預算，看著廖燕禮道：「咱們國庫多少銀子廖大人心裡沒數嗎？現下沒錢，不如從廖大人家裡抄起？」

這話把廖燕禮的臉色說得不大好看，他僵著臉道：「顧尚書，這個計畫雖然耗錢，但這是百年大計，必然耗錢一些。工部出計畫，錢的問題是顧尚書該解決的問題，顧尚書說來說去，無非就是戶部如今沒有能力解決這件事。那以後其他各部提出任何計畫，戶部一句沒錢就完事了，大夏還能幹什麼？什麼都不需要幹，最省錢不過。顧尚書眼裡只有錢，人命哪裡比得上錢重要？」

這個大帽子蓋下來，廖燕禮覺得氣順了。

罵架這種事，首先得站在道德制高點上，後續無論顧九思再如何說，只要問他想過黃河百姓沒有，顧九思便輸了。

廖燕禮等著顧九思回話，顧九思聽著這些，沒有出聲。

他心裡清楚，如果這個事他攬著，黃河日後任何問題，都要他揹鍋。可是他不攬，這麼多錢必然要出亂子的。

洛子商這是送了一道難題給他，而他又不能不接。

他能怎麼辦？

顧九思索著如何才能說服皇帝不去接受這個事情，可是又覺得不能隨便開口，想了許久之後，不知道為什麼，腦海裡突然想起了柳玉茹。

如果是柳玉茹，會怎麼樣？

她向來不是一個知節省的人，從來不覺得開源比節流重要。她的生意需要錢，可她總能弄到錢。

顧九思腦子裡飛快過了許多人，猛然之間反應過來。

如今最有錢的人是誰？

當初王善泉缺錢，就找了顧家麻煩，如今大夏缺錢，而最有錢的人，應當就是管著揚州的洛子商！

如果放在過去，出於對揚州的考慮，必然不敢隨便找洛子商麻煩的。

可如今情況不一樣，是洛子商在爭取皇帝的信任，洛子商提出的計畫，就找洛子商要錢。

洛子商如果不給，皇帝就不可能信任洛子商，就算顧九思最後拿不出錢，洛子商也要付一半責任。

如果洛子商願意給錢，更好。

顧九思想著，忍不住慢慢笑起來。

他抬眼看向廖燕禮，如寶石一般的眼裡帶了幾分涼意，聲音平穩道：「廖尚書，按您所說，黃河這件事，工部是當真沒有其他法子了？」

「沒有！」廖燕禮梗著脖子，怒道：「黃河水患，這可是關係千萬百姓的事情，人命關天，不能為了省錢有半分差池！」

「廖尚書說得極是。」顧九思點頭，贊成了之後，又道：「敢問廖尚書，這計畫是誰提出來的？」

「自然是工部眾人合議而出。」

「那是誰主管呢？」

「你問這個做什麼呢？」廖燕禮警惕道：「想找人麻煩？」

「廖尚書誤會了，」顧九思笑了笑，「這個計畫顧某沒有異議，但有一些細節花費之處想要找人詢問一下，顧某該去問誰？」

顧九思態度平和，彷彿真的接受了這個計畫，廖燕禮一時有了那麼幾分心虛。

其實大家都明白，這個計畫好是好，但是勞民傷財花錢太多，對於剛建起來的大夏而言，是極大的負擔。修好了，的確是百年大計，可是誰知道大夏能不能有幾百年呢？

廖燕禮原本是打算讓顧九思來提出廢掉這個計畫，這樣無論是民怨還是後續黃河出了事，找的都是顧九思。可誰曾想顧九思居然一口應下了，廖燕禮不由得有些擔憂，這麼多銀子，誰出？

「廖大人？」顧九思見廖燕禮不應，再問了一遍，「這計畫是出自哪位大人之手？」

范軒見顧九思一口應了，也不好當著廖燕禮的面再勸，於是輕咳一聲道：「那就這樣吧。」

說著，范軒便讓廖燕禮先下去，之後他坐在位子上，猶豫片刻後慢慢道：「九思，年輕

人不要太衝動。」

顧九思笑了笑，「陛下，我明白您的意思。只是黃河這件事的確需要解決，工部提出了法子，只是差錢，我們就得給這個錢。」

「上次你清點國庫，一共剩下五千萬兩是吧？」范軒詢問。

顧九思應聲道：「是。」

原本國庫裡其實根本不足三千萬兩，但是陸永答應吐出來的、後來查辦庫銀案裡其他人吐出來，以及劉春案抄了幾個大臣家之後，國庫裡驟然有了近五千萬兩銀子。銀子算不上少，但是到處都要花錢，於是就顯得捉襟見肘起來。

范軒猶豫著道：「按照工部這個計畫，整個黃河修建下來，接近一千萬，這一千萬兩銀子，是不是太多了點？」

「陛下，微臣會想辦法。」

「嗯？」

「微臣打算同揚州要錢。」

這話說出來，范軒愣了，顧九思平靜道：「陛下，黃河這件事，民間如今已經傳遍了，都說黃河接下來必有水患，現下工部給了法子，如果我不按照工部的法子做事，一旦黃河真的出事，必定民怨四起，到時候百姓就會把這事都怪罪到陛下頭上。」

天災臨世，對於君主而言本就是極大的打擊，要是這個君主還沒處理好，可以預知到後

續就不僅僅是一場洪災的問題了。

顧九思見范軒神色嚴肅下來，便知他是聽進去了，顧九思繼續道：「陛下，這幾年來，山河飄搖，唯獨揚州獨善其身，只有些許內亂，如今黃河要修，最合理的應當是揚州拿出錢來，一來揚州如今也算是我大夏境內，庫銀盡該歸屬大夏，他們拿錢也是理所應當；二來，修繕黃河，其實最大的受益者除了百姓，就是揚州商人。黃河修理得當，日後揚州商人可由黃河水運入司州經商，對於揚州而言是好事。」

范軒沒有說話，顧九思不再多說，過了許久後，范軒道：「這事讓我想想。」

顧九思應聲，范軒便讓他下去。

等到了晚上，顧九思回了家裡，心情頗好，柳玉茹看著顧九思的模樣，不由得笑了，「你好像很高興，是在高興什麼？」

「我正愁修黃河的錢哪來，」顧九思坐到柳玉茹背後，給柳玉茹揉捏著肩膀，高興道：「洛子商就送上門來了。」

「嗯？」

柳玉茹挑了挑眉，有些奇怪，正要再問，顧九思就將白日裡的事說了一遍。

「我本來還在愁，如果他們修繕黃河這個計畫，要的錢不多不少，給肯定是要給的，給了這些錢，我要怎麼省吃儉用準備其他錢。結果洛子商就給我來這一齣，一千萬，除非我去

搶，不然絕對不可能吐出這個錢！」

「那，」柳玉茹思索著道：「他如今回去修改改計畫，交出一個花錢不多不少的計畫，你怕是還得出錢。」

「不會的，」顧九思笑了笑，「放心吧，」他靠到柳玉茹腿上，閉上眼道：「廖燕禮把這個計畫誇得像朵花一樣逼著我給錢，要是要洛子商交錢，他就給我一個省錢的計畫，妳想陛下會怎麼想？」

「如今啊，他要是不給錢，從此以後他在陛下面前就裝不下去了，陛下收拾他是必然的。他要是給個省錢的方案，還不如不給呢，吃力不討好，陛下肯定會看出他是想藉著黃河的事為難我。妳想他為什麼攬黃河這個爛攤子，就是為了自個兒有個好名聲，要是最後錢跟不上壞了他的事，他心裡可不得嘔死？」

「所以呀，」顧九思高興道：「今個兒這一千萬，他出定了。」

柳玉茹看著顧九思高興成這樣，不由得抿唇笑起來，她抬手點在他額頭上，笑著道：「你別太得意了，他這人聰明著呢，怕是還有後手。」

「不怕，」顧九思擺了擺手，「他鬥不過我的。」

「玉茹，」顧九思突然想起來，「再過七日我就加冠了，妳想好我的禮物沒？」

柳玉茹愣了愣，片刻後，紅著臉小聲道：「準備了。」

顧九思聽到她當真準備了禮物，立刻高興了，也不問準備了什麼，只是拉著手道：「妳

準備禮物給我，今年七夕，我也準備禮物給妳。」

「嗯？」柳玉茹抬眼看他，「七夕也有禮物嗎？」

「當然有啊。」顧九思撐著下巴，趴在地上看她，「過年過節，都要有禮物，七夕這樣的日子，更該有禮物。玉茹，」顧九思說著，抬眼看她，目光裡帶了些愧疚，伸手覆在她的臉上，唇邊帶了些苦澀，「嫁給我以來就沒讓妳安寧過，妳受苦了。」

柳玉茹聽到這話卻是笑了，「不覺得苦。」

說著，她用雙手握住他的手，溫柔道：「我覺得怪得很，在你身邊，如何都覺得不苦。」

和柳玉茹說完這些話，等到第二日，皇帝批了工部的計畫，同時讓顧九思和洛子商聯手全權管理此事，所有開支由顧九思負責。

這事當朝宣布，等出了大殿的門，葉世安和沈明圍了上來，也不顧江河還在一旁，葉世安便急促道：「九思，此事你知道嗎？」

顧九思眨眨眼，點頭道：「知道啊。」

「那你為何不拒了？」葉世安立刻著急起來，「洛子商那個計畫，戶部如何拿得出錢？戶部若是出不了錢，有任何問題，都落在你身上了。」

「是啊，」沈明立刻著急道：「他明擺著就是找法子坑你啊。」

「無妨，」顧九思笑了笑，轉頭看向站在一旁的江河，「不還有舅舅嗎？」

「嗯？」江河抬眼看過來，「顧尚書，這事可是您負責，在下區區侍郎，不堪如此大任。」

「舅舅自謙了，」顧九思趕緊道：「您縱橫官場二十多年，這事難不倒你。」

「難得倒。」江河點點頭，「太難了，我得趕緊回去睡覺了，小九思，」江河拿笏板拍在顧九思肩上，「好好表現，陛下看著呢。」

說完，江河便打著哈欠離開了。

等江河走了，葉世安和沈明看著顧九思，顧九思手持笏板，嘆了口氣道：「舅舅不幫我，我也沒辦法了，走，咱哥們幾個去洛府走一趟。」

「嗯？」

「做什麼？」

沈明和葉世安同時發問。

顧九思攤攤手，「要錢啊。」

得了這話，葉世安和沈明愣了愣，顧九思自己先往前去，片刻後，葉世安猛地反應過來，「你這是找洛子商要錢？陛下准許？」

「沒有陛下准許，我敢去要錢？陛下准許？」顧九思淡道：「走吧。」

說完之後，三個人直接去了洛府，洛子商接到拜帖時，愣了愣，不由得道：「他來做什麼？」

「怕是要和您商討黃河修繕之事。」侍衛笑著道：「您給他這麼大個難題，他如今大概焦頭爛額了。」

洛子商聽著這話，卻是笑不出來。

若顧九思和廖燕禮吵個天翻地覆，那當真是焦頭爛額了。

但他還是讓人將顧九思請進院子，抬手請顧九思坐在棋桌對面。顧九思帶著葉世安沈明反而有幾分不安。如今顧九思出現在他家門口，洛子商心裡更是難安。可顧九思這麼一口應下來，他

兩人往洛子商對面一坐，顯得氣勢十足。

洛子商讓人奉茶，笑了笑道：「不知顧大人今日來我府中有何事？」

顧九思不說話，攤出他白淨的手。

洛子商有些不解，發出疑惑的聲音：「嗯？」

顧九思面上有些不耐，直接道：「給錢。」

「顧大人的意思是？」

「咱們打開天窗說亮話，」顧九思直接道：「修黃河沒有問題，你的計畫我也特別贊成，但是國庫裡沒有錢，一千萬兩，從揚州拿來。」

洛子商愣了愣，片刻後，他低笑道：「顧大人說笑了，洛某只不過是個工部侍郎，怎麼能從揚州拿出錢來？」

「洛大人，何必呢？」顧九思嘆了口氣，「都什麼時候了，還裝大尾巴狼，有意思嗎？你

讓人到處散播黃河的事情，又在這時候搞個修繕黃河的百年大計出來，無非就是想從我這裡拿錢。錢是這事最難辦的，我要是拿得出來，黃河你修的，功勞都在你身上，日後陛下要動你，就要看看民意允不允。我要是拿不出錢來，那就是戶部辦事不利，你這一招，分明就是在找我麻煩，你也別揣著明白裝糊塗，修黃河這件事於你名聲有利，也方便揚州通商，你出這筆錢，對你很划算。」

「顧大人對在下似乎有很多誤會。」洛子商笑了笑，「洛某提出這個計畫，只是覺得這個計畫好而已。這個計畫是整個工部一起決議選出來的，並非洛某特地做出這個計畫針對您。」

說著，洛子商替顧九思倒了茶，恭敬道：「而揚州是王公子管轄，在下不過只是他曾經的謀士，如今在下已經來了東都，是陛下的臣子，又怎麼可能從揚州要出一千萬？洛某可以去試試，可是這錢能不能要出來，不是洛某能定的。」

「洛大人是推托？」

「顧大人不要強人所難。」

洛子商和顧九思對視著，片刻後，顧九思輕輕笑開：「洛大人，我勸你還是現在給錢，不要鬧得太難看。」

「行。」顧九思點點頭，起身道：「我明白了。洛大人，以後我每日都會上門要錢一次，我一定會要到這一千萬，您且等著吧。」

「洛某不是不想給，」洛子商皺起眉頭，「是當真給不了。」

「顧大人，」洛子商嘆了口氣，「何必呢？戶部要是當真沒錢，又何必一定要這個計畫？

工部還有其他計畫，廖大人難道沒有一併給過去嗎？」

「人命關天，錢難道比人命還重要嗎？黃河之事，一定要做到最好，我們不能因為心疼

錢就選一個次要的計畫，我們不能讓一個黃河口子決堤，不能讓一畝良田浸灌沖毀，更不能

讓一個百姓喪失性命、流離失所、家破人亡！」

這一番冠冕堂皇的話下來，洛子商的笑容有些撐不住了，他勉強道：「顧大人說得極

是。」

「所以揚州的錢什麼時候到？」

「我說了……」

「黃河之事刻不容緩，錢一到，我們便可立刻開工。」

「顧大人……」

「顧大人！」洛子商終於壓不住脾氣，怒道：「這錢在下可以儘量同王公子說一些好

話，可揚州不是洛某的，顧大人您不要再這麼不講道理逼迫在下了！」

「一千萬，」顧九思靠近洛子商，一把抓住洛子商的手腕，用誠懇的語氣快速道：「洛

大人，只要一千萬，就可拯救百姓拯救蒼生，揚州這麼有錢，洛大人你不能這麼鐵石心腸！」

說著，洛子商想要甩開顧九思的手，但顧九思的力氣極大，他抓著洛子商的手腕不放，

繼續追著道：「洛大人你別這麼不講道理，當初來東都你是怎麼和陛下說的？要不是揚州其

實是你在管，你以為你這樣毫無資歷的謀士身分怎麼能成為太子太傅，又成為工部侍郎？你和王家的關係大家都清楚，聽說王公子和您有些不清不楚的關係……」

「顧九思！」

洛子商聽到這樣的話澈底惱了，他從沒見過這麼死纏爛打不要臉的潑皮打法，他用了全力，一把推開顧九思，怒喝道：「你這是來我府上找事？你戶部要錢，就去揚州找王公子要，我告訴你，我這裡一分錢都要不出來，你給我滾出去！」

說完，洛子商轉身便走，同旁邊侍衛道：「送客。」

顧九思哪裡會讓洛子商這麼輕易就走，他趕緊追上去，急切道：「洛大人別走，這一千萬我們還可以……」

「洛大人。」洛子商的侍衛隔在顧九思面前，抬手攔住顧九思的去路道：「您該走了。」

「洛子商！」

顧九思繞過侍衛想去抓洛子商，侍衛驟然出手，一拳砸了過來。

沈明見侍衛動手，哪裡容得了？趕緊過去，三個人頓時和洛府的侍衛打成一片。

洛子商被顧九思氣極，同管家吩咐一聲「扔出去」之後，便直接往自己房裡去了。

顧九思帶著沈明葉世安在院子裡被追得亂竄，洛子商的院子裡可謂是臥虎藏龍，明顯有許多江湖高手，被車輪戰許久後，三個人都累了，終於放棄抵抗，被侍衛抓著抬到門口，打開大門，直接扔了出去，然後「哐」一下乾淨俐落的關上大門。

三個人用狗吃屎的姿勢撲在洛家大門口，一點都不想動，怕臉抬起來被人發現。

然而旁邊早已圍滿了人，大家看著這三個穿著官袍的人指指點點，過了片刻後，顧九思終於放棄顏面，抬起頭撐著身子起來，乾脆在洛家門口盤腿坐下，大聲道：「洛子商，我告訴你，今日你不給修黃河的錢，我就不走了！」

「洛子商我和你同是揚州人，我可清楚你的底細得很，你這個小雜碎，原先在王善泉身邊當個謀士，專門拍馬屁，把王家上下哄得服服貼貼，你在揚州，迫害百姓，搜刮錢財，貪贓枉法，中飽私囊，自己富得流油，見打起來了，想找個靠山，便來了東都。揚州說是王家人在管，其實明明是你在打理，整個揚州官場上上下下，誰不是看在這個面子上，你沒功名在身，也沒什麼功勞，怎麼一入東都就成為太子太傅，不靠揚州你靠什麼，靠你那張小白臉嗎？」

顧九思坐在門口，如市井潑婦一般數落起洛子商在揚州做的事，旁人聽到他說這些，都圍了過來，顧九思說得繪聲繪色，旁人聽得津津有味。

顧九思在外面胡說八道，洛府侍衛在裡面聽了幾句，跑去找洛子商道：「主子，顧九思坐在外面編排您，這怎麼辦？」

洛子商手撐著額頭，痛苦道：「他都編排些什麼？」

「都……都是些不正經不著調的。」侍衛尷尬道：「就是說您揚州的事，他也沒直說，但是現下百姓都猜，猜小公子……」

「小公子什麼？」洛子商抬起頭，冷著聲詢問。

侍衛閉了眼，乾脆道：「說小公子是您的私生子。」

「混帳！」洛子商猛地起身，氣得一腳踹翻了面前的桌子，怒道：「下流！無恥！混帳玩意兒！」

洛子商知道不能再讓顧九思這麼胡說八道下去，便起身帶著人衝了出去。

他一開門，就看見坐在大門口的顧九思，他臉上帶傷，衣衫不整，頭髮凌亂，但這麼坦然灑脫盤腿一坐，居然有了幾分天地為席的豪爽味道。

他面前放了杯水，明顯是有人還端了水給他，周邊裡三層外三層圍了一圈百姓，沈明和葉世安有些尷尬地站在一旁的柳樹下，顯然不太想和此刻的顧九思混為一談。

顧九思還在裡面胡說八道，洛子商讓人分開百姓，壓著情緒走到顧九思身邊，勉強擠出笑容道：「顧大人，您和在下起了衝突，也不必這麼自降身分在這裡誹謗在下。還是早些回去，有什麼事，明日我們朝中再談吧？」

聽到這話，顧九思抬眼看向洛子商道：「這塊地你家的？」

洛子商僵了臉，顧九思抬眼看向洛子商道：「就算不是我們家的，你誹謗公子，也是你不對。」

「我誹謗他？我有沒有和大家說這些事不一定是真的？」

「說了。」

「所有百姓一起回答，亮著眼看著顧九思，顧九思繼續道：「我有沒有說大家不要相信？」

「說了。」百姓繼續回答。

顧九思接著問：「講故事也算誹謗嗎？」

「不算。」大家繼續說，隨後，一個孩子小聲道：「顧大人，你還講不講啊？」

顧九思聽這話就樂了，他高興地輕咳一聲，轉頭同洛子商道：「洛大人你看，我沒誹謗你，我講故事呢，大家都不會當真的，您放心好了。我呢，發現自己新的特長和愛好，我覺得您門口這些百姓非常淳樸，也和我很有共同話題，現在主要的事，就是向您要黃河的修繕款項，您拖一日，我就多來一日，和百姓多交流交流，是吧？」

顧九思看向大家，張開手揮了揮道：「給點掌聲。」

大家看熱鬧不嫌事大，趕緊鼓起掌來。在一片掌聲中，顧九思轉頭看向洛子商，「洛大人，我勸你呢，也不要掙扎了，該給錢給錢，黃河這事耽誤不得，那是要人命的，反正你早拖晚拖，這錢都是要給的，早死早超生，何必為難我們呢？」

「對啊，」一個百姓道：「洛大人，我們剛才都聽明白了，揚州有錢，如今國庫沒錢了，黃河必須修，您就發發慈悲，讓揚州給錢吧。」

「我沒錢！」洛子商壓著脾氣，克制著道：「各位，你們不要聽他胡說，我只是一個工部侍郎，哪裡能從揚州搞到錢？」

「那您找姬夫人啊，」一個百姓立刻道：「或者那個王公子，您和王公子，呃……」

「放肆！」侍衛怒喝。洛子商知道說不清楚了。

這世上謠言永遠比真相跑得快，尤其是這種帶了風月之事的，誰都不願去探究真相，而且事實上，他輔佐姬夫人，的確是因為有一些私交在，只是他們之間的私交並非這些百姓心中所想。可這些百姓哪裡又會信他的話？

他們早就被顧九思煽動，只等著看熱鬧呢。

洛子商有些頭疼，抬手按著額頭，終於道：「顧大人，這事我們明日商量，您也是個三品大臣，這麼坐在門口，不好看。」

話剛說完，人群中就傳來一聲詫異的詢問：「郎君？」

顧九思一聽這個聲音，嚇得趕緊從地上跳了起來，柳玉茹從人群中走出來，看了看洛子商，又看了看顧九思，疑惑道：「這是？」

「娘子來了。」顧九思沒想到自己這副熊樣會被柳玉茹看到，尷尬道：「今日怎麼沒去店裡？」

「正巧路過。」柳玉茹說著，目光落到顧九思臉上，立刻驚道：「郎君，你這是怎麼了？」

「沒……沒……」

顧九思結巴起來，只是話還沒說完，旁邊一個百姓就大聲道：「夫人，方才顧大人被洛家侍衛打了。」

柳玉茹驚訝地看向洛子商，顧九思趕緊道：「不嚴重……」

「被扔出來的！」另一個百姓立刻補充。

柳玉茹立刻看向顧九思的臉，顧九思接著道：「真的不……」

「臉著地的『哐』一下，聽著就疼！」

「你能不能閉嘴！」顧九思終於忍無可忍，朝著百姓大喝。百姓靜靜看著顧九思，顧九思有些尷尬地回頭，接著解釋道：「真的不太疼……」

然而柳玉茹還是當場紅了眼眶，她一把握住顧九思的手，怒道：「夫君，他們欺人太甚了！」

「嗯……」顧九思低著頭，不敢說話。

柳玉茹回過頭，盯著洛子商道：「洛子商，我家郎君好歹是正三品尚書大人，你居然放縱侍衛毆打朝廷命官，還有沒有王法，有沒有尊卑？」

「柳玉茹妳要講道理，」洛子商被這麼一問，簡直要被這對夫妻氣得發瘋，他抬手指著顧九思，怒道：「是他上我家門來找我要錢，我不給，他就死賴著不走，不僅想動手打我，還打傷了我家許多侍衛。」

「你胡說！」柳玉茹立刻一把抓過顧九思道：「我家郎君向來斯文得體，你看他雖然長得高些，可身形瘦弱，你們家多少人，他能打你家侍衛？洛大人，您要誣陷人也要有個限度。」

「我誣陷？」洛子商一把抓過旁邊侍衛，指著他臉上的瘀青道：「那妳倒是告訴我這是

誰打的？當所有人眼睛瞎嗎？」

「那明顯是沈明沈將軍打的！」柳玉茹理直氣壯回答，旁邊柳樹下正吃著剛買的豆腐花的沈明「噗」的噴了出來。

柳玉茹指著沈明道：「看體型，看凶狠，怎麼都是沈將軍幹的，我夫君一個文臣，能做出這種事來？」

洛子商：「……」

沈明、葉世安：「……」

顧九思站在柳玉茹背後，拚命點頭。

柳玉茹深吸一口氣，接著道：「方才我路過聽明白了，如今要修黃河，您不願出錢，錢這東西誰都在意，我是商人，這個道理我懂。

「我不是不願出，是我沒錢！」洛子商快要崩潰了，「你們夫妻能不能講講道理？」

「九思，」柳玉茹回頭，握住顧九思的手道：「洛大人的心始終在揚州，百姓生死與他沒有半分關係，你也不必求他了，我們想辦法，我們賣商鋪、賣房子、召集百姓，一起捐錢，總能把黃河修好。天下沒有比百姓更大的事，我願陪你風餐露宿，一起吃苦，你是一個好官，我們不能學某些人。」

「娘子說得對，」顧九思嘆了口氣，「是我想差了，我本以為洛大人也是個好官，體恤百姓，沒想到……罷了罷了。」

顧九思擺擺手，「我這就告辭。」

「告辭。」

夫妻倆說完，柳玉茹挽著顧九思走了。

顧九思走得一瘸一拐，柳玉茹還不忘擔憂道：「郎君，你這腿沒事吧？」

「沒關係，」顧九思嘆了口氣，「娘子不必擔心，應當沒斷。」

兩人互相攙扶著上了馬車，等上了馬車後，兩人對視一眼，忍不住笑出聲。

葉世安和沈明跟著上了馬車，看見坐在一旁抱著肚子笑的兩個人，葉世安嘆了口氣道：

「浮誇了。」

「管他呢？」顧九思坐在一邊，拋著蘋果道：「反正呢，如今該說的都說了，之前他到處散播黃河的事，淨在外面胡說八道，搞得好像修黃河這事誰攔著誰就是罪人，那今日我就以其人之道還治其人之身，讓他感受一下大帽子扣下來的感覺。」

「不是站得高就是對的，」顧九思嗤笑，「天天扣高帽，搞得大家都做不了事，這種人，我也送他個帽子戴。」

「你們啊，」柳玉茹嘆了口氣，從旁邊拿了藥瓶，坐到顧九思身邊，替他上著藥道：「去鬧就去鬧，怎麼還讓人打成這樣子？我聽說你們被人打了，嚇死我了。」

柳玉茹聽說他們三個人在洛府門口被人扔出來，便趕緊跑了過來，一過來就遇上顧九思罵街，見顧九思精力旺盛，她才稍微舒服些。

顧九思被她吹著傷口，有些疼，齜牙咧嘴道：「不留點傷，明個兒就說不清楚了。還好今日世安和沈明跟我來了，不然我可能真的被他們家侍衛揍死在洛府。」

說著，顧九思想起什麼，趕緊同葉世安和沈明道：「明個兒洛子商肯定參我們，臉上的傷千萬要留著，明日陛下只要開口說這事什麼都別說，直接跪著道歉，其他話我來說。」

「那你還上藥？」沈明有些氣憤：「還沒人給我們上！」

「自己娶媳婦兒去。」顧九思有些得意。

這話出來，旁邊兩個人都沉默了。

柳玉茹聽到顧九思的話，猶豫了一下，「那這藥還上不上了？」

「上上上。」顧九思立刻道：「我還要吹吹。」

「夠了！」

葉世安和沈明齊聲開口，把顧九思拖了過來，顧九思掙扎，兩個人就按著他，顧九思哇哇大叫起來，柳玉茹在旁邊笑著看著，轉頭看向窗外，夕陽西下，正是好時光。

三個人晚上都沒處理傷口，第二日醒過來，傷口顏色更深了些，他們就頂著這張臉上朝。

三個人晚上都沒處理傷口，范軒就道：「顧九思、葉世安、沈明，我接到一封摺子，說你們三人強闖洛大人府邸，還打傷了他府中許多侍衛，你們作何解釋？」

「陛下。」三個人整齊劃一出來，乾淨俐落跪下來，齊聲道：「微臣知錯。」

道歉道得這麼誠懇這麼迅速，讓在場的人說不出話來。

顧九思抬起他帶傷的臉，認真道：「陛下，微臣知錯。只是微臣昨日也是為黃河款項一時著急，才同洛大人起了衝突，為國情切，還望洛大人見諒。」

「就罰你們三個月月俸吧。」

「無論如何，在他人宅邸動手，都是你們不對。」范軒輕咳了一聲，隨後道：

「事情解決了。」顧九思開口。

等出門之後，沈明嘟囔道：「咱們該辯解一下。」

三人謝了恩，這事就算完了。

葉世安看過來，有些茫然道：「什麼事情？」

「洛子商同意放錢。」顧九思伸了個懶腰，「我也放心了。」

「你怎麼知道？」沈明有些懵，葉世安想了想道：「咱們三個人臉上帶傷，明顯是我們嚴重些，可陛下完全想都沒想就罰了我們，必然是在替洛子商表個態。而陛下對洛子商態度好轉，自然是洛子商答應給錢。」

「聰明。」顧九思雙手攏在袖中，往前走去，「洛子商如今心中，怕是嘔出一口血了吧。」

「揚州越弱，日後他的路就越難。」葉世安皺起眉頭，「不過我不明白，你說到底為什麼他一定要來東都呢？」

「是啊，」沈明立刻道：「怎麼算都覺得，他一直待在揚州坐山觀虎鬥，是不是更好？」

這問題讓顧九思沉默下去，許久後，他慢慢笑了笑，「誰知道呢？他自然有他的原因，我們不必多想，就等——」顧九思勾起嘴角，看向遠處洛子商的馬車，「事情發生那天吧。」

葉世安和沈明順著顧九思的視線看過去，便見遠處洛子商捲起車簾，他察覺到他們的目光，遠遠朝他們點了點頭。

三人行了個禮，算是回禮。

被罰了三個月月俸後，過了幾日，范軒就將顧九思叫到宮中。

「洛子商聯絡了姬夫人，」范軒敲打著桌面道：「一千萬，揚州會給出來，但是有個條件。」

「嗯？」

「一千萬不是白給，」范軒思考著道：「姬夫人的意思是，希望大夏將幽州債的模式，運行至全國，成為國家負債。揚州願出一千萬，單獨購買大夏國債。」

聽到這話，顧九思沉默下去。

天下大亂後，王善泉在揚州自立為懷王，王善泉死了之後，揚州一番內鬥，最後從王善泉十五個兒子裡選了最小的王念純當了懷王，剩下十四個都被洛子商殺了。而王念純的母親，便是姬夫人。

這位姬夫人出身舞姬，聽聞曾是前朝貴族，家道中落後被充入娼籍，後來因善舞貌美被

王善泉納入府中，生下王念純後當了妾室。

洛子商之所以在一群夫人中選擇了王念純和姬夫人，最重要的就是容易控制。王念純如今不滿五歲，而姬夫人身分低微，如果不依仗洛子商，根本沒有壓住揚州的能力。如今洛子商和姬夫人合作，姬夫人替他守住揚州，他在東都任官。

且不論洛子商為什麼一定要留在東都，但以他和姬夫人的關係，很明顯，這一千萬需要債務方式給予，明顯不是姬夫人的意思，是洛子商的意思。

可話顧九思不能說太多，太多了難免有黨爭之嫌。

從這個條件來看，洛子商始終還是想為揚州保存一份實力，如果大夏發行整個國家範圍的大夏債，自然是會保證信用體系，洛子商買了這個，就算之後轉賣，也能有一筆錢，大夏也不會自毀長城，放棄還國債。因為一旦放棄，再想賣國債就很難了。而這是一筆極大的流動資金。

他突然有些佩服洛子商，這個人總能在絕境下，找出一條更好的路來。

「你覺得如何？」范軒抬眼看他，顧九思看著范軒，卻是道：「臣並無想法，全聽陛下吩咐。」

范軒沉默著，好久後，他終於道：「洛子商同朕說，這一大筆錢，要揚州全拿出來，他壓不住其他人，必須要給個安撫。朕明白他的難處，若朕在他這個位子，也的確做不到，他願意把一千萬兩銀子拿出來，便已經證明了他的誠心，這事你覺得，朕當如何？」

顧九思聽范軒發問，明白范軒在猶豫，他想了想，同范軒道：「微臣以為，國債是不能放的。開放國債，其實是基於百姓信任，前提是能有一個穩固政局和好的稅收。幽州債之所以能運行，是因為內子清楚算過未來幽州財政稅收以及其他收入，有足夠的償還能力。可如今這筆錢用在黃河上，陛下能保證盈利嗎？若是不能，又怎敢開放國債？」

「揚州購買了國債，然後轉手賣出去，接手的就是老百姓，到時候若是還不上這筆錢，朝廷名譽怎麼辦？」

范軒嘆了口氣，他點點頭道：「朕明白。但如果不給揚州一些甜頭，洛子商怕是弄不到這筆錢。」

顧九思沒有再說話，范軒抬眼道：「算了，你回去再想想，我再找人問問。」

顧九思應聲下去，等回了屋中，柳玉茹正領著人在查看帳本。

如今神仙香在東都做得不錯，第二批米也從望都運送了過來。柳玉茹看顧九思回來，似是愁眉不展，葉韻看了柳玉茹一眼，柳玉茹輕咳一聲，同葉韻道：「我先去看看九思。」

葉韻笑了笑，沒說什麼便轉身離開，她抱著帳目，想著去清點米糧一事，想得太入神，低頭急急往前走著，突然撞在一個人身上。她被撞得差點摔下去，對方一把拉住她，笑著道：「姑娘走路可要小心了。」

這聲音極為好聽，如清泉落峽，葉韻愣愣抬眼，入眼便是一張極為俊美的面容，看上去不過三十出頭，但那眼中卻帶了幾分歷經世事的通透。葉韻一時看愣了，片刻後，她猛地回

過神，退了一步道：「見過江大人。」

她早聽聞顧九思的舅舅江河住進了顧府，看著這張和顧九思有幾分相似的面容，不難猜出這個人的身分。

江河聽到葉韻的話，挑了挑眉道：「喲，識得我？」

「民女乃神仙香的主事葉韻，聽少夫人提起過您。」葉韻回答得恭敬。

江河聽到這話，不由得多看了葉韻幾眼，笑咪咪道：「葉家大小姐是這麼個脾氣，倒是出乎我意料之外。看來玉茹身邊的姑娘，個個都厲害得很。」

葉韻低著頭沒說話，她從沒見過這麼好看的男人，這人和顧九思長得很像，但卻多了幾分顧九思沒有的氣度，這樣的氣質對於女人來說是致命的。

江河見她窘迫，笑了笑，柔聲道：「葉小姐有事先去忙，江某便不送了。」

葉韻沉穩應聲，便退了下去。等她出門之後，沈明從院子裡出來，高興道：「我聽說葉韻來了，人呢？」

「葉小姐走了。」下人笑著道：「沈大人下次要來早些才好。」

沈明聽到這話有些不高興：「她也不知等等我。」

旁人抿著唇笑，江河聽了一耳朵，出聲道：「追姑娘呢，可要主動些。」

「誰追姑娘了！」沈明立刻怒了，嘀咕道：「我、我有事找她呢。」

說完沈明也不想同江河說話，轉身跑了。

柳玉茹送走葉韻，便去找顧九思，顧九思進屋之後一直沒說話，他坐在房間裡，低著頭想什麼。柳玉茹走過去溫和道：「怎的了？」

「洛子商答應給錢了。」顧九思嘆了口氣，「可他說，光是他答應不行，揚州要拿出這麼多錢，阻力重重，必須要給揚州一些甜頭才行。」

柳玉茹聽著，思索著道：「他說的也不無道理。」

「我明白，」顧九思抬起頭看柳玉茹，「所以我才愁啊。國債不可能放給他，因為這筆錢我不打算還。我讓揚州出這麼大筆錢，就是要削弱揚州，不然揚州天天看著我們和劉行知龍爭虎鬥，萬一洛子商有異心，簡直是養虎為患。」

「陛下應當也想到。」柳玉茹忖著，「揚州要出這筆錢，其實簡單。」

「嗯？」顧九思抬眼看向柳玉茹。

柳玉茹笑了笑道：「九思你想，揚州當官的，大多都是家族經商，官商密不可分，對吧？」

顧九思愣了愣，他們都來自揚州，對於揚州官場政商一體這事，顧九思的確是明白的。

柳玉茹溫和道：「所以揚州官場，代表的其實是揚州商人的利益，一旦揚州商人同意了這件事，那也就沒了阻力。他們要甜頭，我們給這個甜頭就是了。」

「那這個甜頭給什麼好？」顧九思看著柳玉茹，連忙詢問。

柳玉茹猶豫片刻，終於道：「九思，不如我去找洛子商談談。」

「妳去談？」顧九思愣了愣。

柳玉茹點頭道：「對，我私下找他談。」

顧九思沒說話，柳玉茹抬眼看他，明白他在想什麼，她沉默片刻，終於道：「我讓韻兒去談……」

「妳去吧。」

柳玉茹愣了愣，隨後有些詫異道：「你……你不是不喜歡……」

「我是不喜歡。」顧九思苦笑起來，「可是我本來就是個醋罈子，妳是要做生意的人，我說著，顧九思大方道：「所以妳去談吧，只要妳的心在我這，去見誰都行。」

見這個不喜歡妳不能去談，見那個不喜歡妳不能去談，這樣顯得我太小心眼了。」

柳玉茹聽到這話，用團扇遮住半張臉，低低笑起來。

「妳笑什麼？」顧九思皺起眉頭，故作不高興道：「這時候，妳不該感動才對？」

「郎君孩子脾氣，」柳玉茹抿著唇，「洛子商與我一共說過三次話，你就記到現在，你說自己是個醋罈子，的確不錯。」

這事上顧九思也覺得自己敏感了些，他覺得理虧，趕忙換了話題道：「妳什麼時候去找他？」

「啊？」

柳玉茹想了想，轉頭看了外面的天色一眼，隨後道：「要不就現在吧。」

「不妥？」柳玉茹轉頭看他。

顧九思輕咳了一聲，隨後點頭道：「妥妥妥。」

柳玉茹定下來，便讓人去準備東西，她拿了自己準備的商道地圖和各種預算，換了身衣裳，便去了洛府。

柳玉茹前腳出門，顧九思後腳立刻換了套衣服跟著出門。顧九思一路尾隨著柳玉茹，到了洛府之後，柳玉茹遞了拜帖，顧九思便繞到後院去，思索著怎麼翻牆進去。然而想了半天，他發現要悄無聲息進去難度可能有點大，而且進去後也做不了什麼。

他有些沮喪，想了想，又有了個絕妙的主意，他趕緊去了一家成衣店，一進去就同老闆道：「老闆，快，來替我打扮一下！要把我打扮得特別好看，是個女人見著就喜歡那種！」

柳玉茹的拜帖送進去時，洛子商正在釣魚，管家把顧家的拜帖送進來，洛子商看見顧家拜帖特有的花紋，眼皮一跳，立刻道：「不見。」

「是顧少夫人。」管家恭恭敬敬道。

洛子商愣了愣，下意識道：「顧九思呢？」

「顧大人沒來。」

洛子商皺起眉頭，他想了想，有些捉摸不透柳玉茹一個人來是什麼意思，但最後還是點了頭，讓人將柳玉茹請了進來。

柳玉茹畢竟是女眷，洛子商見她不能像見顧九思一樣隨意，便特地換了套衣服，然後才

來到客廳。

他到客廳的時候，柳玉茹正在看客廳裡一幅山水圖。

她穿著一身水藍色長裙，水藍薄紗，白色單衫，脖頸長度適宜，這長裙顯出她修長的脖頸，看上去如同一隻優雅的孤鶴，落入他的宅院之中。

他沒有驚動她，在門口靜靜站了一會兒，注視著柳玉茹的背影。

片刻後，柳玉茹回過頭，看見洛子商站在門口，她愣了愣，隨後從容地笑起來，柔聲道：「洛大人。」

「柳夫人。」

洛子商點點頭，卻是叫了她另一個稱呼。

她做了許久生意，如今生意場上大家開始以「柳夫人」作為她的尊稱。

能夠不依附於夫家的女子，才能有資格冠上自己的姓氏。

柳玉茹並不糾結於稱呼，笑了笑算做應答，洛子商走進客廳，讓柳玉茹入座，等坐下之後，洛子商才道：「柳夫人對方才那幅畫有興趣？」

「這幅畫作，是洛大人親筆吧？」柳玉茹看著洛子商，卻是道：「是揚州城外一個地方，妾身識得。」

洛子商沒有說話，他喝了口茶，點頭道：「的確，柳夫人也去過？」

「年少時，母親每月都會帶我去隱山寺祈福，這地方是認識的。」

洛子商喝著茶的動作頓了頓，片刻後，他換了話題道：「柳夫人無事不登三寶殿，應當不是來找洛某敘舊的吧？」

「這自然不是，」柳玉茹從旁拿了幾張圖紙，「玉茹此番前來，是想同洛大人談一筆生意。」

說著，她將圖紙鋪在桌上，洛子商走到桌邊，看著桌上的圖紙，疑惑道：「這是？」

「這是玉茹日後的商隊路線。」柳玉茹聲音平和，指著圖上道：「這支商隊主要幹道是水運，會從幽州出發，南抵揚州，西達司州，東出海外，沿路再轉成陸路，這張運輸網，可保證在最低成本下，最大程度將貨物賣到每一個地方。」

洛子商沒有說話，他靜靜盯著這個圖，他不知道柳玉茹是怎麼想到這樣的東西，透過建立倉庫、規劃路線、合理搭配陸路和水路的方式降低成本，他怎麼想都不明白，一個女人怎麼會想這些。

柳玉茹見他不說話，繼續道：「這條路線裡，揚州如果要到司州，黃河會是很關鍵的一條河道。」

聽到這話，洛子商抬眼看她，他勾起嘴角，「柳夫人說笑了，黃河並不適合通航。」

柳玉茹搖搖頭，「黃河適不適合通航，端看洛大人。」

洛子商沒說話，柳玉茹鋪了第二張圖，第二張圖是洛子商提出治理黃河的計畫。黃河治理，一方面重在修繕堤壩，另一方面則是如何規劃分流。

而洛子商提出的方案，河道從故道接入泰山北麓的低地中，地勢平緩，水流自然不會太急。

「如果按照洛大人這個計畫，黃河未來百年，都將適合通航。」柳玉茹指著洛子商規劃出來的幾個關鍵點說道：「而洛大人的計畫裡，只要有這個堤壩口往南開，就可以分流入淮水，借由淮水一路通行到揚州。到時候，商隊可以借由這條水運，從揚州直入司州。」

洛子商聽著柳玉茹的話，盯著地圖，再三確認後，發現柳玉茹說得不錯。

如果按照這個法子治理黃河，日後揚州水運便會更發達。

柳玉茹見他沉思，開始細細解說起來，從哪裡開始出發，用什麼船，花幾日可到……

柳玉茹說話的時候，離他不遠，她不能分開太遠，因為圖紙就這麼大，他看不清。可她又沒有太近。克制在極其得體的距離，然而這個距離下，他還是可以聞到獨屬於她身上的玉蘭香若有似無飄地過來，繚繞在他的鼻尖，讓他有些心緒不寧。

過了片刻後，柳玉茹終於說完，抬眼看他，「洛大人覺得，妾身這個想法如何？」

洛子商被這一問喚回了神，不著痕跡退了一步，笑了笑道：「柳夫人的想法是極好的，

只是在下還是不明白，柳夫人來說這些是為什麼？」

「洛大人，」柳玉茹低頭收起地圖，聲音平和，「妾身來說這些，就是希望能與洛大人合作。修繕黃河一事，洛大人可以回去同揚州那些人再商討商討。方才我給您算過，如果這條航道修通，所有運輸成本至少降低一半。揚州因水運發達立足，修繕黃河對於揚州來說，一

定是利事。而洛大人修繕了黃河之後，」柳玉茹笑了笑，「妾身可以將此當做洛大人投入妾身

商隊的成本，日後凡揚州貨物在我的商隊運輸，都可以少一成的費用。」

洛子商聽到這話，點點頭道：「在下明白了，柳夫人。」洛子商笑起來，「這是為了夫君

來當說客了。」

「既是為了夫君，也是為了自己。」柳玉茹喝了口茶，淡道：「洛大人要不要考慮拿點

錢進來入商隊的股份？」

這話把洛子商說愣了，柳玉茹繼續同洛子商分析商隊的利潤。

這個商隊若是真的建成了，利潤可以說是驚人的，哪怕是見多識廣如洛子商，也忍不住

心動起來。

柳玉茹說話很平穩，這種平穩反而給人一種說不出的信任感，覺得她並非在說服你，而

是在和你說一件客觀的、無需置疑的事情。

「若洛大人不放心，可以先投錢，商隊開始運營後，您不願意繼續，那每一年，我都要

以原價還您一部分錢。就當這錢是您借我的，您看如何？」

洛子商聽著這話，心裡蠢蠢欲動。

雖然當官，可是誰都想要自己的私產。他心裡非常清楚的知道，柳玉茹要做這的件事，

只要能做下來就能賺到多少錢。

柳玉茹看著洛子商的神情，知道他心動了，便道：「洛大人，其實您也不用多想，這件

事對您來說，只有賺沒有虧的。您如今只需要做兩件事，給錢，修黃河。錢這件事上，如果生意好，您可以繼續分紅；要是虧本，本金我還您，可以說是毫無風險。而且修好之後，您在百姓中的聲望便不一樣了，到時候任何人要動您，都要掂量一下百姓。」

「說得這樣好，」洛子商想了想，「柳夫人為何還找洛某呢？」

「這個問題，很明顯。」柳玉茹喝了口茶，毫不猶豫道：「因為你有錢。」

洛子商愣了愣，片刻後，忍不住笑起來，有些無奈道：「柳夫人，妳這個人真的是……」

柳玉茹面色不變，洛子商喝著茶，搖了搖頭道：「罷了罷了，柳夫人，說實話，您的口才太好，我實在想不出什麼回絕的理由。那容再下最後問兩個問題。」

「您請。」

「如果我拒絕，妳打算怎麼對付我？」

柳玉茹聽到這個問題，抬眼看他，洛子商饒有興致地盯著她，完全沒想過她會不回答。

柳玉茹頓了片刻後，回答道：「若洛大人拒絕，我會建議陛下對所有揚州來的貨物徵稅。」

洛子商做出倒吸一口涼氣的表情：「果然唯女子與小人難養。那，」洛子商接著道：「最後一個問題。我過往做過這麼多事，您還與我合作，沒考慮過葉世安、顧九思怎麼想嗎？」

柳玉茹聽著這話，許久後，慢慢道：「我是一個生意人。你們的事，與我無關。」

得了這話，洛子商拍著腿笑道：「柳夫人，您可真不會說謊。」

柳玉茹面色不動，洛子商緩下笑聲，靠到椅子上，盯著柳玉茹，溫和道：「柳夫人不說實話，我替柳夫人說，柳夫人想的必然是，短暫合作無所謂，先把錢騙到手，日後再來收拾他。」

柳玉茹聽著這話，全然沒有半分被揭穿的羞惱，洛子商看著柳玉茹，等著她的反應，過了片刻後，柳玉茹放下茶杯，淡道：「把話說得這麼明白，妾身都有些不好意思了。」

「所以，」柳玉茹的目光落到洛子商身上，「洛大人怎麼決定呢？」

「唔，洛某這個人，天生反骨，若是其他人來，洛某大概還要再想想。不過，」洛子商看著柳玉茹，軟了聲響，「若是柳老闆，在下心甘情願被騙。」

「哦？」柳玉茹笑起來，「洛大人說得當真？」

「當真。」

柳玉茹得了這話，露出溫柔的笑容，「那您要不要考慮再拿點錢來，我這裡還有個工程⋯⋯」

洛子商愣了愣，隨後就聽柳玉茹開始介紹她下一個缺錢的規劃。

洛子商好半天才緩了過來，他抬起手，拍在自己額頭上，痛苦道⋯「啊，柳老闆真是不好騙。」

「既然騙不了洛大人，在下就告辭了？」

柳玉茹站起身，洛子商也沒留她，送柳玉茹出了洛府。

等她走出去後，洛子商停在客廳，看著客廳中的山水墨畫，許久後，低頭笑了笑。

而柳玉茹出門之後，剛進門，就看見顧九思坐在馬車裡。

他身著紅衣外袍，白色單衫，頭頂金冠鑲珠，手握一把小金扇，紅色袍子上金線繡著金菊，整個人看上去豔麗非常。

顧九思的容貌是極其適合這樣的打扮的，只是他容顏極盛，若再穿成這樣，便好看得有些過於奪目，讓人根本移不開目光。

柳玉茹愣了愣，便看顧九思轉過頭朝她笑了笑，柔聲道：「想妳，便來等著妳了。」

柳玉茹聽到他這樣說話，再對上那雙漂亮的眼睛，心跳不由得快了半拍。

她笑了笑，低下頭道：「那便回家吧。」

顧九思應了一聲，讓柳玉茹坐到自己身邊。

柳玉茹坐到他身旁，手裡抱著圖紙，片刻後，她實在忍不住，笑出聲來。

顧九思愣了愣，隨後道：「妳笑什麼？」

「九思，」柳玉茹抬起眼，看著面前似乎還特地上過妝的顧九思，壓著笑道：「你吃醋的方式，還真是不同尋常。」

顧九思一聽這話，便知道柳玉茹看穿了他的心思。他也不覺得害臊，乾脆道：「優秀的

男人從不懼怕競爭。」

說著，他笑著睨了柳玉茹一眼，「尤其是，俊如妳家郎君這樣的。」

第五章　成珏

顧九思那斜斜一瞟，帶了種說不出的風流韻味。

江河在東都當了二十多年風流公子，憑的就是那雙眼睛，顧九思的眼睛生得像他，又多了幾分少年的清澈，貴公子挑逗人心的本事混雜著少年人的乾淨，那才真是能讓一個女人快溺死過去的情動。

柳玉茹忍不住紅了臉，扭過頭搖著團扇岔開話題道：「事情我談妥了。」

「嗯？」顧九思有些好奇，「如何談妥的？」

柳玉茹將情況說了一遍，顧九思聽著，有些不安道：「洛子商會這麼好說話？」

「自然是的。」柳玉茹笑了笑，「他願意入股我這個商隊，那他就是老闆，事關他的錢，自然會賣力。修繕黃河這件事，對於他來說，名已經是他的了，如今又給了他利，而且黃河修繕對揚州商人也是好事，商人那邊問題也解決了，他若還是不聽勸，那可就真的給他們加稅了。」

顧九思聽著點點頭，隨後道：「還是夫人厲害，夫人出馬，什麼事都能搞定。」

「我也是為了自個兒的生意，」柳玉茹想想，隨後道：「這事你便裝作不知道吧。說句實話，我是不願你同我的生意牽扯太多的。」

「嗯？」顧九思有些疑惑：「是怕我影響妳做生意嗎？」

「是怕影響你。」柳玉茹嘆了口氣，隨後道：「九思，我不想有一日成為你的拖累。」

「這怎麼會？」顧九思笑起來，「放心吧，我們家若是說拖累，也是我拖累妳。妳瞧瞧，今日妳為著我，又去給人送錢了。」

「這哪裡是送錢？」柳玉茹瞪了他一眼，「我明明是去談生意的。他若不修黃河，我這邊到東都還需繞好幾條路。修了黃河，我就能直通到揚州去了。」

「是是是，」顧九思點頭道：「都是妳聰明。」

兩人說說笑笑回了家裡，等過了幾日，洛子商便轉交了來自揚州的摺子，說明黃河修繕一事，揚州願意承擔全部工款。

這話出來，所有人的心都放了下去，緊接著朝中開始籌備去修理黃河的隊伍。

朝堂之上一番鬥爭確定修繕黃河之後，柳玉茹便四處遊說商家給錢讓她籌備商隊。

籌備商隊這件事絕非她和洛子商兩人的錢就足夠鋪這麼大的局的，洛子商占了籌備商隊三成的成本，為了保證話語權，柳玉茹自己出資兩成，加上她作為整件事的主管，以工代股又拿到兩成，她手中一共四成，剩下還有三成，則需要其他人加入進來。

柳玉茹知道陸永和江河手裡有錢，便天天上陸府找人，晚了則回來，找江河念叨。

江河不堪其擾，只能找顧九思，同顧九思道：「你管管你媳婦兒，她想錢想瘋了，張口就找我要一百五十萬兩，一百五十萬兩，她以為國庫是我家？簡直是瘋了。」

顧九思看著江河他發火，雙手攏在袖中，斜靠在長廊柱子上，笑著道：「舅舅，不就一百五十萬嗎，玉茹這麼可愛，她想要就給她嘛。」

江河聽到這話，震驚地看著顧九思，片刻後，他深吸一口氣，「是我錯了，你腦子有病，我不該同你說這些。」

說著，江河拿了一錠銀子給顧九思，揮了揮手道：「趕緊走吧，找個大夫好好看看，多吃藥，別耽誤病情。」

「謝謝舅舅打賞。」顧九思高興，趕緊道：「我這就走了。」

江河見告訴顧九思無效，只能換另一個法子，躲著柳玉茹，這一躲，就躲到了顧九思加冠那日。

顧九思加冠宴請了很多人，甚至連范軒都來了。

范軒能來，足以讓眾人看出范軒對顧九思的恩寵，顧九思連忙讓范軒上座。

「我今日是以長輩的身分來的，若不嫌棄，便讓我做個大賓吧。」范軒落座後，朝顧朗華開了口。

顧朗華微微一愣，隨後立刻和顧九思等人一起跪了下來，高興道：「謝過陛下。」

由范軒做大賓，等於是范軒來賜字。得皇帝親自賜字，那是比天子門生更大的榮耀。

顧九思心裡明白，這是范軒在替他鋪路。他看了范軒一眼，行了個大禮，認真道：「謝過陛下。」

一切準備就緒後，加冠禮正式開始。這一日的顧九思沒有嬉笑打鬧，他神情嚴肅，按照禮儀，分別在江河的幫助下，戴上了緇布冠，而後戴上了皮弁，最後戴上爵弁。

他每換一次頭冠，就要向所有人展示一遍，然後由范軒唱上祝詞。

柳玉茹坐在位子上，看著顧九思身著禮服，頭頂華冠，神色鄭重，同所有人行禮，有種說不出的感覺從心裡湧現出來。

像是你種了一朵花，自己落了子，然後看它破土而出，看它張揚盛放。這一路陪他走過，看見花開的那瞬間，便會比旁人多出那麼幾分動容。

等加冠完畢，顧九思跪在地上等著范軒賜字，范軒看著顧九思，溫和道：「愛卿如今年不過二十，卻已是朝廷棟梁，肱股之臣。朕常對太子說，日後的天下，是你們年輕人的。顧愛卿有驚世之才，日後當屬如今朕也要同顧愛卿說一遍。日後的天下，是你們年輕人的。這話國之重器，朕願顧愛卿有如玉之品性，似玉之高華，因而給愛卿賜字『成玨』吧。」

聽到這個字，顧九思眼神微微一動，低頭叩首謝恩。

加冠禮完畢後，顧九思陪著，由顧九思陪著。范軒單獨被安排在一個廳中，由顧九思陪著。

范軒看著面前加冠後的青年，好久後，笑了笑道：「你可知朕為何給你取字成玨？」

「玨乃雙玉，」顧九思平淡道：「玉中之王者。陛下一來希望微臣成為一個君子，二來

是在提醒臣，需得好好輔佐太子。」

兩塊玉才成珏，若只有一塊玉，只是個普通的君子罷了。

沒有主子的臣子，不過是在黑暗中摸索的路人。

范軒笑了笑，溫和道：「朕向來知道你聰明。九思，」他抬眼看向顧九思，嘆了口氣

道：「你還年輕，時日還長，日後，太子便靠你了。」

顧九思聽到這話，垂下眼眸，躬身道：「臣必當盡力。」

范軒就是在等顧九思這話，他點了點頭，有些疲憊道：「行了，你去陪你朋友吧，朕老

了，在你們這些年輕人的局裡，不大合適。」

范軒和顧九思說完，顧九思送范軒到門口，終於送范軒離開了。

等回來之後，顧九思一入院子，就看見院子裡的石桌上擺滿了酒罈。沈明、江河、葉世

安等人圍了一圈，就等著他回來。

江河撐著下巴，看著顧九思走過來，笑著道：「來，小九思，今日你加冠，舅舅便讓你

知道，一個男人該如何喝酒。」

顧九思露出害怕的表情，退了一步道：「那個，不必了吧？」

「九哥，你別怕。」沈明立刻拽住顧九思，「我會幫你看著的，等你醉了，我把你扛回

去。」

「這個，玉茹會不高興的。」顧九思繼續推辭，「萬一喝醉了怎麼辦？」

「無妨，」葉世安笑了笑，「我已同玉茹說過，玉茹不會說什麼的。」

三個人一連串說下來，顧九思嘆了口氣，坐到石桌前，只能道：「沒辦法，那我只能捨命陪君子了。」

說著，顧九思舉起酒罈，看著江河，一臉赴死的表情道：「舅舅，來吧。」

江河興致勃勃，同顧九思喝起來。

酒過了好幾巡，天上明月當空，三個人趴在桌上，只有顧九思依舊保持著一片清明，他撐著下巴，另一隻手撥弄著碗沿，淡道：「還喝嗎？」

江河擺擺手，痛苦道：「不喝了。」

顧九思嗤笑一聲，站起身道：「不喝我就回去了，你們沒媳婦兒我還有呢。」

三人：「……」

說著，顧九思便轉身回去，等他飄飄然走了之後，江河撐著頭，艱難道：「他怎麼這麼能喝？」

「江……江叔叔，」葉世安打著嗝道：「他在揚州……揚州……」

話不用說完，江河懂了。

這小子以前在揚州，每日醉生夢死鬥雞賭錢，酒量非尋常人所能比。江河看著滿臉通紅的葉世安，知道他醉得厲害了，正打算讓人帶他回去，就聽到一個平穩的女聲道：「哥哥。」

三個男人回過頭，便見到葉韻站在長廊上，她看著葉世安，走上前，和下人一起扶住葉

世安，嘆了口氣道：「哥哥怎麼喝成這樣了？」

「葉……葉韻！」沈明聽見葉韻的聲音，一下子醒了，他看著葉韻，眼睛亮晶晶的，高興道：「妳也來了？」

「沈公子。」葉韻點了點頭，隨後嘲旁人吩咐道：「沈公子醉了，扶他回房吧。」

旁人來扶沈明，沈明卻不肯走，他抓著葉韻的袖子，嘀咕道：「葉韻，妳最近怎麼總是在查帳，妳做的紅豆糕不夠分。」

葉韻哭笑不得，旁邊江河撐著下巴，酌著小酒，笑著看著沈明埋怨著葉韻沒有及時跟上的紅豆糕。

葉韻哄了半天，下人把沈明帶走，這時候葉韻才來得及回頭看江河，她猶豫片刻，隨後道：「江大人可需要人扶您回去？」

江河聽到這話，挑眉笑了，「怎麼，我需要的話，妳還來扶我不成？」

江河這話把葉韻說愣了，江河見葉韻呆著，才反應過來這是晚輩，他擺了擺手，笑道：「逗妳玩的。芙蓉，」他朝著一直候在一旁的侍女招了招手，兩個侍女趕緊過來，扶起江河，江河瞧了葉韻一眼，同侍女道：「拿件外套給葉小姐，夜裡風大露寒，她可別接了哥哥，病了自個兒。」

說完他沒看葉韻，手搭在侍女身上，由著侍女送回房去。

葉韻在院子裡站了站，片刻後，她才回過神來，讓人扶起葉世安，等走到門口的時候，

江河的侍女已經拿了外套等在門口，看見葉韻後，她將外套遞過去，笑著道：「這披風是從少夫人那兒借的，少夫人還沒穿過，葉小姐別嫌棄。」

葉韻點了點頭，她看了侍女一眼。江河身邊常跟著四個侍女，這個侍女是其中之一，似乎叫白芷，生得最為清麗。葉韻瞧著她，恭敬地說了聲：「謝謝。」

侍女愣了愣，全然沒想過一個世家小姐會同她說這樣的話。而葉韻披上披風，便上了馬車。

葉世安在馬車裡醉著，見葉韻上來了，他張了眼，看了葉韻一眼，低聲道：「韻兒，哥以後會給妳找個好人家的。」

葉韻愣了愣，隨後聽葉世安說著胡話，低聲道：「以後哥哥，不會再讓妳受欺負了。」

葉韻垂了眼眸，好久之後，她才出聲：「我過得很好，哥，你別擔心。」

葉韻領著葉世安離開的時候，顧九思剛從淨室裡出來。他頭髮上帶著水氣，柳玉茹拿帕子替他擦乾。

她一面擦，一面隨意道：「方才舅舅來同我借了件衣裳，說是給韻兒的，他當真細心得很，不僅想著給韻兒加衣服，借衣服的時候還想著以葉韻的身分，他侍女的衣服是不方便穿的。」

「那是自然，」顧九思輕嗤出聲，「妳也不想想，他這輩子哄了多少姑娘。我和妳說，我娘說的，他還是個嬰兒的時候，就只要漂亮的女人抱。十四五歲，喜歡他的女人就從東都排

到揚州。他十六歲來揚州待過一段時間，不用報自個兒身分，憑一張臉都能在揚州哄姑娘，所以妳說他對女人細不細心，體不體貼？」

柳玉茹聽著，微微皺眉：「舅舅到底幾歲了？」

顧九思輕笑：「妳猜？」

「得有三十三吧？」柳玉茹認真思索了一下。

顧九思搖搖頭，隨後道：「三十六了。」

柳玉茹愣了愣，卻是完全沒想到的，顧九思嘆了口氣，隨後道：「我知道妳的意思，是想著撮合一下葉韻和他，但是這事吧，我覺得妳還是放一放。」

「怎的呢？」柳玉茹有些疑惑。

其實她也不是故意要撮合的，只是江河送衣服給葉韻，就突然想起這事來。葉韻還年輕，總歸要有個著落，孤孤單單過一輩子，若是她選的還好，可柳玉茹清楚知道，這從來不是葉韻想要的人生。

江河好，他有閱歷，有能力，最重要的是，以江河的性子，必然不會介意葉韻的過往，甚至還有幾分欣賞的。

顧九思聽柳玉茹發問，想了想，終於道：「妳可知他為何至今未娶？」

柳玉茹不大明白，顧九思接著道：「細節我其實也不清楚。但我知道一件事，以前我小時候，在他府邸裡見過一個牌位，那牌位沒有寫名字，但是他一直放著，誰也不知道這個牌

位是誰的，我娘猜是他喜歡的人。」

「喜歡的人？」

「對。」顧九思點點頭，接著道：「我娘說，他也不是一直不想娶妻，十六歲時他同家裡說過，他打算娶一個姑娘，但是後來再也沒提過，家裡問了，他就說死了。等過了好幾年，有一日他突然在自己府裡放了這個牌位。他不娶妻，除了一個歌姬給他生了個女兒，也沒個正兒八經的孩子，這事家人早說過好多次，聽說我外公曾經把他打到臥床一個月，都沒扭轉他的意思。所以妳千萬別想著撮合他們，若是葉韻心裡有什麼想法，勸著點，別往上面撲。這些年我見過往上面撲的姑娘多得去了。」

這話說得柳玉茹有些沉重，顧九思看了她一眼，見她憂慮起來，趕緊道：「別想這些了，我今日及冠，妳打算送我什麼？我同妳說，不上心的東西可打發不了我。」

柳玉茹聽到這話，抿了抿唇，笑了起來。她起身道：「早準備好了。」

說著，她去旁邊櫃子取了一個木匣子出來。

顧九思有些興奮，想知道柳玉茹拿著這木匣子做什麼，柳玉茹把木匣子放到顧九思面前，抿唇笑道：「你猜是什麼？」

顧九思想了想，內心帶了點激動。

他輕咳一聲，有些不好意思道：「是不是香囊？」

繡鴛鴦戲水那種。

柳玉茹搖搖頭，「比這個好，你再猜。」

比這個還好？

顧九思立刻嚴肅了神情，繼續道：「是不是同心結？」

妳親手編的那種。

柳玉茹繼續搖頭，「比這個實在。」

「那……那是鞋墊？」

親手繡的那種。

顧九思皺起眉頭，他其實不是很想收這個，以前柳玉茹送過，他不覺得驚喜。

「再想想。」

這下他真的想不出來了，他不知道一個女子捧一個木匣子給自己的郎君，到底能送出什麼花樣。

柳玉茹見他想不出來，不再為難他，打開木匣子，顧九思愣了，裡面放著一個權杖，權杖下面壓了一疊紙。

「這是……」顧九思愣愣地看著裡面的東西，說不出話來。

柳玉茹將頭髮撩到耳後，從裡面拿出權杖，平和道：「這個是玄玉令，你拿著這個權杖，以後我名下經營的所有商鋪，見這個權杖都等於見到我。我私下開了學院，還培養了一批護衛，等過些年這些孩子長成了，你拿著這個權杖，他們都會聽你的。」

顧九思聽得呆呆的，然後又見柳玉茹拿出了好幾份契書，繼續道：「這些都是我商鋪的契書，花容、神仙香，以及後續的商隊，所有我經手的產業，我都給了你分紅。你二十歲了，應當有些自己的產業。」

說著，柳玉茹抬眼看著顧九思，顧九思呆呆地看著面前的東西，瞧不出喜怒，柳玉茹一時有些忐忑，她猶豫了一會兒，慢慢道：「我不知你喜不喜歡，但我向來是個實在人，想送你東西也不知道送你什麼，原本準備了銀子，又覺得銀子用了就沒了，不比這些東西。原本大戶人家，這些東西都該是家裡給你的，你在官場上當官，有些東西得有，只是家裡之前的情況，公公婆婆也給不了你，我心裡就一直為你盤算著。」

「其實不用的……」顧九思的聲音有些沙啞，他垂下眼眸，看著面前的契書，勉強笑起來，「玉茹，妳這樣，讓我覺得自個兒很沒用。」

柳玉茹聽到這話愣了愣，她沉默下去，心裡有種難以言說的酸楚湧上來。

「他們也同我說，」她低聲道：「一個姑娘家，替郎君謀劃這麼多，郎君未必喜歡，甚至覺得是我太過強勢了。可我心裡總想著該為郎君多做些什麼。我也知道這些事不需要我做，您將虎子從幽州帶來東都，便是讓他在東都城裡為您布置眼線，您自個兒也有自個兒的護衛，可是……」

柳玉茹的話沒有說下去，她嘆了口氣，抬眼看向顧九思，「您別介意，我不是覺得你不行，我只是想要自己配得上你，為你多做一些。」

聽到這話，顧九思慢慢笑了，他伸手將人輕柔地攬進懷裡。柳玉茹靠著他的胸口，聽著他的心跳。

他的肩膀長寬了許多，有了青年人的模樣，柳玉茹靠著他，聽著他道：「玉茹，妳沒有配不上我，別總這麼想。」

「你如今太好了，」柳玉茹嘆了口氣，「九思，有時候我看著舅舅，就會想你未來是什麼樣子，每次想著，都覺得不安。」

「老匹夫害我啊。」顧九思用手捂頭，有些無奈道：「玉茹，其實很多時候吧，是我在想，妳這姑娘怎麼這麼好，我該怎麼回報。」

「妳喜歡的東西不多，錢這件事上，妳自己會賺，又不讓我幫忙。凡事妳都幫著我，我卻幫不上妳什麼。妳什麼都替我想好了，放在我面前，每次妳這樣做，我都覺得妳怎麼能這麼好？每次我以為這已經是我能見到的最好的，妳又能讓我看到更好的妳。若說不安，當是我不安才對。」

「我給不了妳喜歡的，一直接受妳的付出，這該如何是好？」

聽著這些話，柳玉茹抬頭看他。

顧九思唇邊帶笑，但笑容裡滿是無奈，似乎是拿她沒了法子。

他長得太俊了。

柳玉茹瞧著他的模樣，心裡想著。

哪怕成了親，哪怕是他的人了，可是每一次瞧著，都會覺得有種說不出來的新滋味。

此刻他一隻腳盤腿穩著身形，另一隻腳屈膝搭著手，長髮散披，身著單衫，外面攏了件月色長袍，他低著頭，寶石一般的眼裡全是她，他們挨得太近，風吹過來時花香捲著他的髮輕撫在她臉上，像是無聲的觸摸。

柳玉茹忍不住紅了臉，重新將頭埋在他胸口，伸手環住他，小聲道：「我喜歡的你已經給我了，不用多想的。」

「嗯？」顧九思發出一聲鼻音。

柳玉茹聽著他沉穩的心跳，聲若蚊吟：「我喜歡你。」

這話讓顧九思愣了愣，片刻後，忍不住朗笑出聲，柳玉茹感受著他胸腔的震動，聽見青年在夜裡止不住的笑聲，不敢抬頭。

「柳玉茹啊柳玉茹，」顧九思出聲道：「我這輩子，算是栽在妳手裡了。」

他怕是再也找不到一個，這麼實誠，又這麼撩人的姑娘了。

成人禮過後，顧九思休沐了三日，等他回朝堂時，朝中負責黃河修繕的官員名單便出來了。

黃河修繕這件事是大夏建國以來耗資最大的工程，范軒看得極重，顧九思本以為此次修繕黃河一事的主管，應當就是洛子商了。畢竟計畫是他提的，錢也是他弄來的，其他人就算過去，不過是個眼線。

然而等當庭宣布聖旨時，顧九思聽到自己的名字。

「令戶部尚書顧九思領工部侍郎洛子商負責黃河修繕之事……」

顧九思皺了皺眉，抬頭看了座上的范軒一眼。

范軒看上去有些疲憊，對於這個旨意，明顯沒有任何更改的餘地，所以也沒有提前通知顧九思。

等下朝之後，顧九思去找范軒，他剛進御書房，便聽范軒道：「朕知道你的意思。」

顧九思將話咽了下去，范軒批著摺子，淡道：「如今戶部很忙，你剛當上尚書，還需要穩住戶部，不宜外出，你的意思，朕知道。」

「那陛下是作何考慮，要微臣去修繕黃河？」

顧九思皺起眉頭，在這種關鍵時期調離東都，戶部尚書的位子還沒坐穩就外出，范軒是什麼意思？

「修繕黃河，是大事，」范軒淡淡開口，「九思，你年紀輕，根基不穩，得做出些實事，在百姓心中有位子。有了位子，日後在朝堂，大家就要掂量幾分。洛子商拚了命修黃河，便是這個意思。」

顧九思靜靜聽著，范軒放下一本奏摺，揉著自己的額頭，「朕想抬你，這事交給你辦。黃河茲事體大，朕左思右想，都不放心洛子商一人主管，若是他有異心，在這事上做了手腳，日後出了事怎麼辦？」

顧九思得了這話，面上立刻嚴肅起來，范軒繼續道：「戶部這邊，畢竟在東都，江侍郎的能力足以應付，你放心。」

范軒這一串話說下來，顧九思便明白了。

范軒始終不放心洛子商，而且他作為范軒要培養的人，必須要給他一個表現機會，因此他把黃河這個事交給顧九思主管。洛子商如今錢已經到位，圖紙也給了，就算臨時撤走也無所謂，所以換了這件事的主事，洛子商也沒辦法。而將江河安排在戶部當戶部侍郎，江河本就在東都根基頗深，又是顧九思的舅舅，顧九思就算去修繕黃河，江河也一定會幫顧九思擺平戶部。

因此，顧九思去修黃河這件事，可謂內外的障礙都掃除了。

顧九思不知道范軒是從什麼時候開始計畫這件事的，或許是從把江河放在戶部侍郎這個位子上的時候，就已經開始籌備著給他一個在百姓裡立根的機會，而洛子商又送上門來。

顧九思看著面前的范軒，突然有了幾分敬意，他對范軒恭敬行了個禮，隨後道：「臣必不辜負陛下。」

「黃河這件事，要修，最難的不是錢，也不是怎麼修。」范軒淡淡開口：「而是整個修

繕過程中，那些官員之間的關係。朕給你天子劍，你到時候過去，不僅要修黃河，黃河沿路這三州的帳目，你也要給朕查清楚。此行怕是波折頗多，你要多加小心。把陸永帶上，人情關係上你得聽他的。」

「微臣明白。」顧九思神色鄭重。

范軒點點頭，不再多說，只是道：「明白就好。可還有什麼要問的？」

顧九思沒說話，范軒抬頭看他，顧九思猶豫片刻，還是跪了下來，恭敬叩首道：「陸下，還望保重。」

范軒愣了愣，片刻後，他笑起來，「你這孩子。」

說著，語氣溫和下來，像長輩一樣，同顧九思道：「去吧，別耽擱了。」

顧九思回到家裡時，柳玉茹正在清點家裡的東西。顧九思見著了，不由得有些好奇：「妳這是在做什麼？」

「陸老同意給我錢了，」柳玉茹笑了笑，接著道：「還有舅舅和城中一些富商，我如今有了足夠的錢，該去做點事了。你來得正是時候，我正要同你說呢，我打算遠行。」

「要遠行？」顧九思皺起眉頭，但他立刻反應過來柳玉茹是要去做什麼，便道：「妳是不是要去買船？」

「買船我不擅長，」柳玉茹走上前，從他手裡拿了脫下來的官袍，跟在他身後，細細解

釋道：「我拜託公公婆婆去做這事了，以前公公買過好幾條船，比我有經驗。」

「那妳是去做什麼？」顧九思有些不明白，柳玉茹遞茶給他，笑著道：「去建倉庫。」

顧九思愣了愣，這才想起來，在合理的地方建立倉庫，方便分發貨物和轉運，是柳玉茹這個計畫體系裡最關鍵的環節。

顧九思把她設置的十一個點往腦子裡一過，立刻反應過來，高興道：「好呀，剛好和我一路。」

柳玉茹不明白，顧九思回過身抱住她，「陛下讓我去修黃河，妳地圖上黃河那一帶的位置和我差不多一致，妳要同我去嗎？」

「你修黃河？」柳玉茹詫異，「這不是洛子商的活兒嗎？」

「陛下的主意。」顧九思笑得有些無奈，他將范軒的算計與柳玉茹講了一番，柳玉茹不由得有些擔心，顧九思看了她一眼，「妳愁眉不展，是在擔憂什麼？」

「洛子商出了這麼大的力，」柳玉茹緊皺著眉頭，絞著手帕，「如今卻被陛下這麼擺了一道，以他的性情，我怕他心有不甘。」

「他與我們本就是死敵，」顧九思滿不在意，「難道我還要怕他報復不成？我擔心的倒不是洛子商。」

「那你擔心什麼？」柳玉茹有些好奇。

顧九思思索著，和柳玉茹一起往飯廳走去。

顧九思嘆了口氣，「我是擔心，陛下如今的舉動，太冒進了。」

「我升得太快了，陛下也太著急為我培養黨羽。他先是強行把我推到了尚書的位子上，又逼著陸老放手成了我的後盾，如今再將黃河之事交給我，若我猜得不錯，等秋試時候，我很可能會是主考官。」

大夏第一場秋闈，若顧九思是主考官，他將收穫自己第一批門生。

「這樣一說，陛下的舉動，的確太著急了些。」柳玉茹被顧九思點明，也跟著擔憂起來，「陛下是如何打算的呢？」

「我擔心，是因為陛下時日無多了。」顧九思嘆了口氣，接著道：「其實陛下身體不好，這件事我來東都便已知道。如今他這麼扶我，怕他的身體比我們所有人想像得都要差。太子不是個可靠的，陛下如今怕是想替他打造一個班底，等太子登基後，由這個班底繼續將大夏運行下去。」

顧九思說著，停在院子裡。

院子裡蝴蝶落在盛開的夏花上，顧九思注視著夏花，慢慢道：「陸永貪欲太盛，又是堅定的廢太子派，所以陛下把他拉下去，如今扶我上來，就是希望我能接替陸永的位子。陛下如今收拾好了太后黨派，蕭清朝野，兵力上留了周大人對外，內部留了左相張鈺統籌，錢上有我，民生有曹文昌、廖燕禮。有這樣的格局，只要太子不要亂來，大夏繼續穩穩當當的發展，日後再行南伐，便一統有望。」

「陛下如今對你這樣好，也算是施恩了。」

顧九思沒說話，許久後，他輕嘆口氣，將柳玉茹拉進懷裡，提了聲音道：「算啦算啦，不說這些啦，我們去吃飯吧。陛下命我後日啟程，剛好能過七夕。」

聽到這話，柳玉茹抿唇笑了笑，「都什麼時候，還過七夕。」

說著，她抬手輕輕戳了戳顧九思額頭，「不正經。」

「下朝之後，也要有個人生活的呀。」顧九思振振有詞，「國家國家，有國有家，不能有了百姓忘了媳婦兒。」

柳玉茹被他這歪道理說得忍不住笑起來。

兩人拉著手進了飯廳，沈明已經在飯廳裡等著了，他見顧九思進屋，高興道：「九哥，來，這兩日趕緊好好吃幾頓，馬上就要上路了。」

「胡說八道什麼呀。」蘇婉聽到這話，忍不住開口：「什麼上路不上路的。」

「對不住，」沈明聽到，趕緊抽了自己一巴掌，同蘇道：「瞧我這張嘴，亂講什麼。

是啟程，我們馬上就要啟程去修黃河了。」

「修黃河？」江柔詫異，看著顧九思道：「當真？」

顧九思笑了笑，坐到江柔身旁，點頭道：「當真，我後日啟程，同玉茹一起。」

「修黃河不是小事，」顧朗華輕咳一聲，吩咐道：「別太跳脫，穩重些。」

正說著話，江河就拐了進來，他手裡拿了一方手帕，明顯是姑娘送的，看了眾人一眼，

笑著落座：「怎麼，在說小九思去修黃河的事？」

「你也知道？」江柔抬眼看向江河，江河將帕子塞進懷裡，聳聳肩道：「陛下朝廷上下的聖旨，想不知道也難呀。」

「這是好事吧？」江柔有些忐忑地詢問江河，江河想了想，低頭夾菜，隨意道：「辦成了就是好事，辦不好就不是好事。」

「那便是好事了。」柳玉茹笑著，「郎君這樣的能力，怎會有辦不成的事？」

這話出了，全場沉默，片刻後，蘇婉尷尬地笑起來，「吃菜吃菜。」

顧家一家人其樂融融吃著東西時，洛府之中，洛子商站在書房裡，看著書房裡的山水圖。

後面謀士議論紛紛。

「出了這麼多銀子修黃河，不就是為了讓主子多些名聲？如今錢是主子出的，圖紙是主子畫的，他顧九思突然冒出來分一杯羹，這算怎麼回事？范軒這是欺人太甚！」一個謀士憤憤不平地開口，旁邊的人點著頭，似是贊成。

「事情也不算太壞，」另一個謀士慢慢道：「顧九思是主管，但怎麼修不也是主子的事嗎？只要黃河是咱們主子動手來修，這便足夠了。」

「一千萬來做這麼一件事，」最先說話的謀士開口，「是不是代價太大了些？」

「可日後揚州交通便利，貨物成本降了，商貿發達之後，稅收自然也就多了。張先生，

目光要長遠一點。」

「可是……」

「好了。」洛子商終於不耐，回過頭淡道：「別吵了。」

所有人停住爭辯，恭恭敬敬站在洛子商面前。

洛子商回到書桌前，把弄著手中的玉球，淡道：「你們說得都有道理，如今讓我來修黃河，這便已經不虧了。他們如此打壓我，太子是看在眼裡的。我是太子的人，打壓我，便等於打太子的臉，范軒每這麼一分，就是把范玉往我這裡推一分。而且黃河修好了，也是積德嘛，大家火氣別這麼大。」

洛子商聲音平靜，「一千萬，總會賺回來。」

這話出來，大家都不敢說話了。洛子商手指靈巧地轉動著玉球，繼續道：「不過張先生說得也沒錯，一千萬，我不僅想要多賺著點，我還想要多賺著點，顧九思這人，太礙眼了。」

「主子的意思是？」張先生有些忐忑，詢問洛子商的意思。

洛子商抬眼看向站在這裡的所有人，笑了笑，卻是抬手撐住了頭，淡道：「等會兒。」

大家不敢說話，這一等，就等了許久，大夥兒都站著，但沒有一個人敢出聲打擾似在撐著頭午睡的洛子商。

等到夕陽西下，終於有人從外面匆匆進來，步入廳中，朝著洛子商恭恭敬敬行了禮，隨後道：「主子，打聽清楚了。」

洛子商沒有睜眼，閉著眼睛道：「說吧。」

「明日顧九思會在悅神祭上做主祭，到時候人又多又雜，是個好機會。」

七夕悅神祭是東都每年最盛大的祭祀之一，主要由禮部操持舉行，挑選出人於東都護城河邊獻舞悅神。

這種場合要挑長得好的青年才俊，這一年挑上顧九思，也沒什麼奇怪。

洛子商得了消息，慢慢張開眼睛：「聯繫太后那邊了嗎？」

「聯繫上了，」下人不敢抬頭，繼續道：「消息也給過去了。」

「嗯。」洛子商點點頭：「行吧。」

「主子，」旁邊的侍衛出了聲，低聲道：「我們這邊是否要準備人？」

洛子商想了想：「北梁那邊的隊伍是不是帶過來了？」

「是。」侍衛應聲道：「一直養在暗處。」

「那就是了。」洛子商笑起來，眼裡帶了冷光，「若是太后沒動手也無妨，我們親自送他上路也行。」

得了這話，侍衛立刻跪了下來，應聲道：「是。」

洛子商布置好了一切，而顧九思則是在七夕當日，天一亮就出了門。

他十分高興，走之前同柳玉茹道：「妳今日別出門，在家裡等我信號。我叫妳出來妳再

出來。」

柳玉茹知道他又有什麼要做的，便笑著道：「好。」

顧九思高高興興走出家門，出門時便見江河環胸靠在門口，扇子輕輕敲打在自己肩上。

「小九思，」江河勾著嘴角，「今日舅舅為你算了一卦，不宜出門呢。」

第六章　搓衣板

聽到這話，顧九思愣了愣，下意識道：「你什麼時候學會算命的？」

「哦，」江河聳了聳肩，「昨日。」

「那算了吧。」顧九思露出嫌棄的神情來，「半路出家，怕是不準，我先走了。」

「小九思，」江河站在顧九思背後，笑著道：「不聽舅舅的話，可能會被人打哦。」

顧九思頓住步子，片刻後，他擺擺手道：「老年人就好好休息，別來管年輕人的事了。」

江河得了這話，呆了片刻，隨後嗤笑出聲：「小崽子。」

片刻後，一個侍衛走到江河身旁，小聲道：「主子，這次負責城防的官員名單在這裡。」

江河從手上侍衛手裡拿了官員名單，看過之後，有些好奇道：「咦，南城軍軍長陳茂生為何負責悅神祭的區域？」

陳茂生是太子一手提拔上來的人，可以說是太子嫡系，陳茂生這個位子，原本是沈明負責，如今臨時將沈明換了，一看就是熟人手筆。

「據說是昨夜調的。」侍衛恭敬道：「大公子去周大人府上一趟後，陳茂生就換了。」

江河看著名單沒說話，片刻後，他笑了笑，「這小子。」

說完，他將名單折好，放在懷中，同侍衛道：「他自己有自己的打算，派幾個人盯緊一點。哦，你等會兒和負責這次悅神祭的楊大人說，今夜臨時改一下環節。」

「改環節？」侍衛不大明白。

江河雙手攏在袖中，往長廊走，淡道：「主祭獻舞之前，讓替身先熱場。但這事別說出去，誰都不能說，等臨時再換替身上。」

悅神祭獻舞，都會準備兩個人，就怕臨時出事。只是這麼多年，從來沒出過事，因此替身雖有，但極少上場。

侍衛愣了愣，隨後笑起來道：「主子還是不放心大公子。」

「望萊，他還年少。」江河叫了侍衛的名字，笑了笑道：「能想到這麼多已經不錯了。」

「只是洛子商這個人吧……」

江河停下來，抬手摘了庭院邊的葉子，笑著的眼裡帶了些冷，「屍骨堆裡爬出來的毒蛇，難捉摸得很。」

望萊站在江河旁邊，不敢答話，他想起什麼，許久後，開口道：「主子，要不要……」

「不必。」江河已知道望萊要說什麼，打斷道：「什麼都不必做。」

望萊不再說話，嘆了口氣，應聲道：「主子，望萊先退下了。」

江河應了一聲，站在門口，沒再多說什麼。

顧九思獨身出了門，一路過街穿巷，他走得極快，兜兜轉轉繞進一間民宅，進門之後，便看見一群人聚集在裡面。

虎子領頭在前，他如今個子長高許多，每日習武，看上去強壯許多，一進來他趕緊上前，叫了聲：「九爺。」

顧九思看了周邊一眼，所有人跟著虎子恭敬道：「九爺。」

顧九思點了點頭：「都準備好了？」

「準備好了。」虎子立刻道：「今日我們在城中安排了五百人，只要有人動手，便立刻拿下。」

「嗯。」顧九思應聲道：「看好夫人。」

「明白。」虎子點頭，「您放心，一切都會按計劃進行。只要您給了暗號，我們這邊立刻放箭。」

顧九思拍了拍虎子的肩膀，又和虎子商量一下今日的流程，等到中午才走出門，剛出門，就看見沈明靠在門口，挑眉看著顧九思道：「路上殺了兩個跟著的，你膽子也真大呀。」

「不是有你嗎？」顧九思笑了笑，「你以為我把你特地換出來做什麼？」

沈明輕嗤出聲，回頭道：「我要和柳老闆說漲工錢。」

「瞧你這出息。」顧九思鄙夷地看了他一眼，隨後道：「今晚幫我看著玉茹，別讓她受驚了。」

「加錢。」

「你真的掉進錢眼裡了。」顧九思瞪他一眼，隨後道：「她夜裡約了葉韻一起遊街。」

「她約就約唄，關我什麼事？」沈明一副不在意的模樣，顧九思嘆了口氣，「沈明，我說你也老大不小了，別幼稚了。」

「你說什麼我聽不懂。」

顧九思呵呵笑了笑，沒有多說。

顧九思去了禮部，沈明跟到禮部之後私下回去。他剛走，便讓人去了葉家，同葉世安說了一聲，讓葉韻夜裡同柳玉茹一起去出去。葉世安得了顧九思的口訊，猶豫片刻，同侍衛道：「讓他務必小心。」

七夕的東都熱熱鬧鬧，白日就開始掛花燈，兵部派人布防，禮部在護城河邊準備夜裡的遊船。

所有人忙忙碌碌，但敏銳的東都官員卻清晰感覺到熱鬧忙碌之下的暗潮洶湧。

而這一切，對於普通人來說渾然未覺，柳玉茹在家裡好好打扮著，等到夜裡便聽外面傳了話道：「少夫人，葉小姐來了。」

柳玉茹頓了頓，隨後道：「葉小姐說，」印紅恭敬道：「便是大公子叫她來的。」

聽到這話，柳玉茹放下心來，她點了點頭，笑道：「那就去吧。」

「葉小姐，」印紅恭敬道：「便是大公子叫她來的。」

聽到這話，柳玉茹放下心來，她點了點頭，笑道：「那就去吧。」

說著，柳玉茹走出門，葉家馬車等在門口，柳玉茹上了馬車，便見葉韻坐在車裡，手裡拿了一卷書，抬眼看她，笑了笑道：「妳家郎君怕是有得忙，特地讓我來陪妳先逛今夜的集市。」

柳玉茹聽到這話，抿唇道：「我成了婚的人，哪裡需要這些，倒是妳，今日在街上要多看看，若是遇到喜歡的，妳告訴我，我幫妳打聽。」

「柳玉茹，」葉韻有些無奈，頭痛道：「我覺著，妳真是越來越像我娘親了。」

「這大概就是為何成了婚的女人不受待見吧。」柳玉茹嘆了口氣，「罷了罷了，今日也別多想，隨意逛逛集市就好。」

馬車往熱鬧的地方行去，到了正街馬車便行不了了，柳玉茹和葉韻下了馬車，由下人護著走在大街上。

此刻人不算特別特別多，十分適合閒逛，兩個姑娘手挽手走在街上，一路買著零碎的東西，柳玉茹笑著道：「我發現打從認識妳開始，年年七夕都是同妳過的。以往咱們不能出門，都在妳家院子裡穿針，今年出來遊玩，倒是頭一遭。」

葉韻得了這話，挑著簪子道：「也算是長大的好處吧。」

柳玉茹瞧著她挑的簪子，伸手指了一根白玉簪道：「這個好瞧些。」

兩人一面挑著簪子，柳玉茹一面打量四周，葉韻察覺柳玉茹的警惕，不由得道：「妳上街來一直張望著，是張望什麼呢？」

柳玉茹得了這話，挽著葉韻，壓低了聲道：「陛下將黃河主管一事交給九思，妳可知道？」

「聽兄長說了。」

「今日早晨我出來，九思特地同我說，聽他吩咐之後再出來，他慣來是不會同我說這些的，所以我想著，今日應當是有什麼事要發生。」

柳玉茹說話的聲音小，葉韻卻聽到了，她沒做聲，柳玉茹繼續道：「而且明日就要去黃河，他竟然接了悅神祭主祭這個位子，都不休息一下，他慣來不做無用的事，必然是想要做什麼。」

「玉茹。」葉韻聽著，忍不住笑了，「妳這人，就是心眼兒太多。顧九思什麼都沒跟妳說呢，妳就猜得透透的。」

「嗯？」柳玉茹有些疑惑，「妳知道什麼了？」

「妳可知道今日城防沈明本是主管之一？」葉韻見柳玉茹好奇，便也不藏著，「我聽說，昨個兒顧九思去了周府，後來沈明就被換下來了，換成了太子近臣，陳茂生。」

柳玉茹愣了愣，腦子裡迅速思考著，嘴上卻是試探著道：「此次主事的是周大人？」

「周大人負責安排人手，詳細的還是這些年輕人管，要是出了岔子，自然是下面的人擔事。」葉韻分析道：「我聽兄長和叔父悄悄商議，說顧九思這一次特地換了陳茂生，就是為了防著洛子商。」

「防洛子商？」柳玉茹愣了愣，隨後反應過來，「九思的意思是，陳茂生管這件事，如果

洛子商在這時候動手，那麼陳茂生官位必定不保？」

而陳茂生是太子插在東都軍中一顆舉足輕重的棋，若是因為洛子商廢了，洛子商和太子的聯盟也算完了。

「的確如此。」周邊的人漸漸多起來，葉韻看著街邊的花燈，一邊道：「我問了兄長，兄長便是這麼說的，他讓我們放心，說顧九思他已經安排好了，讓咱們好好逛花燈就好。原本他們還不讓我告訴妳。」

「怎的呢？」柳玉茹笑著道：「他們做什麼，還不告訴我？」

「顧九思同我兄長說，這些事他不想讓妳知曉，反正妳也不必知曉，他希望我今日來陪著妳，看看花燈，然後給妳的驚喜就好了。」

柳玉茹愣了愣，葉韻笑著回頭，眼神裡帶了幾分偷掖，「他說呀，他家玉茹平日已經操心得很了，他不忍這些俗事讓她煩憂。」

「他真是……」柳玉茹一時不知道該說他好還是壞。

葉韻明白她的意思，忙道：「可我知道，妳這個人操心慣了的，他的心意是好的，可是妳太聰明，瞞不住，所以我便告訴妳了。」

「知我者，還是韻兒。」柳玉茹笑著道：「他總是想將好的給我，我知曉，便很高興了。」

「所以妳也別辜負他的心意，」葉韻忙道：「我聽說這次七夕全城的安排，顧九思特地和禮部一起商量，花了許多心思呢。」

說著，葉韻從旁邊買了兩張面具，她抬手蓋在柳玉茹臉上，遮住半張臉，柳玉茹是隻狐狸，她是隻兔子，她看著柳玉茹笑：「瞧，這小狐狸多像妳。」

柳玉茹露出責怪的眼神，低聲道：「妳才狐狸，不正經。」

葉韻笑出聲，挽著柳玉茹一起逛街。

她們在街上遊玩時，洛子商領著人走在大街上，他穿了一身紅色繡金線長袍，戴著玉冠，面上罩了一方純白色的面具，將整張臉遮得嚴嚴實實，只漏出一雙帶著黯色的雙眼。

一個行人匆匆朝他走來，低聲道：「主子，人手都安排好了，但沈明的位子讓陳茂生頂了。」

「可惜啊，」洛子商抬眼看向遠處護城河上燈火輝煌的花船，淡道：「他的命在我心裡，比他想像的值錢多了。」

洛子商沉默片刻，輕輕笑起來，「看來，顧九思是賭我不會動手了。」

洛子商腳步微頓，身後跟著的侍衛立刻道：「主子，這怕是局，要不要收手？」

「那主子的意思？」侍衛猶豫著詢問。

洛子商手中金扇張開，吩咐道：「派個人去給太子報信，說顧九思讓陳茂生頂替沈明的位子擔任布防，怕是為了找事嫁禍陳茂生，如今換人是來不及了，讓他早做準備。」

「是。」侍衛應聲，隨後道：「之後的刺殺計畫呢？」

「葉韻在哪裡？」洛子商轉頭一問，卻是問了這個問題。

侍衛愣了愣，隨後道：「屬下即刻去查。」

「查到葉韻的位置，把葉韻擄走，葉世安必亂。葉世安一定會找沈明幫忙，等他們兩人調人去找葉韻，顧九思一定以為我此番礙於陳茂生不敢動他，到時候他只要在主神祭上冒頭，便讓人用強弩將他當眾射殺於弩下。」

侍衛得令，立刻吩咐下去，沒多久，他們便找到了葉韻和柳玉茹的位置。

「葉韻和顧少夫人在一起。」侍衛提醒。

洛子商拿著扇子的手頓了頓，片刻後，他淡道：「只抓葉韻，柳玉茹……」

他猶豫片刻，隨後笑起來，「畢竟還是合作夥伴，我可指望著她掙錢呢，別管她了。」

說完之後，洛子商讓人將絕大部分的人馬調到葉韻和柳玉茹附近，埋伏了過去。

柳玉茹和葉韻正在街上猜著燈謎，和老闆討價還價一盞兔子花燈。

沈明帶著葉世安和許多暗衛潛伏在他們周邊，盯緊四周的情況。

「你說今日這種情況，還放她們出來閒逛，是不是太危險了點？」

沈明嗑著瓜子，看著對面的葉世安。

「她們哪天出來不危險？」

葉世安淡定回答，看了旁邊的街道一眼，平靜道：「而且，洛子商的目標在九思，抽不出人手來這邊。總不會費盡心機就為了殺兩個小姑娘洩憤。他如今要做的是剷除九思，讓

他接管黃河一事，不讓一千萬打水漂。不過他今日也不太會動手，只要他動手，陳茂生就完了。加上我們這麼多人守著，相比平日，今日怕是最安全的了。」

「若他不在意陳茂生呢？」沈明有些好奇。

葉世安瞥了他一眼，「不在意陳茂生可以，他還能不在意太子嗎？他若有心輔佐太子，就不可能廢掉陳茂生。」

沈明睜著眼，還是不太明白，「那萬一他也不想輔佐太子呢？」

葉世安被這話問愣了，「不想輔佐太子，他來東都做什麼？」

話剛說完，周邊突然衝出一批人，他們毫不遮掩，拔刀朝著葉韻的方向直衝，沈明和葉世安反應極快，抽出刀劍，一把將柳玉茹和葉韻推到身後。

周邊突然亂了起來，也不知道是哪裡來的人，天上地下無孔不入，密密麻麻直衝葉韻而來！

葉世安擋在葉韻身前，低聲道：「韻兒莫怕。」

話剛說完，葉世安便被人一刀和葉韻逼開，葉韻被人一把拉走，沈明原本護著柳玉茹，看見所有人都朝著葉韻湧過去，腦子一熱，顧不上柳玉茹這邊，一腳飛踹過去，刀橫劈而過，斬下面前人的頭顱。

血噴濺到兩人臉上，葉韻強忍著惶恐和噁心，被沈明推到葉世安身邊，大喊道：「帶著她走！」

而柳玉茹在沈明抽身那一瞬間，便見刀光驟然砍了下來，一個侍衛飛撲到她身前，她驚

安心。

葉韻躲在江河身後，她看見身前的人，他的身形高瘦俊朗，如泰山立於身前，讓人無端

這時望萊已經擋在江河身前，用刀斬下了飛來的羽箭。

去，江河眼神一冷，伸手一把抓住葉韻，將她往身後一扯，旋身一轉，便將她護在身後，而

話剛說完，他朝著身後的人瞬間拉弓放箭，羽箭飛射而來，放在外面多嚇人。」

說著，他朝著身後的人揚了揚下巴，「去，把屍體都拖進來，

他「嘖嘖」兩聲：「年輕人火氣真旺，好好的七夕，都被他們糟蹋成什麼樣了。」

「喲，」江河高興道：「平日不見這麼嘴甜。」

葉世安抓著葉韻朝江河一路狂奔過去，後面一批追兵跟上來，江河身後跟著一隊人馬，

葉世安愣了愣，隨後立刻大聲道：「江叔叔！」

咪站在巷子裡看著葉韻和葉世安。

也要追著葉韻和葉世安。葉世安帶著葉韻衝入巷子，剛進巷子，就看見江河手執花燈，笑咪

而另一邊，雙方主戰場上，沈明領著人和一群人打得難捨難分，那些人全然不顧性命，

那人動作一僵，卻不回聲，飛端開攔路的人，拖著柳玉茹一路狂奔出去。

刀光劍影之間，柳玉茹督見那雙帶著豔色的眼睛，驚喜出聲：「九思！」

得動彈不得，就是這一刻，一隻手將她猛地往後一拉，抬手用合攏的金扇扛住了飛來的長刀，一腳端開面前的人後，便拖著她跑出戰局。

就在羽箭飛射過來的瞬間，江河的人已經衝了上去，瞬息之間就將巷子裡的人斬了個乾乾淨淨。

血水流了一地，這時沈明終於衝了進來，著急道：「葉韻沒事吧？」

江河看了看滿臉焦急的沈明，又回頭看了看站在他後面的小姑娘，「唔」了一聲後，打量一下緊張得抓著袖子的葉韻，隨後道：「看上去，應該沒什麼事。」

說著，江河朝著巷子外面走去，「外面解決了嗎？」

沈明擦了把臉上的血，眼睛卻是不停地瞟著葉韻道：「解決了。」

「那容在下問一個問題，」江河露出苦惱的神情，「在下的姪媳婦呢？」

這話一出，所有人都愣了，沈明罵了一聲，轉頭就領著人衝了出去。

葉世安從地上爬起來，方才為了躲箭，他乾脆趴了下去，此刻才直起身，他撣了撣身上帶著泥土的衣袖，朝著江河行禮道：「江世伯。」

「唉，」江河嘆了口氣，「方才叫我江叔叔，如今叫我江世伯，世安，你這樣，以後我可就不救你們了。」

「世伯說笑了，」葉世安恭恭敬敬道：「九思說您不會不管我們的。」

「嘶……」一聽這話，江河頓時露出頭痛的表情，「他在這兒算計著我呢。」

葉世安沒說話，片刻後，江河轉頭看他，「守在我這個老骨頭這做什麼？還不去找玉茹？」

「玉茹沒事。」葉世安神色平靜，江河挑挑眉，「哦，何以見得？」

「江世伯還在這裡和晚輩氣定神閒聊天。」葉世安沉穩回答，「自然沒事。」

「你們這些小狐狸，」江河哭笑不得，「一個兩個的，算我算得精。」

葉世安笑笑，沒有說話，葉韻終於緩過神來，故作鎮定來到江河面前，行禮道：「謝過江世伯。」

「行了行了。」江河擺擺手，「妳也受驚了，先回去吧。」

說著，江河便領著人要走，走了兩步，江河覺得有人在瞧他，回過頭去，看見葉韻垂下眼眸，江河愣了愣，想了想，卻是笑了，低頭看了自己手裡的花燈一眼，走到葉韻面前，將花燈交給她道：「這盞兔子燈孩子都喜歡，妳拿著壓壓驚吧。」

葉韻愣了愣，片刻後，伸出手接過這盞花燈。

然後她在原地站了好久，才聽葉世安道：「還不走嗎？」

葉韻回過神，瞧見葉世安溫和的面容，他笑了笑，「我們家韻兒，果然還是個小姑娘啊。」

葉韻心裡微微一顫，低啞出聲：「走吧。」

葉世安領著人護著葉韻迅速回撤，江河帶著人去清繳洛子商剩下的人。而這時候，洛子商抓著柳玉茹，一路往前狂奔。

姑娘的手腕又細又軟，他拉著她穿過人群，穿過小巷，她沒有半分懷疑，跟著他一路狂奔。

那一瞬間，洛子商不知道為什麼，居然有種自己還是年少時，浪跡天涯的錯覺。只是這一次不同，他這次帶著一個姑娘，這個姑娘很嬌弱，可是卻咬著牙一直跟著他的步伐，沒有半分拖累，她那嬌弱的身軀裡，蘊藏著令人驚嘆的力量，讓他忍不住為之讚嘆。

兩人一路跑到護城河邊，終於甩開了身後的人，洛子商和她喘息著停下來，旁邊是吆喝著的人來人往，護城河水在一旁靜靜流淌，小船載著人從旁邊從容搖過。

兩個人一面笑，一面看向對方，然而柳玉茹在看第二眼時，便覺得有些不對勁。

面前的人戴著面具，穿著顧九思一貫愛穿的紅袍子，他有一雙和顧九思極其相似的眼睛，可是在他細看她，仔細注視時便察覺出不一樣來。

顧九思的眼永遠通透澄澈，可這雙眼睛卻帶了種說不出的深沉，彷彿埋葬了無數過往在眼睛裡，化作一灘深井。他瞧著她，眼裡的笑沖淡了陰沉，柳玉茹瞧著他，試探著開口：

「九思？」

他笑著歪了頭，柳玉茹一時拿不准這人是誰了，這人看出她的疑惑，伸出手握住她的手，將她的手放在他的面具上。

她用了力，掀起他的面具，就在這一瞬間，遠處煙花沖天而起，猛地炸開。煙火照耀下，她看清了面前人的模樣。

蒼白的臉，薄涼的唇，長得有些陰柔女氣的五官，除了那雙眼睛以外，與顧九思截然不同的長相。

他們差別太大，大到如果不是單獨露出那雙眼，根本無法察覺他們的相似。

柳玉茹呆呆看著面前的人，洛子商嘴角嚕笑，煙花一朵接一朵炸開，洛子商從柳玉茹手裡取走面具，笑著道：「柳老闆猜錯了。」

說著，將面具重新扣到臉上，他維持著笑意，只是這一次的笑意卻未到底，他一直看著柳玉茹，注視著柳玉茹臉上的表情，慢慢道：「我不是顧九思，我是洛子商。」

「洛公子，」柳玉茹反應過來，穩住心神，她有諸多問題，許久後，終於道：「洛公子為何帶我到此處。」

「妳往東方看。」洛子商轉過頭，看向煙花綻放的方向，柳玉茹跟著他的話抬頭，看見遠處的煙火，聽他道：「我聽聞，這裡是最佳的觀景之處。」

柳玉茹腦子是懵的。

她知道洛子商如今出現在這裡，一定不是什麼好事。方才襲擊他們的人肯定是洛子商派的，她不明白，洛子商襲擊她們是為了做什麼。他不是要殺顧九思嗎？不把所有人手拿去埋伏顧九思，為什麼要抓她和葉韻？難道還打算用她和葉韻威脅顧九思？

她偷偷看了洛子商一眼，覺得這個可能性十有八九。他親自出手擄了她，那就當真是把自己拉下水，要和顧九思來個魚死網破。可他在東都經營這麼久為了修繕黃河的位子，要走到這一步嗎？

柳玉茹不知道，她只知道，如果洛子商真的是做了這樣的盤算，她大是活不了了。

心裡飛快思索著如何從洛子商這裡打聽到更多消息，就聽洛子商道：「柳夫人不必多想，在下今日當真只是順道救妳而已。」

洛子商笑了笑，「柳夫人，我真金白銀給了妳這麼多錢，錢還沒回本呢，怎麼會讓妳死？」

「你這麼好心？」柳玉茹忍不住問。

柳玉茹聽到這話，放下心來。

遠處煙火已經放完了，周邊小船都被清理開，只留最大一艘花船停在河中央。花船上搭了架子，架子旁有一群鼓師。

明月當空，周邊安靜下來，鼓聲響了起來，洛子商靜靜看著前方，慢慢道：「柳夫人，洛某不做無用的事。殺妳並沒有什麼好處。」

鼓聲緩慢，月光流淌在河面上，帶了蕭索莊重的意味。

柳玉茹的目光忍不住隨著眺望過去，她知道洛子商的確不會殺她，便大著膽子，開口道：「您可以劫持我，威脅顧九思。」

聽到這話，洛子商似是覺得好笑，轉頭看她一眼，玩味道：「那您覺得，顧大人能為您做到哪一步呢？」

「我不賭人心。」柳玉茹神色平靜，江風帶著寒意，吹得她的髮絲凌亂地拍打在臉上，她看著遠處的花船，淡道：「所以我不會讓他選擇，這樣，在我心裡，他就永遠會選擇我，

「我永遠是最重要的。」

洛子商愣了愣，他看著姑娘在月光下的側顏。

她生得美麗，而今她十八歲，正是一個女人一生中最好的時光，帶著嫻靜又堅韌的美麗，盛開在他的眼裡。

他感覺自己心似古琴，被人撥彈出音響。

這輕輕的撥動，對於他來說並不意味著什麼，它阻礙不了什麼，改變不了什麼，只是化作音律，繚繞於心。

他沒有說話，轉過頭看向遠方，這時候笛聲響了起來，洛子商聲音裡帶了幾分嘆息：

「我不知道他心裡妳是不是最重要的，可我如今卻知道，妳心裡，他必然是很重要，乃至最重要的。」

柳玉茹愣了愣，片刻後，她笑起來，臉上帶了這個夜晚第一絲暖意，她轉頭看向洛子商，認真道：「那是自然。」

「為什麼呢？」洛子商有些不理解，柳玉茹笑著回答：「他是我家郎君啊。」

「每一個女子都是如此嗎？」洛子商繼續詢問。

柳玉茹不太明白：「什麼每一個女子？」

「每一個女子心裡，她的郎君都是這麼重要嗎？」

「這自然不是的。」

柳玉茹轉過頭看向遠處花船，她有些冷，抱住了自己。這個時候，人群喧鬧起來，一個白衣男子從花船中走了出來。

他穿著莊重的禮服，頭頂羽冠，手持響鈴法器，踏著莊重又美麗的腳步出現在所有人視野中。

柳玉茹忍不住溫柔了眼神，遙遙注視著那個白衣身影，柔聲道：「更重要的是，他不僅是我家郎君，他還是顧九思。」

花船上，主祭手中法器「叮鈴鈴」搖著舉了起來，就在那一刻，十幾隻羽箭破空而去，臺上的白衣郎君甚至還沒來得及轉換下一個動作，便被猛地貫穿了身體。

全場靜默。

片刻後，尖叫聲、呼喊聲、哭聲交織成一片。

柳玉茹震驚地看著花船之上，洛子商站在一旁，靜靜看著她。

柳玉茹盯著花船，她張了張口，發不出聲。

她想叫那個人的名字。

她知道他是今日的主祭。

她顫抖著身子，轉過頭，看著旁邊的洛子商。

洛子商靜靜看著她，神色裡甚至帶了些憐憫。

「抓妳們，是為了調開他身邊的護衛。妳想報仇，我隨時等著。」他的聲音冷靜又平

和：「妳若快一些，或許還能來得及同他說最後幾句話。」

話剛說完，柳玉茹一把推開他，朝著花船的方向狂奔而去。

此時所有人都從那個方向衝過來，她逆著人群一路狂奔，洛子商遠遠瞧著姑娘的身影。

他發現這個人，真的很愛逆著人群往走。

她跑得跌跌撞撞，那麼柔弱的身軀，卻帶了撥海平山的力量。他不明白自己為什麼要告訴她這些，他只是覺得，這個姑娘來得匆忙，去得也這般果斷，彷若他從未靠近過一般。

遠處鬧成一片，侍衛走到洛子商身後，恭敬道：「主子，一切已經辦妥，後續如何？」

「後續……」洛子商神色平靜，眺望遠方。遠方山水一色，河水的腥氣夾雜夜風而來，燈火倒映在水中，他注視著柳玉茹已經跑到對岸的身影，輕笑出聲：「自是另一番天地。」

柳玉茹一路狂奔著衝向花船，剛到花船停靠的岸邊，便看到周邊布滿了守衛，似乎已經開始排查。柳玉茹擦了把眼淚，走上前去，吸了吸鼻子故作鎮定道：「這位大人，我……我……」

守衛看著這樣的柳玉茹，頓時心軟下來，忙道：「這位夫人，可是有什麼事？」

她說不出話來，讓自己冷靜一點，再冷靜一點，可是始終說不出話，只有眼淚撲簌而落，讓她看上去嬌弱可憐得不行。

柳玉茹從懷裡拿出顧九思給她的權杖，她捏緊拳頭，用疼痛讓自己冷靜下來，許久後，深吸一口氣，才哽咽道：「我要……我要見顧大人。」

生要見人，死要見屍。

守衛接過權杖，趕緊安排人護送她進去。

此刻花船上到處都是士兵，似乎經過了一番廝殺，柳玉茹被帶到內艙，而後便看見一個人躺在地上，他被白布蓋著，孤零零地躺在船艙裡。

周邊沒有人，柳玉茹看著那屍體，忍不住退了一步，差點摔下去。還是身後跟著過來的奴婢扶住了她，提醒道：「夫人小心。」

柳玉茹的身子微微顫抖，她用帕子捂住自己的嘴，讓自己不要太過失態。

奴婢扶住她，不明白她為什麼有這麼大的反應，忙道：「夫人，若妳太不舒服，奴婢扶著您到門口站著。」

「不……不必。」柳玉茹喘息著，朝著地面上的男子走過去，她慢慢蹲下來，沙啞道：

「他……走得可痛苦？」

「沒什麼痛苦的。」那奴婢立刻道：「抬下來的時候，人已經涼透了。」

柳玉茹聽著這話，覺得心上像壓了一塊大石頭。

她想掀開蓋著他的布，卻又不敢，她蹲在屍體旁，沙啞道：「妳出去吧，我想一個人在這裡坐會兒。」

「顧夫人……」奴婢猶豫了一下。

柳玉茹流著淚，猛地大吼：「我讓妳出去！」

奴婢愣了愣，忙行禮退了下去。

人一走，柳玉茹整個人癱了下去，她跪在屍體旁，低頭抹著眼淚。

「你倒是好了……」她哭著，「人一走，什麼都留給我。平日同你說過多少次要小心謹慎，你慣來不聽我的，就覺得全天下就你最聰明，你最厲害……」

柳玉茹數落著，便停不下來，眼淚啪嗒啪嗒落下，彷彿成了唯一的慰藉。

這時候顧九思剛從船艙下面回來，他在下面審問抓來的凶手，聽到柳玉茹來了，本來轉身就想上上面的船艙，但他身上染了血，只能先去換了套衣服，又洗過了手，這才回來，結果走到門口，就聽見柳玉茹在裡面哭。

他頓了頓步子，聽著柳玉茹在裡面哭著數落：「你這個人，若是要死，怎麼不早點死，你如今死了，要我怎麼辦？」

顧九思有些鬧不明白，他彎了腰，在紙窗上戳了個洞，就看著柳玉茹在裡面哭，她哭得十分動情，特別委屈，哭著哭著，抬手狠狠拍了那屍體兩下，怒道：「顧九思，你給我起來！」

那兩下拍得扎實，顧九思瞧著都覺得疼，不由得縮了縮，他大概明白是什麼情況了，想著應當進去和柳玉茹說清楚他沒死，可不知道為什麼，又生出一種好奇，想知道若是他死了，柳玉茹會怎麼辦。

好奇心終究壓過了理智，他決定繼續看下去。

柳玉茹坐在屋裡，她打完了屍體，又不再動了，靜靜看著屍體，好久後，她啞聲道：

「罷了，你都去了，我和你計較什麼呢？」

說著，她顫抖著手，慢慢伸向屍體面上蓋著的白布，低啞著聲道：「你放心，我會讓洛子商給你陪葬。你……」

話沒說完，她拿著手裡的白布，呆呆看著地上躺著的陌生人，愣了。

這時候，外面傳來江河的聲音，調笑道：「喲，小九思，你撅著屁股在這兒看什麼呢？」

顧九思看得正專心，冷不防被江河一扇子抽在屁股上，當場跳起來，吸了一口涼氣道：

「你打我做什麼！」

話剛說完，整個人僵了，他才意識到，柳玉茹必然聽到了。

他一回頭，便看見門轟然大開，柳玉茹捏著門，站在門口，冷冷看著門前撅著屁股的顧九思。

她哭花了妝，臉色很冷，眼睛裡像是淬了冰，死死看著顧九思。

顧九思保持著撅屁股的姿勢不敢動彈，看著面前明顯盛怒的柳玉茹，聰明的小腦袋瓜瘋狂轉動，好久後，艱難擠地出一個比哭還難看的笑容：「玉茹，妳在這兒啊……」

「聽了多久？」柳玉茹直戳重點。

顧九思怎敢說實話，假裝什麼都不知道一般道：「什麼聽了多久？我剛到門口……」

「他聽了快一刻鐘啦。」江河在旁邊立刻補充，「我在他後面站了有這麼長時間。」

「江河！」顧九思憤怒瞪向旁邊看熱鬧不嫌事大的江河。

江河靠在柱子上，用扇子敲著肩膀，高興道：「怎麼，還不讓人說實話了？」

「你……」

「顧九思。」柳玉茹冷冷開口。

顧九思立刻轉過頭，堆砌出笑容，往柳玉茹面前走去，討好道：「玉茹，怎麼了？有什麼想要的？有什麼想做的？」

柳玉茹伸出手，盯著顧九思，顧九思有些不理解，就聽柳玉茹道：「手。」

顧九思伸出手，柳玉茹拉過他的手，撩起袖子，看見上面白嫩無痕的皮膚，她又去拉另一隻，最後還想去拉他胸口，顧九思嚇得趕緊一隻手捂住衣服，另一隻手握住她作亂的手，小聲道：「這裡人多，回家去脫。」

「你……」柳玉茹眼裡又帶了眼淚，「你沒事吧？」

顧九思愣了愣，隨後明白過來。他心裡又暖又高興，還帶了幾分心疼，趕緊道：「沒事，我還沒上好妝呢，楊大人突然同我說讓我先別上，說怕我體力撐不住全場，先讓替身上。我還在上妝，這替身一上去，人就沒了。」

說著，顧九思眼裡冷了幾分，但立刻想起柳玉茹在身邊，怕嚇著柳玉茹，忙把人拉進懷裡，抱著她，用手順著她的背和頭髮，誑哄道：「妳被嚇著了吧？別害怕，我沒事的。」

「都處理完了嗎？」柳玉茹抓緊他胸口的衣服。

顧九思想著，她必然是害怕極了，趕緊道：「都審完抓完了，我現在讓人下去端了他們

老巢，玉茹，妳是不是累了，我們回家。」

柳玉茹抽噎著點頭，顧九思抬頭看著天邊明月，對上顧九思的目光

後，他領悟了，隨後立刻道：顧九思抬頭看向江河，江河正看著天邊明月，對上顧九思的目光

「舅舅！」顧九思立刻叫道：「關我什麼事？我與佳人有約，再會。」

「住嘴。」江河立刻打斷他的話，隨後道：「你回去吧，我去處理。」

顧九思點點頭，趕緊道：「謝謝舅舅，我就知道您對我最好。」

「滾！」

得了這個「滾」字，顧九思興高采烈護著柳玉茹下了船，到岸邊上了馬車。

柳玉茹真的被嚇到了，一路上依偎著他，顧九思作為男人的虛榮心空前膨脹，他從來沒

見過這麼小鳥依人的柳玉茹，一路又哄又勸，想讓柳玉茹放心。

「真的，我跟妳發誓，這一切都在我意料之中。」

「你說謊，」柳玉茹哭哭啼啼，「你說在你意料之中，那那個替身怎麼會死？你是會讓人

白白送死的性子？今日若不是他死，就是你死了！」

「不……不是，」顧九思趕緊道：「以我的身手，怎麼可能被暗箭射中？這個替身真的

是意外，那時候我剛聽說妳們那邊出事，把人送過去，想著洛子商應該沒有多餘的人手在這

邊，不會在一開場就動手。」

「那不是動手了？」

「十個人就敢動手埋伏我，他藝高人膽大是意外啊。」

「那你說，」柳玉茹坐正了身子，擦著眼淚道：「替身是意外，那我和葉韻出事呢？你總不會說，你連我也算計在內。」

「這個……」顧九思艱難地開口，「也、也是意外……」

「不是全在你意料之中嗎？」柳玉茹立刻反問，淚眼汪汪看著顧九思，「你意料裡有這麼多意外？」

「所以我讓沈明葉世安跟著妳們，而且我舅舅那個人肯定跟著，他在妳們絕對不會出事。玉茹，我都是做了安排的。」

顧九思信誓旦旦。

這時候馬車到了顧府。柳玉茹也不同他爭吵，她吸了吸鼻子，和顧九思下了車，顧九思扶著她，同她一起進了屋。

柳玉茹哭到脫力了，進屋便坐在床上，靠著床頭不說話，顧九思趕緊前忙後讓人去打水，柳玉茹看見印紅進來，朝她招了招手，小聲道：「將搓衣用的板子拿來。」

印紅愣了愣，不明白是什麼意思，但還是去拿了。

等印紅把搓衣板拿回來時，柳玉茹已經洗過臉，卸了妝。她只穿著一身單衣靠在床頭，一副生無可戀的模樣，顧九思在一旁志忐地擰著帕子，時不時偷睇柳玉茹一眼。

柳玉茹朝著印紅點點自己身前，印紅便將搓衣板放了下去，柳玉茹揮了揮手，印紅便走了。

房門關上後，屋裡剩下柳玉茹和顧九思，顧九思看著面前的搓衣板，有些不大明白：

「玉茹，這個板子拿過來是做什麼的？」

柳玉茹靠在床頭，聲音哀切：「今日我以為郎君去了，心裡也快跟著去了，郎君可知玉茹心苦？」

「知……知道。」顧九思總覺得有什麼不好，說話有些結巴。柳玉茹坐直了身子，吸了吸鼻子，看著顧九思道：「但玉茹也想明白了，成婚時玉茹就想著，郎君性情張揚，雖然聰明，但做事不夠謹慎，玉茹應當時刻提醒郎君。可後來郎君讓玉茹太過放心，玉茹便沒有干涉太多，但今日看，郎君做事，還是太過冒失，今夜好好悔過，明日路上，睡得也好。」

顧九思明白了，他看著面前的搓衣板，感覺膝蓋有點疼。

柳玉茹看著他，溫和道：「郎君可要上來睡？」

「不了，」顧九思沉痛道：「夫人說得對，我太冒失，讓夫人受驚了，這就跪板自省，痛思己過，感激夫人提醒。」

說完，顧九思立刻跪跪在搓衣板上，一臉嚴肅地看著柳玉茹道：「夫人，我跪這姿勢可還英俊？要不要我再往前兩步，還能替妳擋光？」

第七章　暗湧

柳玉茹被他的話逗樂，但她知道自己不能笑，她轉過頭去，故作冷淡道：「你別給我貧

嘴，自己想想錯在哪裡。」

「我不該看著妳哭還在外面瞧著不進去。」顧九思志忑地看了柳玉茹一眼。

柳玉茹淡淡回頭看他，「這是小事，還有呢？」

「我嚇著妳了。」顧九思繼續悔過。

「我問你，」柳玉茹回過頭看他，「這次事情，是不是你一手安排？」

「是。」顧九思坦然承認，沒有半分遮掩。

「你猜洛子商會在這時候動手？」柳玉茹皺起眉頭，顧九思點頭道：「他這次損失慘

重，不會輕易甘休，如果我死了，黃河修繕一事就會落回他手中。而且最近城裡頻頻異動，

虎子報給我聽，我便猜到是他要動手，自然不會放過這個機會。」

「你還把這當機會？」柳玉茹氣得笑了，「別人要殺你，你拿自個兒的命去賭？」

「玉茹……」顧九思鼓著勇氣道：「我、我也是有分寸的。」

說著，他解釋道：「我在昨夜去找了周大人，臨時將陳茂春調過來負責巡防，就是想著，他見太子的人負責此事，便不會隨便異動。若他真的動了，那陳茂春也就完了，我現下已經讓太子府的線人去跟太子通報此事是洛子商做的，洛子商明知負責人是陳茂春還動手殺我，他和太子的關係也就破了。」

「所以他只有兩個選擇，第一個選擇，他顧忌陳茂春不刺殺我，但他不動手，我也會安排人動手的。只要有個藉口，我便可以讓人直接追蹤他的殺手的位置，今夜做乾淨，我們出行黃河才安穩。」

柳玉茹靜靜聽著顧九思的謀劃，他鮮少同她這麼詳細說這些，她也不打斷，讓他繼續道：「第二個選擇，就是他刺殺我。可原本這不該出事，因為他千里迢迢來東都，就是為了獲得太子信任，在未來就像把控王家一樣把控太子。如今他為了刺殺我得罪太子，明顯不智，可他依舊這麼做了。但我也把這點可能性防範下來了，如今全城都是我的人，他們就算亂，也不會出事的。」

柳玉茹靜靜聽著，顧九思有些著急道：「我被洛子商帶走了。」柳玉茹平靜出聲。

顧九思愣了愣，柳玉茹轉眼看他，顧九思整個人是懵的。

柳玉茹走失這件事，沈明的人還沒來得及通知顧九思，緊接著顧九思這邊就遇上了刺殺，柳玉茹便出現了，之後江河才過來，而江河沒來得及告訴顧九思這件事，顧九思自然不

顧九思平靜出聲：「我知道今夜嚇著妳，可是我……」

知道。

顧九思呆呆看著柳玉茹，片刻後，他反應過來，立刻道：「沈明出事了？」

他吩咐沈明照看柳玉茹，依照沈明的性子，除非他死了，不然不可能讓柳玉茹被洛子商劫走。

柳玉茹有些疲憊，她不想讓顧九思責怪沈明，她清楚知道沈明選擇的意義，那只是人的本能，她並不怪罪，只能轉了話題道：「九思，你太冒進，你以為事事都在你手中，可事事不會都如你所料的。」

顧九思沒有說話，他跪在地上，沉默許久後，慢慢開口：「這次是我思慮不周……」

「不是你思慮不周！」柳玉茹見他還不明白，實在克制不住情緒，猛地提了聲音，「是你根本就不該賭！」

顧九思垂下眼眸，柳玉茹劇烈喘息著，她走上前，半蹲在顧九思身前，看著顧九思道：「九思，你什麼都能賭，唯獨命不可以，你明白嗎？錢沒有了，我們可以再掙，官沒有了，我們可以復官，唯獨命沒有了，就真的什麼都沒有了。」

「我不明白。」顧九思抬眼看向柳玉茹，他克制又冷靜，「過去我們便是這樣走過來的，如果命不能賭，妳為什麼要回揚州？妳為什麼要繼續當我的妻子？妳為什麼要去揚州收糧？妳為什麼要和我在望都被困時繼續堅守？妳為什麼要喝下那杯毒酒？玉茹，妳我一直在賭命。」

「那是過去。」柳玉茹看著顧九思，認真道：「九思，過去我們是不得不賭，如今我們有得選，有得選，為什麼要賭？你今日賭這一場是為了什麼？為了離間洛子商和太子？為了拉下一個陳茂春？你明明可以選擇多加防範，可你在為了你的政治目標，選擇了更冒進的道路。」

「今日若不讓洛子商動手，到黃河路上他再動手，會更麻煩。」顧九思聲音平靜。

柳玉茹深吸一口氣，「這是你事後的想法，若你不是抱了極大的勝算，怎麼敢讓我和葉韻上街？」

這一次顧九思終於不出聲了。

其實柳玉茹說得沒有錯，他的確失算了。只是雖然失算，但他知道江河在他身後，江河為他補了最後的漏缺。

但不管如何說，他依舊差一點失去柳玉茹，柳玉茹始終是被洛子商帶走了。

他心裡害怕又愧疚，低著頭沒有說話，柳玉茹拉住他的手，嘆息道：「九思，你賭性太大，也太自負了。」

當年在揚州他敢同楊龍思賭跳馬，這樣的性子，永遠埋在他的骨子裡。柳玉茹看他跪著，想了想，起了身道：「起來吧，上床去睡。」

「我不去。」顧九思果斷開口，柳玉茹不由得笑了，「和我賭性子？」

「沒。」顧九思低著頭，「我犯了錯，該長這個記性。」

說著，他深吸一口氣，抬起頭看向柳玉茹：「我讓妳置身險境，這是我的錯。我思慮不

周，太過冒進，這也是我的錯。可今日之事，我決定做，我不覺得有錯。」

柳玉茹靜靜看著他，聽他道：「玉茹，我們從沒走到可以安安穩穩過日子的時候。」

柳玉茹看著顧九思，顧九思繼續道：「一方面，太子對周大人態度不明，我們與周大人

同氣連枝，未來他不會放過我們。我如今若不往上爬，日後洛子商掌權，顧家當如何？」

經勢如水火，未來如何不可確定。二來洛子商留在東都，怕是另有所圖。如今我們與洛子商已

柳玉茹聽著顧九思說話，感覺疲憊升騰起來。

「九思。」她嘆了口氣，「要一直這麼鬥下去嗎？」

「玉茹，」他靜靜看著她，「我不僅有妳，有家庭，我還有兄弟。」

「我與周大哥是兄弟，所以我不可能站在太子這邊，只要周大哥不負我一日，我便得和

周家站在一條線上。而太子不一定容得了周大人。」

「我與世安也是兄弟，他與洛子商有滅門之仇，我答應過他，會替他報此血海深仇。若

太子賢德，洛子商良善，或許我還會有所顧慮，可以太子如今的脾氣，日後大夏必有紛爭，

而洛子商之手段，大夏在他手中，必如今日之揚州。所以於公，我只能鬥下去；於私，我也

必須鬥下去。」

柳玉茹聽著，坐在床邊，看著他明亮的眼，他沒有半分退讓，靜靜注視著她。

這樣的顧九思讓她無法移開目光，她看著面前的人，感覺自己的心跳，自己內心深處，

那個小小的人所有的愛和仰慕。

一個人愛一個人，必是因為那個人值得所愛，而不是那個人愛你。

柳玉茹覺得自己其實是個心冷的商人，她的心很小，更多的是希望自己和家人活得好好的，她的世界沒有天下，也沒有蒼生。她只求自己不做壞人，但也不想承擔更多。

可是顧九思不一樣。

顧九思的眼裡，是君子之義，是友人之情，是烽火連綿，是大夏千里江山，是這厚土之上——千萬黎民。

他自己不自覺，然而柳玉茹卻從這個人的眼裡，清晰地看見他內心深處，那些天真又炙熱的期盼。

她感覺自己像是被這個人點燃了，讓內心裡那一點熱血跟著他躁動。這讓她無奈又暗藏喜歡，她嘆了口氣，只能道：「你既然覺得自己沒錯，又跪在這裡做什麼？」

「不，我錯了。」顧九思果斷開口。

柳玉茹注視著他，「什麼錯了？」

「讓妳遇險，讓妳受累，讓妳不安，便是我錯了。」

柳玉茹聽到這些話，愣了愣。

這個人心裡縱有丘壑，卻也有她。

她回過神，吸了吸鼻子，張口想說什麼，又哽咽無語，她抬起手指著顧九思，幾番想要

開口，卻總無言出聲。顧九思知道她的情緒，伸手握住她的手，將她的手掌貼在自己的臉上，靜靜看著她，神色溫柔，「下次不會了。」

「我本想讓妳不知道外面風雨，該看花燈看花燈，該做什麼做什麼。可如今我知道了，我沒這麼厲害，沒這麼神機妙算，我日後，半點危險，都不會讓妳遇到了。」

「我不怕的。」柳玉茹終於找回言語，她感受著手下人的溫度，看著顧九思笑起來，「其實除了你出事，其他事我都不怕。」

「你是對的，」她垂下眼眸，「你說的，我都明白。葉大哥的仇，該報，太子無德，該做謀算。我就是……就是……」

柳玉茹抬眼看他，漂亮的眼裡眼淚撲簌落下來，「就是不明白，怎麼總要你犯險做這些？」

「你說我是個男人多好？」她認真道：「我若是男人，我替你出仕，我替你謀算，我替葉大哥報仇，我幫你實現你想要的太平人間。這樣你就能好好的，你當你的紈褲子弟，我可以給你好多錢，你每天都去賭錢、去鬥雞、去護城河夜遊，然後騎著馬唱著歌回來……」

「不好。」顧九思打斷她，趕緊道：「妳若是個男的，我就娶不了妳了。」

柳玉茹愣了愣，顧九思看著她，滿臉嚴肅，「讓我受苦吧，我願用生生世世磨難，換妳當我媳婦。」

「你……」柳玉茹被他的話說得心裡歡喜，臉上淚跡未乾，便忍不住揚起嘴角。

顧九思見她高興了，跪在搓衣板上，抱住坐在床上的柳玉茹的腰，頭靠在她的腿上，撒著嬌道：「玉茹，其實我做這一切都不覺得苦、不覺得累，我可以鬥一輩子，只要妳在我身邊。」

「我就什麼都不怕。」

柳玉茹看著靠在自己大腿上的人，輕輕梳著他的頭髮，眼神平靜又溫柔。

她沒有多說，她不是顧九思這樣喜歡表達心意的人，只是用手指梳著他的頭髮，一下又一下。

顧九思聞著她身上的味道，許久後，終於低聲道：「洛子商怎麼把妳擄走的？」

「當時太亂了，沈明顧不上來，洛子商戴著面具，他拉住我，我以為是你，便跟著他一起跑了。」

顧九思靜靜聽著，接著道：「以為是我？」

「嗯，」柳玉茹想了想，「我今日才發現，他的眼睛當真像你。今日他的穿衣風格也和你像，當時太亂，我沒仔細看，便認錯了。」

顧九思靠著她，沒有說話，好久後，他才道：「他擄妳做什麼？」

「大約是怕我被誤傷吧。」柳玉茹索著道：「他這麼多銀子放我這，還指望我替他賺錢呢？」

「他把妳送到花船的？」顧九思繼續追問。

柳玉茹搖了搖頭，「他帶我到了渡口，我瞧見替身中箭，自己跑去找你了。」

「倒是要謝謝他。」顧九思低聲開口，聲音聽不出情緒，柳玉茹卻察覺他不高興了。

她想了想，低聲道：「他是看在錢的份上，你別想太多。」

顧九思悶悶應了一聲。

他沒有說出口的是，渡口那個位置，本是看煙火最好的位置。他原本就是讓葉韻將柳玉茹領到那裡去，這樣柳玉茹可以看到煙花，看到他給她獻上的悅神曲。

可是陪著她看煙火的卻不是他，而是洛子商。

男人最清楚男人，他一想到洛子商同柳玉茹站在渡口看煙火，心裡就快嘔出血來。

可卻不能多說，他若說多了，怕會提醒柳玉茹，原本沒察覺的東西，也察覺出來。

他將頭靠在柳玉茹身上，認認真真跪著。

柳玉茹見他跪了一陣子，終於道：「別跪了，睡吧。」

「嗯。」

顧九思不要賴了，站了起來。顧九思洗漱完躺到床上，從背後抱住柳玉茹。

柳玉茹半醒半睡，察覺他鬧騰，按住他的手道：「明日便要啟程了，不鬧了吧？」

「剛好在馬車裡睡。」

顧九思低低出聲，他耐心好得很，柳玉茹有了感覺，也就放任了去。

夜裡顧九思與平日有些不一樣，他小聲詢問著她，「玉茹，妳喜不喜歡？」

柳玉茹紅著臉，咬著牙關沒說話，顧九思察覺她似是高興了，他抱著她，低聲道：「玉茹，我樣樣都是比洛子商好的。」

柳玉茹意亂之中聽到這句話，有些無法思考，等完事之後，她躺在床上迷迷糊糊睡過去，才慢慢反應過來。

這個人，當真是孩子氣得很。

顧九思一覺睡到天亮前，外面傳來了鬧哄哄的聲音，顧九思瞬間張開眼睛，抬手捂住柳玉茹的耳朵，柳玉茹迷迷糊糊睜了眼，「怎的了？」

「妳繼續睡，」顧九思溫和又小聲道：「沈明回來了，我先去處理點事。」

柳玉茹放下心來，含糊著應了一聲，顧九思便起了身，披了件外袍，走了出去。沈明帶著虎子一群人擠滿了院子，邊角處幾個人舉著火把，將院子照亮，沈明見顧九思出來，趕緊用清亮的聲音開口道：「九哥……」

顧九思豎起一根食指抵在唇上，沈明卡住聲，顧九思轉頭看了看房裡，小聲道：「你嫂子還在睡覺。」

說著，他輕手輕腳朝著院外走出去，對眾人揮了揮手，低聲道：「小聲些，別驚著她。」

顧九思走的小心翼翼，躡手躡腳，其他人頓時不知道為什麼就緊張起來，跟在後面，幾乎沒發出任何聲音，迅速跟著顧九思走了出去。

等離後院遠了，到了正廳，顧九思坐下來後，沈明才上前道：「九哥，處理乾淨了。」

「沒留活口？」顧九思皺起眉頭，虎子立刻道：「爺，他們沒給自己留活口，我們特地留下幾個，全都自盡了。」

顧九思端茶的動作頓了頓，片刻後，繼續道：

「近五百個殺手。」沈明冷靜道：「他們動手後，我便立刻請示周大人，周大人撥派了人手給我。」

顧九思點點頭：「給太子那邊通風報信的人呢？」

「進了太子府，沒出來。」

顧九思沒說話，他端著茶，片刻後，淡道：「洛子商是有幾分本事。」

此番洛子商行事，完全不顧及陳茂春，顧九思派人將這個消息報給了太子，按理太子該和洛子商翻臉才是，可太子卻直接將人扣在太子府，甚至殺了也不一定，看來是打算要保下洛子商。

此刻天還沒亮，顧九思看了看天色，繼續道：「參陳茂春的摺子準備好了？」

「世安哥那邊準備了。」沈明立刻道：「明日會讓御史臺出面參奏陳茂春，世安哥說讓你放心，剩下的事他會辦妥。」

顧九思點點頭，太子如果要保下洛子商，這一次他們也沒抓到洛子商動手的證據，那洛子商還是動不了。但是也算是把洛子商在東都的人都清理了一遍，短時間內，洛子商很難再

有大的動作。

這一次，算是顧九思這邊占了上風。

拔掉了陳茂春，等於太子手裡少有的軍權上的釘子被拔走，除掉洛子商的爪牙，也意味著至少黃河這一路，洛子商再難策劃第二次暗殺。

而太子就算保洛子商，始終是埋下了懷疑的種子。

顧九思閉著眼，腦子將今日的事情整體過一遍後，終於道：「好，」顧九思睜開眼，看了看周邊的人，笑道：「辛苦各位了。」

「不辛苦，」虎子笑起來，「跟著九爺混日子，有前途。」

顧九思笑了笑，同旁邊木南招了招手，木南便讓人抬了兩打紅包一一發給在場的人，笑著道：「拿個紅包，回去洗個澡，好好睡一覺吧。」

所有人沒想到還能領到紅包，拿到以後不由得有些高興，朝著顧九思連連道謝，顧九思揮了揮手，讓眾人下去，隨後轉頭同虎子道：「我此去東巡，顧府就交由你照顧，你好好看著，有什麼情況便找我舅舅，戶部侍郎江河江大人，一切聽他安排。」

「是。」

虎子應了聲，顧九思點點頭，讓虎子先回去睡，等虎子離開後，顧九思讓下人先出去，屋內剩下沈明和顧九思，沈明從剛剛的打鬥所帶來的激動中慢慢緩過來，看見顧九思坐在位子上，他不說話，只是低著頭喝著茶，似乎在等他說什麼。

沈明頓時打了個激靈，猛地反應過來，他抿了抿唇，解了劍，便在顧九思面前跪了下去。

「我今日失職，」他悶著聲開口，「沒看好少夫人，您罰我吧。」

他用了「少夫人」和「您」，彰顯此刻他與顧九思的身分。哪怕平日稱兄道弟，他們始終還是上級和下屬的關係。

顧九思聽了，抿了口茶，看著外面的院子，慢慢道：「怎麼丟的？」

沈明沒說話，低著頭。

「說話。」

「葉大人護不住葉小姐，」沈明深吸一口氣，終於出聲，「我一時情急……」

顧九思得了這話，轉頭看他，沈明不敢迎向他的目光，這件事他自覺有虧，而顧九思盯著他，盯了好久後，終於道：「沈明，每個人在什麼位子上，都有自己的責任。」

「屬下知錯！」沈明叩首在地上，閉眼道：「九哥，你怎麼罰都成！今日就算你殺了我，我也覺得應該。」

顧九思定定看著他。

說不憤怒是假的，可是他看著不著調，內心裡卻是比誰都理智。他定定看著沈明，好久後，起身從旁邊取了沈明的劍鞘，遞給他。

沈明不知所以，顧九思上前跪在地上，月光落在大門前，顧九思將外袍取下，整整齊齊疊在一邊，他身著白色單衣，背對著沈明，同沈明道：「你叫了我九哥，我便是你兄長，你

做錯事，我得替你擔著，劍鞘在你手中，擊背三下，你來動手。」

「九哥！」沈明嚇得出聲，忙到顧九思面前，顫聲道：「你打，我受著。」

「若今日你不動手，那我便管不了你，你出門去，無需再回來，也不必叫我九哥。」顧

九思聲音平靜。

沈明愣了愣，看著顧九思，心裡難受極了，低低出聲：「九哥，你這樣，比打我難受太

多了。」

「我不能打你，」顧九思冷靜開口，「你的所作所為，我明瞭。在你心裡，葉韻分量太

重，你見她遇險，不能置之不理，這是人之常情。我本就不該把葉韻和玉茹放在一起讓你

選，這是我思慮不周，逼著你做錯事。」

「我不該把你放在絕境裡，然後看著你做錯事後，又來懲罰你。所以這是我的錯，應當

你來罰。」

說著，顧九思低下頭，冷聲道：「馬上要去上朝了，打。」

沈明提起劍鞘輕輕拍顧九思的背一下，顧九思抬眼看他，「下不去手，就一直打下去。」

「九哥，」沈明顫抖著聲，「你在逼我。」

顧九思靜靜看著他，沈明終於深吸一口氣，抓著劍鞘，狠狠抽打下去。

每一聲悶響，都像是打在他心上，疼得他整顆心都在抖。

等打完了，他一把扔了劍鞘，紅著眼就要出去。顧九思叫住他，「站住。」

沈明背對著他，咬著牙關不說話，顧九思撐著自己站起來，同他道：「我等會兒讓人準備一盒胭脂給你，走之前去葉府，送過去給葉韻。」

「不去。」

「不去也行，」顧九思撿起外袍披在身上，走出去道：「你自個兒想清楚，這次去黃河，一去可能就是大半年，葉韻也快二十歲了，我上次和世安聊天時候才聽他說，葉家打算替她找門親事。」

「這麼急！」沈明驚訝。

顧九思停在門口，轉頭看他，勾起嘴角，「沈明，男人不能總是讓女人等著，她大好年華，憑什麼等你？」

沈明愣了愣，顧九思也沒多說，轉頭回了屋裡。

天已經有了些亮色，顧九思披著袍子一進去，便見柳玉茹起身了，她看見顧九思進門，笑了笑道：「可梳洗好了？」

「還沒呢？」

顧九思看見柳玉茹，臉上的笑容就軟了下來，他一面從旁接了帕子擦了臉，漱口束冠之後，便穿上官袍，柳玉茹替他繫好腰帶，聲音平和：「昨夜已經做了太多了，今日要收斂一些，朝堂之上，便不要太露鋒芒了。」

「妳放心，」顧九思笑了笑，「我心裡有分寸。妳在家收拾好東西，我下朝回來可能就得

啟程。」

「嗯。」柳玉茹低聲道：「早已打點妥帖，回來便可啟程。」

「有妳操持這些事，我是放心的。」顧九思低頭親了親她，隨後道：「我走了。」

顧九思出了門，而太子府裡，卻還亂成一團糟。范玉坐在正堂上踱步，探子一個又一個進來，放下最新的消息，讓侍從念給范玉聽著。洛子商坐在邊上，靜靜喝著茶。

「顧九思就是周高朗一條狗！」

范玉一面來回踱步，一面低低罵著：「本宮當初在揚州就看出他不是什麼好東西，毫無尊卑禮儀，和周燁簡直狼狽為奸。父皇就我一個皇兒，他們不好好輔佐我，如今還要這樣處心積慮動我的人，他們這是什麼意思？是想造反嗎？」

洛子商吹著茶葉，緩緩出聲：「殿下，顧九思既然動手，便不會留下破綻，殿下不如想想，接下來要如何應對？今日早朝，周高朗那邊必然要對陳將軍發難，殿下打算如何應對？」

范玉頓住步子，他有些猶豫，抬頭看向洛子商，緩了緩道：「太傅覺得，應當怎麼辦？」

「殿下，陳大人的位子，大概是保不住了。」洛子商嘆了口氣，「這樣的盛會，陳大人主管的地方出現這麼大的混亂，不僅當街擄人，最重要的是還刺殺戶部尚書，雖然顧九思沒有出事，但這已經是大事了。」

「那怎麼辦？」范玉皺起眉頭，洛子商低頭道：「如今我們只能以退為進，爭取陛下同

情了。」

「以退為進？」范玉有些不明白。

洛子商小扇敲著手心，看了旁邊有些忐忑的陳茂春一眼，「等會兒陳大人脫了衣服，揹個荊條，去路上攔住顧九思道歉。」

負荊請罪。

「這事怕沒這麼好辦吧？」范玉皺著眉頭。

「陳大人先去，」洛子商看著陳茂春，催促道：「否則怕是來不及，一定要在大街上攔。」

陳茂春點點頭，然後趕緊出去。等陳茂春出去後，洛子商繼續道：「陳大人可能要暫時從南城軍領軍的位子上退一下，殿下可有替代他的人選？」

這一問，把范玉問住了，他皺著眉頭道：「必定保不住？」

「保下，怕陛下會對太子不喜。」

范玉沉默片刻，終於道：「孤手裡是有一些人，可茂春讓了位子，周高朗那邊肯定會推選其他人上來，我手裡這些人，怕都沒有這麼合適，就算孤肯舉薦，也推不上去。」

洛子商猶豫片刻，隨後道：「那微臣舉薦一個人給殿下？」

「快說。」范玉立刻出聲，洛子商笑了笑，「南城軍第十三隊的隊長，熊英。」

「這是你的人？」范玉愣了愣，洛子商搖頭，「不，他誰的人都不是。但是有一點好，他

父親熊思捷，當年是被江河參奏斬首的。江河是顧九思的舅舅，顧九思是周高朗的人，這樣一來，他雖然不是咱們的人，咱們卻可以推他上去，然後再將他收在麾下不遲。」

得了這話，范玉立刻擊掌道：「好。那今日早朝，孤就讓人舉薦他！」

沈明撩起簾子，看了看外面，隨後同顧九思道：「九哥，有個人不穿衣服揹著荊條在外然停住了。顧九思睜開眼，有些茫然：「到了？」

太子這邊商量好，顧九思和沈明坐在馬車裡，顧九思閉著眼睛休息，馬車行了一半，突面路上跪著。」

一聽這話，顧九思臉色大變，他沉默片刻，抓住沈明道：「你趕緊衝出去把他扛走。」

「扛……扛走？」沈明有些懵，顧九思點頭。

「趕緊的，不管用什麼方法，別讓我見著他，也別讓他開口說話！」

顧九思把沈明一推，沈明踉蹌著就衝了出去。

陳茂春見有人出來，立刻仰起頭道：「顧……」

話沒說完，就見一隻腳從天而降，一腳端在他臉上，將他直接端懵了過去。然後陳茂春還沒反應過來，就被一個藍袍官員抓住扛在肩上，一路狂奔而去。

這一切發生得很快，顧九思聽外面沒什麼動靜，小心翼翼探出頭去，詢問駕馬的木南：

「走了？」

「走了？」

木南神色複雜，點點頭：「扛走了。」

「你說什麼？」洛子商問：「沈明把人怎麼了？」

「扛……扛走了。」侍衛跪在馬車裡，把情況報給洛子商和范玉。范玉和洛子商面面相覷，兩人都有點懵。

從未見過如此不按套路出牌的人。

人家負荊請罪，難道不該是停下馬車，然後來一番你哭我哭，最後達成和解大團圓嗎？

再不濟，也該當街痛斥陳茂春，或者來一番冷戰。這種都沒給人說話的機會，直接讓人當街打了人抗走，這是什麼操作？

「這，這怎麼辦？」范玉下意識開口。

洛子商稍稍鎮定了些，立刻道：「殿下無需慌張，扛走了就扛走了，殿下按計劃舉薦熊英便好。」

范玉點點頭，沒有多說，洛子商見即將早朝，便先告辭退了下去。等洛子商退下去後，范玉開始穿朝服，一面穿他一面想著什麼，太監劉善打量著范玉的神色，小心翼翼道：「殿下似乎心有憂慮？」

「嗯。」范玉應了一聲，片刻後，想了想道：「你們說，太傅這個人怎麼樣？」

劉善笑了笑，「奴才只是奴才，哪裡有殿下這樣眼光精準？」

「孤讓你說。」范玉聲音中帶了不喜。

劉善趕忙道：「奴才覺得洛大人十分聰明。」

范玉心裡沉了沉，劉善打量著他的神色，趕忙道：「殿下，洛大人是您的太傅，與您是一根繩上的螞蚱，他聰明，便是您手中一把好刀，您該高興才是。」

范玉抬眼看了劉善一眼，嘀咕道：「你們這些閹貨，怕不是收了他銀子，天天替他說好話吧？」

「殿下乃日後的聖人，也就說說話嚇唬嚇唬奴才了，奴才是忠是奸，殿下心裡清楚著呢。」

劉善一番好話，終於讓范玉高興了些，他點點頭，板著臉道：「疑人不用，用人不疑，孤心裡清楚。」

說完之後，范玉穿戴好，直接往大殿過去。

天剛亮起來，所有人匯聚在大殿門外，顧九思走到葉世安面前，小聲道：「都準備好了？」

葉世安應了一聲，隨後道：「你報上來那個蘭尚明我去查過了，沒有問題。」

「他是個剛正不阿的，」顧九思低聲道：「這一次要動太子的人，陛下心裡必然有所考

量，估計想選個沒有參與黨爭的。所以這個蘭尚明今日不要提，等太子那邊提人，你們反對就是。後面太子提一次人，你們參一次，最後陛下一定會自己親自來選，你這邊就從候選人這裡把蘭尚明遞上去。其他人選多少要有點不合適，陛下自然會選中蘭尚明。」

葉世安如今在中書省門下，做這些事方便，葉世安點點頭：「明白。」

說著，他抬頭看了顧九思一眼，「沈明呢？」

「哦，」顧九思轉頭看了看宮外，看見沈明匆匆跑過來，揚了揚下巴，「這不是來了嗎？」

「他沒同你一道？」葉世安有些奇怪，顧九思笑了笑。

「那他估計得被參了。」葉世安皺了皺眉。

顧九思滿臉無所謂道：「反正今日我們就離開東都，他們愛怎麼參怎麼參。」

顧九思專門請調沈明來協助修繕黃河一事，早已得了范軒的應許。葉世安不太贊成地看了顧九思一眼，沈明跑了過來，這時候太監站到門外，所有人在唱喝聲的指揮下回到各自的位置，隨後按序而入。范軒坐上金座之後，便道：「朕聽說昨日悅神祭出事了？」

「請罪這一套，我讓沈明把他扛走了。」

「顧愛卿，沒事吧？」

說著，他抬頭看向顧九思：「顧愛卿，沒事吧？」

「謝陛下關愛，」顧九思蒼白一笑，「微臣沒事，但是差一點，微臣今日便見不到陛下了。」

「出事的區域是由哪位大人管轄？」

沒有人說話，范軒的目光落到周高朗身上，周高朗出列，恭敬道：「回陛下，是南城軍領軍陳茂春陳大人。」

「陳茂春呢？」范軒環顧四周，卻無人應話，范軒不由得氣笑了，「怎麼，早朝都敢不來了？」

「陛下，」洛子商出列，平靜道：「微臣聽聞，今日沈明沈大人當街將陳大人打了，然後不知將陳大人帶往何處。」

所有人愣了一下，范軒皺起眉頭，這時顧九思詫異道：「今日帶著武器來攔我馬車的竟是陳大人？」

說完，他看向洛子商，滿臉佩服道：「還是洛大人神通廣大，在下路上既不見其他馬車，也不見其他大人，在下自己都不知道這是陳大人，洛大人便知道了。」

洛子商被顧九思懟這麼一下，臉色有些僵，顧九思上前一步，跪了下來，恭敬道：「陛下，今日微臣被顧九思上朝，有人帶著武器攔在路上，微臣昨日剛經刺殺，以為又是鬧事之人，便讓沈大人幫忙將人驅逐。微臣和沈大人過去與陳大人從未有過交流，沒能認出陳大人，是微臣的不是，沈大人只是幫忙，陛下若要責怪，臣願一力承擔。」

「陛下！」沈明終於反應過來，趕緊出列道：「陛下恕罪，微臣也只是見那人背上揹著兇器，氣勢洶洶，一時情急才動手。人是我打的，還望陛下恕罪！」

兩人一唱一和，太子黨憋了一口氣。

武器？什麼武器？背上揹個荊條就算武器？

可此刻誰也不敢提醒洛子商指使陳茂春過來，他們若連細節都知道得這麼清楚，還真是說不清了。剛才顧九思對完洛子商什麼都知道，便已是暗示洛子商指使陳茂春背上揹的不是武器，

范軒聽著顧九思和沈明在那裡說，也是有些想不通，陳茂春好好的去襲擊顧九思做什麼？還嫌昨夜的事不夠多？

「罷了。」范軒煩悶道：「朕看他的位子是該換個人做了。」

范軒開了這個話頭，周高朗這邊的人紛紛支持，太子的人一言不發。范軒盯著范玉，洛子商對范玉使了眼色，范玉收了洛子商的眼神，憋了口氣，上前道：「父皇，兒臣也是認為陳大人不堪留任，不如舉薦新人。」

這話出來，范軒的表情明顯好上了許多，點頭道：「皇兒說得不錯，可有人選？」

范玉沉默了，洛子商抬頭看著范玉，范玉抿了抿唇，在開口之時，卻是說出了與洛子商吩咐的不同的名字：「南城軍第六隊隊長黃宏。」

洛子商愣了愣，片刻後，他明白了什麼，慢慢笑了起來，垂下眼眸，再也不管太子了。

而顧九思細細打量著這一切，不由得樂開了花。

黃宏這個人是太子親信，但劣跡斑斑，御史臺的人一聽，立刻出聲：「陛下，不妥！」

於是朝上唇槍舌戰吵了一早，等下朝也沒個定數。

顧九思和沈明葉世安三個人出了大殿，三人一派溫和君子風度的樣子走到角落裡，而後顧九思和沈明爆發出大笑。顧九思扶著牆，一面笑一面道：「這個傻缺……」

「居然推黃宏……」

葉世安緊張地打量著周邊，露出幾分不贊同道：「你小聲些。」

「不行你讓我笑笑。」顧九思擺擺手，「笑完我才能說正事。」

葉世安無奈，只能看著沈明和顧九思在旁邊笑，等兩個人笑夠了，顧九思才看向葉世安，正色道：「我去和陛下告別，等會兒我直接回府，然後啟程了。我不在的時日，麻煩你幫我照看顧府。」

「你放心。」葉世安點點頭，「我照顧好伯父伯母。」

「還有一件事。」顧九思突然想起來，皺起眉頭，同葉世安道：「你幫我再查查洛子商。」

「還查？」葉世安有些不明白，他們查洛子商，前前後後已經查過兩遍了。顧九思猶豫片刻，終於道：「我想查他親生父母是誰。你回揚州去，查一查他出生那年，揚州城裡……」

顧九思抿了抿唇，猶豫片刻，靠近葉世安，附在他耳邊，小聲道：「我爹或者我舅舅，當時是否有什麼風流情事。」

葉世安睜大了眼，有些震驚。顧九思也覺得有些難堪，低聲道：「你也別多問了，中間還有另一個事，你看看能不能查到。」

「什麼？」

「洛子商到底想做什麼。」

顧九思冷下臉來，葉世安有些不明白，沈明也茫然，顧九思解釋道：「過去我們一直以為，洛子商是想輔佐太子，把控太子，之後像在揚州把控王家一樣，挾天子令諸侯。可你想，如果他真的一心一意輔佐太子，為什麼這次他完全不在意陳茂春的仕途？陳茂春作為太子少有的在軍部的棋，對太子而言有多重要，他不清楚嗎？」

「他根本不在意太子。」顧九思冷靜道：「若他並不在意太子，那他來東都，到底是為了什麼？」

「我明白了。」葉世安點點頭，「我會去查。」

「我也會派人再查，不過前一件事我不想驚動家裡，只能拜託你了。」

顧九思拍拍葉世安的肩膀，「行了，我走了。」

說完，他便轉身要離開，葉世安叫住他，「九思。」

顧九思回頭瞧他，葉世安抿了抿唇，終於道：「若查出來，他當真與你有血緣，你當如何？」

「我與他有血仇。」

說著，葉世安抬頭看著他，捏著拳頭，冷聲道：「我與他有血仇。」

顧九思注視著他，片刻後，輕輕笑了。

「葉世安，」他有些無奈道：「我說你是不是書讀多了，腦子都讀傻了？就算是顧家血

脈又如何？沒有感情的血脈一文不值，你放心吧，」他認真道：「你是我兄弟，你的仇，就是我的仇。他那種垃圾要真是我顧家血脈，我就更得清理門戶，免得辱了名聲。」

說著，他轉身走到葉世安面前，這兩年他長得快，已比葉世安高了半個頭，他抬手就給了他一個腦繃：「你要是再亂想我，我就打死你。」

「活活打死那種。」

第八章 滎陽

葉世安愣了愣，顧九思也沒時間和他多說，轉身擺了擺手，就去御書房找范軒。

等顧九思走後，沈明走上來，撞了撞葉世安道：「行了，你別多想，信九哥，不管怎樣他都會和你站同個戰線。就算不是為了你，」沈明放低了聲音，小聲道：「我聽嫂子說，洛子商當年差點害死顧家全家，還砍了九哥從小一起長大的兄弟呢。」

葉世安經提醒，想起來後抿了抿唇，「動手的是王善泉，洛子商也只是下面一條狗而已。」

「那又怎樣呢？」沈明接著道：「世安哥，」他嘆了口氣，將手搭在葉世安身上，「多給自家兄弟一點信任。」

葉世安聽到這話，沉默片刻，嘆了口氣道：「是我自己想太多了。」

跟著葉青文在朝堂上待久了，心思也就多了。

他恢復情緒，同沈明道：「行了，你趕緊回去收拾收拾，九思從宮裡回來就要啟程了，你別耽擱他的時間。」

「沒什麼好收拾的了。」沈明立刻道：「該弄的早就弄好了，你現在要回府對吧？」

「嗯，怎的？」葉世安有些奇怪。

沈明立刻道：「我送你回去。」

「你送我回去做什麼？」葉世安有些不理解，沈明趕緊挽著他道：「我馬上就要走了，咱們兄弟一場，我送你回趟家。」

「我又不是女人，」葉世安皺起眉頭，「你送我回家做什麼？」

「哎呀我說你這個人，」沈明有些不高興，強行拖著葉世安往前走道：「我就想同你多說幾句話，你至於這麼刨根問底的嗎？」

葉世安雖然學過一些強身健體的武術，但同沈明這種專門拜師學藝，在力氣這件事上完全不能相比，他被沈明強行拖到馬車上，沈明這樣熱情，他只能勉強接受了沈明的理由，就當他突然有了那麼幾分良心，專門要同他說說話。

等兩人上了馬車，沈明猶豫著道：「那個，世安哥。」

「嗯。」葉世安低著頭，從旁邊拿了卷書，聽著沈明支支吾吾道：「那個，葉韻在家吧？」

聽到這話，葉世安頓了頓，他皺起眉頭，抬頭看向對面的沈明，「你問這個做什麼？」

「沒沒沒，」沈明慌得不行，趕緊擺手道：「沒問什麼，就是隨口一問，隨便問問。」

葉世安皺著眉不說話，盯著沈明，一雙眼上上下下打量，沈明不由得緊張起來，下意識

挺直了腰背，葉世安看了片刻，轉過頭去，「哼」了一聲後，點頭看著書道：「今日在家看

帳，下午才出去。」

「哦哦，」沈明點著頭，接著又道：「她昨晚回去，還好吧？」

「怕是嚇著了。」葉世安淡道：「聽下人說，坐在窗口看兔子燈看了一晚。」

「兔……兔子燈？」沈明有些意外，下意識道：「她喜歡這種東西啊？」

葉世安瞪了他一眼，用孺子不可教也的眼神看著他，片刻後，實在有些氣憤不過，從旁

邊拿了書，抬手往沈明腦袋上砸，一面砸一面道：「怎麼這麼蠢？怎麼這麼蠢！」

「欸欸欸，有話好說，好好說。」沈明抱著頭，不敢還手。他也不知道為什麼，心裡莫

名的虛著。

葉世安打完他，終於順了口氣，同他道：「她以前本就是小孩子心性，喜歡的東西和普

通姑娘沒什麼不一樣。沈明，」葉世安口氣軟了些，語調裡帶了幾分苦澀，「她本不是如今的

樣子的。」

「是什麼樣的？」

沈明愣了愣，看著葉世安的眼神，不由得連聲音都輕了許多，小聲道：「她……她原本

他第一次見葉韻，就已經是如今的模樣了。

像一把出鞘的劍，像一根破開巨石的草。她冷靜，沉默，帶著無聲的決絕，也只有在和

他吵嘴的時候，偶爾能瞧見她眼裡有她這個年紀該有的光彩。

「她啊，」葉世安苦笑，「年少的時候，脾氣壞得很。整日在家裡作威作福，稍微有什麼不順心的，就要抱著我娘哭個不停，家裡人都寵著她，搞得她的性子無法無天。」

葉世安說著，忍不住笑起來，眼裡帶了幾分懷念，「我那時候討厭她的很，覺著她不知禮數。說過她好幾次，她便同人四處說我對她不好。她喜歡的東西都是些不著調的，家裡養了許多小寵物，尤其是兔子，當年葉家後院，養了十三隻兔子，都是她的。這些兔子買的時候是兔崽子，那人同韻兒說這兔子不會長大，哄得韻兒花了重金去買，結果……」

「是肉兔？」沈明聰明了一回，葉世安點點頭，隨後道：「這些兔子被她養得膘肥體壯，還要人專門伺候，而且誰都欺負不得，要是誰敢動她的兔子，她能和誰拚命。」

沈明聽著葉世安的話，忍不住笑了。兩人說著葉韻兒的事，到了葉府門口，葉世安領著沈明從馬車上下來，一面往葉府走，一面同沈明道：「韻兒心底裡始終還是個孩子，她只是被逼著長大。你別總是氣她，要學著好好說話。她已經吃過很多苦了。」

這些話論起來，說得已經算過了，然而沈明卻聽不明白這其中深意，點著頭道：「行，我以後罵不還口就是了。」

葉世安：「……」

兩人說著，葉世安停下腳步，面無表情指著一個小院門口道：「這就是她的院子了，你自己讓人通報吧，我走了。」

「行。」沈明點點頭，「等我回來，再找你喝酒。」

葉世安聽到這話，「呵」了一聲，沒多做聲，轉頭便走了。

等葉世安走了，沈明站在小院門口，有些緊張，他握緊袖子裡的東西，來來回回走了幾遍，裡面的丫鬟見著了，認出他，便在他猶豫的時候進去通報葉韻。葉韻正在看神仙香的帳本，聽到沈明來了，她愣了愣，隨後道：「請進來吧。」

沈明還在想著等會兒怎麼說話不氣著葉韻，就聽裡面道：「沈大人，您進來吧，別再轉圈了。」

沈明愣了愣，心裡卻是放鬆下來，也不用想怎麼開口進去了，直接進吧。

他跟著丫鬟進去，到了屋裡，瞧見葉韻正跪坐著看帳本。

葉韻看上去有些憔悴，他開口就想問她是不是沒吃飯，看上去沒精打采的。結果開口之前，突然想起顧九思和葉世安的話。

葉家有意替葉韻安排婚事。

她吃過很多苦，他不能再氣她。

他一下子僵住了，葉韻沒抬頭，看著帳本道：「無事不登三寶殿，說完就滾。」

沈明聽到這話，輕咳一聲，覺得有些尷尬。

他厚著臉皮坐到葉韻面前。

他坐在葉韻對面，無端端就有了幾分拘束，他坐直了腰背，緊張地握緊了手裡的妝盒，輕咳一聲道：「那個，妳今日看上去氣色不太好，是不是最

近太累了？」

「吃錯藥了？」

葉韻抬眼看他，入眼是沈明通紅的臉。她愣了愣，隨後皺起眉頭，「你這臉怎麼回事？跑過來的？這麼紅？發生什麼大事了？是不是昨晚的事情……」

「沒事沒事。」沈明趕緊擺手，他不敢再看葉韻，低著頭，小聲道：「昨晚的事都解決了。」

「那是什麼事？」

「那個，」沈明深吸一口氣，鼓足了勇氣，用花了一個早朝時間想的話道：「我……我馬上就要啟程去黃河了。我……我可能一時半會兒回不來。」

「嗯，所以，你有什麼要拜託我的？」

沈明沒說話，他紅著臉，把早上顧九思讓人給他的胭脂盒從袖子裡拿出來，他的手一直抖，顫抖著放在葉韻面前。

葉韻愣了愣，隨後聽沈從道：「那個、這個，妳收著用。」

葉韻沒說話，她還有些懵，好半天才慢慢道：「你……你這是？」

「我……我聽說葉家在安排妳的婚事。」沈明抬起頭，他覺得這時候他得看著葉韻，他盯著葉韻，好半天，終於道：「妳……」

「沈明，」葉韻在他開口前，彷彿清楚知道了他的心意，她靜靜看著他，神色裡有了難

得的溫柔。她將胭脂盒推了回去，平和道：「婚姻大事，父母之命，媒妁之言，沒有如此私相授受的道理。」

沈明得了這話，一時有些懵，片刻後，見葉韻如此坦誠，他反而鎮定了許多，低聲道：「我也得來問問妳。妳若是同意，我自然……」

「我沒有什麼同意不同意，」葉韻神色平靜，「沈大人，葉韻殘花敗柳之身，配不上正妻之位。您如今雖然官位低微，但日後前途無量，娶了我，是要被人笑話的。」

沈明聽到這話，心裡驟然一緊。葉韻的神色很鎮定，鎮定得看不出半點情緒，沈明看著她，慢慢捏起拳頭，「葉韻，妳別這麼說妳自己。」

「這是事實。」

「這不重要！」沈明猛地提聲：「我不在意！」

葉韻靜靜看著他，許久後，她慢慢笑了，一字一句，認認真真道：「可是我在意。我不想禍害你，也不想傷害自己。沈明，」她嘆息，「你終究還是太小了。」

「我年紀比妳大。」沈明說得認真。葉韻搖了搖頭，「我的心比你要老。」

「我不管這些年紀大不大，也不管妳心老不老。」沈明盯著葉韻，「我只問妳一句話，妳心裡有沒有我？」

葉韻沒說話，她注視著面前的青年。沈明將刀「哐」一下放在桌面上，桌面微微震動，沈明認真地注視著她，「只要妳心裡有我，老子就把命給妳。」

葉韻被這話驚到了，許久後，她慢慢鎮定下來，垂下眼眸，淡道：「抱歉。」

「我心裡沒你。我也不想要你的命。」

沈明捏緊了刀，覺得眼睛有些酸，但他固執地看著葉韻，「我什麼不好？」

「沈明，」葉韻深吸一口氣，抬頭道：「你沒什麼不好，你很好，是我不好……我喜歡

不了誰，你明白嗎？」

「妳胡說八道，」沈明怒斥：「妳除了眼睛瞎看不上老子，妳有什麼不好？」

葉韻被這罵法罵得哭笑不得，沈明吸了吸鼻子，覺得有些難堪，扭過頭去，將刀拿回

來，轉頭目光落在窗口的兔子燈上，沙啞著聲道：「我聽說妳看兔子燈看了一晚了。」

葉韻沒答話，沈明接著道：「我做兔子燈也做得好得很，我會做兔子燈籠，還會刻小兔

子，我養兔子也是一把好手，絕對不給妳養死一隻。」

「你還是罵我吧……」葉韻低著頭道：「我聽著心裡好受。」

「我不罵。」沈明立刻道：「我以後再也不罵妳了，我不僅不罵妳，還要天天和妳說

好話，讓妳難受。」

葉韻一時也不知該哭還是該笑。沈明站起身，提著刀道：「我今日和妳說的話不是開玩

笑的，我這就走了，妳哪日改主意了，就來告訴我。」

「抱歉。」葉韻低低出聲，沈明擺擺手，「沒什麼抱歉的，不是什麼大事，大家都是成熟

的人，我不放在心上。」

說完，他大步走了出去，葉韻見他走得飛快，忙拿起胭脂，大聲道：「沈明，胭脂！」

「不喜歡就扔。」沈明沒有回頭，頗為大氣道：「反正不是我開的錢！」

說完，沈明便走了出去，葉韻拿著手裡的胭脂，一時竟不知道該怎麼辦了。

沈明撐著從葉府走出去，走到大路上，就再也忍不住了。

他快二十歲的男人，提了把刀拖著，垂頭喪氣地走在路上，眼淚完全憋不住，啪嗒啪嗒的掉。

成熟的人也覺得失戀太難受了。

他突然有些怨起顧九思來，要是顧九思不提醒他，他自己也不會想這麼多，不想這麼多，就不會冒冒失失上門說這些。他又覺得葉韻也不對，其實他本來只是想送盒胭脂，發展發展感情，結果她把話挑得明明白白，連點餘地都不留。

他也不是多喜歡她。

他和自己說，就是總著念著她，總是想和她說說話，哪怕被罵也喜滋滋的，收她一塊紅豆糕，就要樂好幾天，她送人的紅豆糕，他要偷偷都搶回自己房裡去。

就是覺得她好看，比誰都好看，見過她，再想娶誰都覺得不行。

沒多喜歡，就是這輩子除了她再也沒有想過娶別人的喜歡。

沒多喜歡，就是想著這輩子能有個緣分，下輩子有個緣分，下下輩子還有緣分的喜歡。

沈明越想越難受，走到顧府門口的巷子時，他有些忍不住了，哭出聲來。這一哭出聲，頓時感覺到心裡爽透了，他想著巷子裡也沒人，就低著頭，拖著刀，一面哭一面抹眼淚，想著走到顧府門口時再收聲。

結果哭得太忘情，直到面前被東西擋住，他才回過神來，用紅腫的眼睛抬頭一看，顧府全家正在搬運著行李，所有人站在門口，呆呆看著他。

顧九思和柳玉茹一臉震驚，顧九思緊張道：「怎……怎麼了？」

沈明覺得自己這輩子的臉都在這一刻丟盡了，他這麼一想，更難受了，乾脆破罐子破摔，往顧九思身前一撲，顧九思腳上用力一蹬，這才受住了漢子的衝擊，沈明抱著顧九思，嚎啕大哭道：「九哥啊，我被拋棄了啊嗚嗚嗚嗚！」

「行了行了，」顧九思察覺周邊的人打量的眼神，有些尷尬，拍了拍沈明的背，同沈明道：「先憋著別哭，等到馬車上再細說。」

「那我能先上馬車嗎？」沈明放開顧九思，抽噎著詢問，顧九思揮揮手，「趕緊去，你這樣子也太丟人了。」

沈明二話不說，掉頭跳上了最大的那輛馬車。

顧九思挑了挑眉：「他倒是會挑。」

「文書、官印這些都帶好了嗎？」柳玉茹走到旁邊，顧九思想了想，確認道：「帶好了。」

「陛下御賜的天子劍也帶好了？」

臨走前，范軒賜了一把天子劍給顧九思，面劍如面天子，有這把劍在，顧九思行事會方便很多。

顧九思點點頭：「我已經讓木南放好了。」

柳玉茹應了一聲：「東西我都清點好了，可以啟程了。」

兩人去屋裡同父母告別，該打點的都打點好了便上了馬車。

上馬車之後，兩人坐在沈明對面，沈明已經哭得差不多了，鎮定了很多。車隊啟程，顧九思撥弄著茶葉道：「說吧，怎麼哭成這樣了？」

「你這樣問，我就不說了。」沈明聽到這話，頓時不樂意了，扭過頭道：「自己猜。」

顧九思輕唒一聲：「就你這樣還需要猜？」

「那你猜猜啊。」沈明挑眉，頗為囂張，顧九思從旁邊倒了水，沖泡入茶葉內，慢慢道：「送胭脂給葉韻了吧？」

沈明面色不動，「你讓我送的，我不就去送了？」

「人家不要吧？」

沈明的面色有些不自然了。顧九思放下水壺，蓋上茶碗，笑著看向沈明，「沒忍住就和人家說了自個兒的意思吧？」

沈明的臉色澈底變了，顧九思笑意更深，「說不定還沒說完呢，就被人家拒絕了？」

「顧九思！」沈明怒喝：「你派人跟蹤我！」

「跟蹤你？」顧九思嗤笑，滿是不屑道：「浪費人力。就你和葉韻那點小九九，我不用腦子都能想出來。」

沈明脹紅了臉，一副有氣沒處發的模樣，劇烈喘息著道：「那你……那你還讓我去丟這個臉！」

「這能叫丟臉嗎？」顧九思一臉理所當然道：「追姑娘，被人家拒絕，這叫情趣，這能叫丟臉嗎？你喜歡她你得說出來，不說出來她一輩子都不知道。說出來了她不喜歡你，不挺正常嗎？誰生來就喜歡誰啊？她不喜歡你你就追，好好對人家，好好追求，好好哄好好騙，多送禮物多送錢，噓寒問暖多說好話，好話會不會說？」

顧九思看著沈明被他罵懵了，頓時高興了，「不會說吧？我和你說你這人就得吃點苦頭，被拒絕一下才知道輕重。我和你講，今日你不哭這一遭，你這張嘴繼續胡說八道的說下去，葉韻要是能跟著叫沈葉氏，我以後改口叫你哥。」

「行了，他如今心裡不好過，你也少說兩句。」柳玉茹見顧九思說得太過，暗暗瞪了他一眼，顧九思輕咳一聲，立刻收斂了許多，不說話了，低頭喝茶。柳玉茹瞧著沈明，安撫道：「你也別難過，韻兒她心裡有結，一時半會兒不會輕易接受別人，她也不是針對你。你貿貿然過去說，她肯定是不能同意的，日後的路還長，慢慢來就好了。」

沈明聽著這話，心裡穩了許多，他嘆了口氣，「嫂子，妳說的慢慢來，要怎麼慢慢來啊？」

「你多想想怎麼對她好就是了。」柳玉茹嘆了口氣，「她吃過苦，心裡多多少少會不安，不敢對未來有什麼期待，也不敢對婚事多做寄託。韻兒如今，估計就是等著葉家安排，安排成什麼樣，便是什麼樣。你若當真喜歡她，這次黃河好好做事，回來提個職位，先不說她喜不喜歡你，至少讓葉家先看得起你。」

沈明愣了愣，他慣來是不會想這麼多的。柳玉茹見他的愣神，便明白他不懂這些，於是說得更仔細了些：「葉家再怎樣，也是書香門第，以葉韻的身分，本是應嫁入高門的。只是她過往的經歷，葉家怕是不會替她找一門太好的姻緣，要麼嫁給高官做妾，要麼低嫁給沒落士族做妻，當然，最好的，便是找一個年紀稍大的高官，做人家續弦。只是這樣嫁過去，就算了，在他人心裡多少都是看不起的。而對於葉韻而言，內心便會永遠覺得，當年的事真的毀掉了她。你若真的喜歡她，至少先讓葉家認可，讓韻兒覺得，就算到了今日，她也和過往沒什麼不同，她不必下嫁。」

「這是你給她臉面，也是在治癒她的傷口。她心裡的傷口好了，才能學會喜歡一個人。」柳玉茹說著，沈明安靜下來。

他靜靜聽著，許久之後，卻是問了句：「她以前，是不是挺傲的一個姑娘？」

柳玉茹得了這話，笑起來，「傲得很。說她要嫁的人，不僅要英俊瀟灑，文武雙全，還要高官厚祿，頂天立地，是個英雄。」

這些話說起來便孩子氣了，沈明認認真真聽著，許久後，卻是道：「我知道了。」

柳玉茹正要說什麼，馬車便停了下來，顧九思撩起簾來看，看見已經到了城門口。守城的人得了文牒，陸續放他們出了城門，到了城門外，顧九思便看見禮部的人領了人在門口候著，洛子商的車隊已經停在門口。

洛子商似乎早就等在這裡，見顧九思來了，他和禮部的人一起走到馬車面前。顧九思領著沈明下了馬車，同禮部的官員以及洛子商行了見面禮。

禮部的人將名單給了顧九思，稍微介紹了此行朝廷安排給他的人馬，這些人最後統一由沈明打點，沈明得了這話，應下來後便去一旁同隊伍裡的人聊天熟悉去了。而顧九思和禮部的人寒暄了一番，便將人送了回去。等禮部的人走了，顧九思回過頭看向洛子商。

洛子商穿著常服，見顧九思看向他，面上笑若春風拂面，不見半分陰霾，見著這樣的笑容，誰都不能想像，昨夜一番刺殺，便是出自這人的手筆。

顧九思沒說話，洛子商便先開口了，恭恭敬敬道：「這次出行，望顧大人多多照顧了。」

顧九思含笑看著洛子商，回禮道：「應當是顧某托洛大人照顧才是。」

「此番出行，顧大人是主事，一切均聽顧大人安排，哪裡有洛某照顧大人的說法？」洛子商笑了笑，恭敬有禮的模樣，讓人難以生出惡感。

顧九思笑了笑，「我也不推托了，如今天色不早，我們還是啟程吧。」

雙方見過禮，顧九思便派沈明領頭，領著兩隊人馬往東行去。按照洛子商的規劃，這次他們修整黃河，從滎陽開始。滎陽是黃河分流點，接連汴渠，大榮之前幾次試圖修理黃河，

都半途而廢，修理黃河一事，勞民傷財，每次規劃好給多少錢，最後撥款下去都遠遠不夠。

可黃河修，花錢，不修，黃河附近多地都屬產糧重地，到時候大水氾濫，更花錢。最後朝廷對黃河的態度，便是得過且過，自己在位時候沒問題，誰有問題誰倒楣。

柳玉茹和顧九思翻著皇帝讓人謄抄給他們的過去黃河治水的記錄，柳玉茹看了一會兒後，抬起頭來，有些躊躇道：「你說，這一次陛下為什麼下定決心治理黃河？」

「嗯？」顧九思抬眼看向柳玉茹，柳玉茹皺著眉頭，「你看過去大榮那時候還算強盛，數次修理黃河，君主都覺得吃力。如今大夏內憂外患，劉行知野心勃勃，揚州的態度曖昧不明，這時候修來黃河，陛下不擔心嗎？」

「妳倒是想得多，」顧九思笑起來，「不過妳說的不無道理。修黃河修得好，那就是國泰民安，修不好，滅國也不是不可能的。陛下決心修黃河，當然是有他的考量。」

「你說來聽聽？」柳玉茹放下卷宗，滿臉好奇。

顧九思懶洋洋撐著下巴，翻著卷宗，漫不經心道：「其一是陛下篤定劉行知如今不會發兵。據我們所知，劉行知那邊內鬥還沒結束，就算結束了，劉行知估計也要緩緩。荊益兩州不比大夏，大夏是完全繼承了大榮的家底的，可荊益兩州什麼都沒有，得自己重新弄，所以要等劉行知發兵，估計還有兩三年。而臨走時陛下說過，至多到明年夏，黃河必須修完。」

柳玉茹聽著，皺了皺眉頭。

顧九思抬頭看她，嘆了口氣，「看看妳，說這些就操心，若是這麼操心，我便不說了。」

「你要是不說，我才操心呢。」柳玉茹趕忙笑起來，湊過去道：「其二呢？」

「其二便是，陛下考慮，如今新朝初建，恰恰是大刀闊斧改革之際，日後朝廷穩當了，要再動什麼，便難了。之前大榮修黃河屢次失敗，其實最核心的原因，便是東都根本管不了地方這些官員，錢拿過來，自然是永遠不夠。陛下節度使出身，對這些東西心裡清楚，他賜我天子劍，意思很清楚，我不僅要修黃河，還得修理這些官員，把他們打理得老老實實的，免得日後政令出不了東都。」

柳玉茹聽著心裡有些發沉，她算是明白，江河說的，這事做得好就是好事，做不好……怕是性命都難保。

柳玉茹嘆了口氣，「咱們就這麼點人，要是他們起了歹心……」

「所以我得給沈明找個位子。」

顧九思思索著，柳玉茹有些疑惑，顧九思笑了笑，「妳別擔心，這些我有盤算。我再同妳說說陛下的想法。其三，便是陛下考慮得長遠。汴渠離東都太近了，一旦汴渠發大水，對東都也是很大的威脅。而且黃河這附近都是良田，本是產糧重地，若是能修好讓百姓好好產糧修生養息，大夏日後國力才算昌盛。黃河修好了，不僅是解決內患，日後糧食不用擔心，和劉行知打起來，也有底氣。加上陛下聽了妳的構想，修黃河時直接將汴渠修出來接上淮河，日後國內糧食運輸便不用擔心，這是百年基業。最重要的是，這麼多好處，還是讓揚州出錢，揚州出了這筆錢，至少五年內沒有出兵的能力，陛下也就安心了。」

柳玉茹聽著，點了點頭道：「陛下思慮甚遠。」

顧九思應了一聲，將柳玉茹攬進懷裡，「妳也別擔心太多，到了滎陽，妳該做什麼做什麼，其他的事我來安排。妳到滎陽是打算建立倉庫？」

「對。」柳玉茹點點頭，「一方面建倉庫，另一方面再在這裡看一看，有沒有什麼生意可做。」

兩人一路商量著，過了十日後，便到了滎陽。

滎陽官員早就聽說顧九思要來，早早等在滎陽城門口。顧九思一行人先在城外客棧休息了一晚，第二日清晨，顧九思等人穿上官服，大家打整妥帖，才往滎陽過去。

到了門口，柳玉茹坐在馬車裡，挑簾望過去，便見百來人或穿官服、或穿錦袍，整整齊齊站在門口，看上去似有天子出行的架勢，柳玉茹放下車簾，回過頭朝顧九思笑：「來迎接你的人看上去有上百人，滎陽縣令也算是有心了。」

「這裡最大的官就正六品，我正三品，」顧九思挑眉笑笑，「不可得好好巴結我嗎？不過呀，」顧九思放下書，撣了撣自己的衣服，神色平淡道：「這些人給咱們好臉，可不是為了咱們，改日就算換了一條狗，穿著我這身官袍過來，他們也會恭恭敬敬磕頭，誇這是一條毛光皮滑的好狗。他們的話別放在心上，也不能放在心上。」

「我明白的。」柳玉茹應了聲。

說話間，馬車停在滎陽城門口，馬車剛停下來，顧九思便聽外面傳來一聲熱情又激動的呼喚：「顧大人！」

顧九思用手中白玉摺扇挑起車簾，便見到一張白白胖胖的臉，看上去約莫四五十歲的模樣，眼神裡全是激動，彷彿面見了什麼崇拜已久的大人物，高興道：「顧大人，下官滎陽縣令傅寶元，在此恭候顧大人多時了！」

顧九思笑了笑，謙和道：「讓傅大人久等了。」

說著，木南便捲起車簾，顧九思剛探出頭，就看見一隻白花花的手，傅寶元恭恭敬敬道：「顧大人，我扶您。」

顧九思：「……」

他如今剛弱冠，需要一個快五十歲的人來扶嗎？

他只是那麼一頓，傅寶元立刻猜出了顧九思的想法，忙道：「顧大人身強力壯，正值青壯好年華，下官這是忙於表達關心，顧大人千萬不要介意。」

顧九思勉強笑了笑，這麼多人看著，他也不好一上來就打傅寶元的臉，只能笑著道：「傅大人應當算在下長輩，哪裡有讓長輩來扶著下馬車的道理？謝過傅大人心意了。」

說著，顧九思便直接下了馬車，隨後朝著馬車裡伸手。

這時候大家才注意到，一個紫衣落花錦袍外套、白色單衣、頭簪白玉的女子坐在馬車裡，她伸出手，落在顧九思的手上，顧九思瞧著她，小聲囑咐了句：「臺階高，小心些。」

女子低低應了一聲，扶著顧九思走了下來。所有人觀察著兩人的舉動，傅寶元立刻道：

「這位想必是夫人了？」

顧九思聽到這話，終於露出發自內心的笑來，「對，這是我夫人。」

話剛說完，傅寶元就對柳玉茹一陣狂誇，柳玉茹被誇得懵了懵，顧九思在一旁卻是笑得更高興了些。傅寶元看出討好顧九思的點，說話便往誇柳玉茹的方向說，顧九思這個人是吃什麼長大的，誇起人來不帶重樣，聽得人忍不住有些飄飄然起來。

多說了幾句，洛子商也從馬車上下來，傅寶元掃了洛子商的官服一眼，立刻道：「這位便是洛侍郎吧？」

洛子商笑了笑，應聲道：「見過傅大人。」

傅寶元立刻對洛子商又是一陣猛誇，誇完了之後，傅寶元才帶著顧九思和洛子商回過頭，看著站在門口的百來人，他們一回頭，傅寶元便揮手，隨後道：「大聲些！」

說完之後，突然有紅幅從城門上飛瀉而下，兩條紅幅用大字寫著：

顧尚書親臨滎陽得生輝蓬蓽，

滎陽民恭祝尚書願事事如意。

橫幅：恭迎尚書。

紅幅落下來後，所有人一起跪下大喊：「恭迎顧尚書親臨滎陽！」

這一番動作把顧九思嚇懵了，柳玉茹呆了半天話都說不出話來，沈明也是呆呆的，看著

這景象不知道該說什麼，只有洛子商見多了這些溜鬚拍馬的人，在旁邊面色不變，依舊笑若春風。

好半天後，傅寶元靠近顧九思，小聲道：「大人，您還滿意吧？」

顧九思聽到這話，皺起眉頭，「無需做這些勞民傷財又無用之事。」

「不勞民，不傷財，」傅寶元趕緊揮手道：「都是大夥們自願的，聽到顧大人要來，大家高興得很。顧大人要修黃河，這是利於滎陽，利於千秋……」

「傅大人，」顧九思終於忍不住打斷了他，「我們先進城吧？」

「哦對，進城進城，」傅寶元趕緊道：「顧大人舟車勞頓，也該進城好好休息一下了，我們先入城用飯吧。」

說著，傅寶元便領著顧九思一行人往城內行去。

傅寶元替顧九思準備的宅院是在城中最好的位置，距離主街有一條小巷的距離，不算遠，而恰恰是這一條小巷的距離，讓院子安靜了很多。宅院不算大，但進門之後，處處可見奢華雅致。傅寶元跟在顧九思身後，一面領著顧九思進去，一面道：「這是城內富商王家借給官府用的宅院，王老闆說了，您在這兒，喜歡住多久就住多久，若是夫人喜歡，一直住下去也是無妨。」

這話意思說得明顯，便是這座宅子送給顧九思了。顧九思聽到這話，忙道：「傅大人說笑了，這宅院租借的銀兩，顧某會按市價付給梁老闆。」

「下官明白，」傅寶元看了看顧九思後面的洛子商，笑著道：「顧大人高風亮節，下官懂。這借宿的錢本就該是地方官府出，不勞大人費心。大人，」說著，傅寶元將人帶到飯廳，飯廳裡已經準備好飯菜，傅寶元邀請著顧九思等人入座，隨後道：「顧大人，夜裡下官領著滎陽官員替您設宴，為您接風洗塵，現下您先休息，等晚上下官再派人來接您，您看如何？」

顧九思巴不得他趕緊走，忙應了聲，然後讓沈明送他出去。

等傅寶元走後，所有人坐下來，洛子商笑著道：「傅大人倒是個會做事的。」

顧九思看了洛子商一眼，「看來是讓洛大人覺得高興了。」

「傅大人一直跟在顧大人身邊，哪裡有洛某的事？」洛子商說著，主動拿起筷子，抬頭卻是同柳玉茹道：「一早上也餓了，吃飯吧。」

說完便沒看柳玉茹，低頭夾菜。

柳玉茹愣了愣，等反應過來後，她裝作沒聽見，拿了筷子夾菜，同顧九思道：「九思，吃飯了。」

顧九思應了一聲，看不出喜怒，與侍女拿了帕子，淨了手，隨後便將一盤白灼蝦放到己面前，開始慢條斯理剝蝦。

他一面剝，一面同洛子商說著晚上酒宴的安排，剝完之後，他也不吃，直接放到盤子裡。

等沈明回來的時候，就看見顧九思面前一堆剝好的蝦，他頓時高興起來，忙道：「九哥，剝好蝦等著我呢？分我一個……」

說著，他的筷子就探了過來，顧九思眼疾手快，用筷子擋住沈明的筷子，然後將盤子往柳玉茹面前一推，嫌棄道：「要吃自己剝。」

柳玉茹看著面前堆著的蝦愣了愣，才意識到這蝦原來是剝給自己的。

「許久沒吃蝦了，」顧九思又同侍女要了熱帕，重新淨了手，轉頭看柳玉茹笑了笑，「這麼堆著吃是不是更舒服？」

顧九思這麼問，柳玉茹便笑了，接著道：「吃飯吧，你也剝了一會兒了。」

顧九思終於拿了筷子開始吃飯，一面吃一面和洛子沈明說著話，等吃完飯後，管家上來安排大家的住所，顧九思和柳玉茹進了房門，顧九思開始四處檢查。

「你在做什麼？」柳玉茹有些疑惑，顧九思一面檢查著牆壁窗戶，一面道：「看看有沒有隔間、有沒有偷窺的洞。咱們住在這兒，要小心著些。」

柳玉茹坐在床邊，看著顧九思忙活，搖著扇子道：「你覺得傅寶元這人怎麼樣？」

「老油條。」顧九思張口就道：「怕是不好搞啊。」

「那你打算怎麼辦？」柳玉茹有些好奇，「是先整頓，還是……」

「整頓也得再看看。」顧九思思索著道：「咱們不瞭解滎陽，先放鬆他們的警惕，搞清楚他們的底細之後再做打算。」

柳玉茹點點頭，想了想，隨後道：「今晚的宴席我便不去了。」

說著，她轉頭瞧著外面的日頭道：「等會兒我帶著人出去看看場地，你修黃河我賺

錢，」柳玉茹轉過頭，朝著他笑了笑，「相得益彰。」

柳玉茹和顧九思聊了一會兒，休息片刻後，便領著人出去了。

她這一趟主要目的是踩點，四處看了看位置，尋找適合的倉庫、門面，以及適合這一條航道的船。

下午她先隨意逛了逛，瞭解一下當地的物價以及生活習慣。

榮陽是永州的州府，但是在東都待習慣了，也不覺得這裡有多麼繁華熱鬧。規規矩矩的店鋪，算不上出彩，也沒什麼花樣。東西都是便宜的，而房租更是便宜。

柳玉茹坐在一家老字號的酒樓裡，聽著茶館裡的人說話，隔壁間似乎是幾個富家小姐，絮絮叨叨說著榮陽無趣，不如東都揚州繁華。茶館裡的師父用著榮陽當地的方言，規規矩矩說著沙場將士報效國家的故事。

柳玉茹坐在長廊上，看著街上來來往往，一架轎子從路邊緩緩行來，那轎子前後有人護著，鳴鑼開道，百姓紛紛避讓，柳玉茹便看出來，這是官家的人了。

轎子行到半路，突然有個女子衝了出來，攔在轎子前方，跪著磕頭，轎子停了下來，停轎的位置距離柳玉茹，說遠不遠，說近不近，柳玉茹聽到女子在哭喊些什麼，但因為是榮陽本地方言，她聽得有些艱難，只陸陸續續聽到：「那是家裡唯一的男丁……」

人群議論紛紛，很快有士兵衝過來，要拖走女子，女子尖銳慘叫著：「秦大人！秦大

人！」

柳玉茹聽得不忍，正要出聲，就聽轎子裡傳來冷靜的男聲：「慢著。」

那男聲說的是大榮的官話，官話中帶了些難以察覺的揚州口音，似乎已經在外漂泊了多年，若不是仔細聽，根本聽不出來。

柳玉茹不由得有了幾分好奇，便見官轎掀起簾子，一個四十出頭的男人從轎子裡走了出來。他穿著緋紅色的官服，在滎陽這個地方，能穿緋紅色官服的，應當是個大官。大夏需五品以上才能穿緋色官服，哪怕是傳寶元，也只穿了藍色。柳玉茹打量著那個男人，他生得清俊，看上去頗為沉穩，身上有種說不出的蕭殺冷氣，從轎子裡一出來，所有人便安靜了。

他走到那女子面前，士兵有些為難道：「秦大人……」

「放開。」男人冷聲開口，士兵不敢再拉著，女子趕緊朝著這緋衣官員跪著爬了過來，流著淚磕著頭道：「秦大人，求求您，只有您能為我做主了。」

「夫人，」男人神色平靜，「這事不歸秦某管，秦某做不了主，您也別再攔在這裡，對您不好。回去吧。」他說著，聲音小了許多，柳玉茹聽不見他說什麼，只看那女子終於哭著起身，讓開了路。

官員回到轎子上，轎子繼續前行。

柳玉茹在旁邊瞧著，等小二上來，不由得道：「方才路過的，是哪位大人？」

「是刺史秦楠秦大人。」

小二笑著給柳玉茹添茶：「秦大人剛正不阿，有什麼事老百姓都喜歡找他告狀。」

柳玉茹點點頭，隨後又道：「為何不找縣令呢？」

這話問得小二的笑容有些僵了，忙道：「縣令大人忙啊，而且，秦大人長得好，大夥伙

也喜歡多見見。」

這話純屬胡說了，可柳玉茹聽出來，小二不願意提太多。她也不強求，換了個話題，只

問了問旁邊的地價。小二答得謹慎小心，多說幾句，額頭上便冒了冷汗，柳玉茹見他害怕，

也不再問了，讓人下去後，自己坐在包廂裡，同印紅道：「妳說這些人怎麼這麼警惕？」

「姑爺來巡查黃河的事，」印紅笑了笑，「下面的人不得給這些老百姓上好眼藥嗎？」

柳玉茹聽到這話，皺了皺眉頭，想了想，忙道：「妳讓人跟著方才那女子，最近看著她

些，要是官府找她麻煩，及時來報。」

柳玉茹在酒樓裡吃著飯，顧九思換好了衣服，便同洛子商、沈明一起，由傅寶元的人領

著去了傅寶元設宴的地方。

傅寶元在王家設宴，顧九思路上聽明白了，這個王家是當地最大的富商，家族龐大，榮

陽顯大半官員都和王家有往來，要麼是王家的宗族子弟，要麼與王家有姻親關係，最差的，

也是王家人的朋友。

王家如今當家的人叫王厚純，已經五十多歲，聽聞顧九思一行人來了，立刻獻了一套院

子，用來給顧九思等人落腳。

路上幫顧九思駕馬的車夫一直說著王厚純的好話，顧九思便聽著，既沒有讚賞，也沒有不滿。

等到了王家，顧九思領著洛子商和沈明一起下來，便看見傅寶元領著幾個人站在門口等著顧九思等人，一見顧九思，這幾人迎了上來，傅寶元給顧九思介紹道：「顧大人，這就是王善人王厚純王老闆了。」

顧九思目光看過去，是一個快五十歲的男人，他看上去十分和藹，臉上笑意滿滿，朝著顧九思行了個禮道：「顧大人。」

「王老闆。」顧九思笑著回了禮。

見顧九思沒有露出不滿，傅寶元頓時放下心來，引著幾個人進去。

王家這座別院極大，從門口走到設宴的院子，竟是足足走了一刻鐘，院子裡小橋流水，頗有幾分南方園林的景致。王厚純藉故同顧九思攀談著：「聽聞顧大人是揚州人士，草民極愛揚州景致，特地請了揚州的工匠來修建的園林，不知顧大人以為如何？」

「挺好的。」顧九思點點頭，得了這讚賞，王厚純接著同顧九思聊起來。一行人言笑晏晏進了院子，顧九思匆匆一掃，在場要麼穿著官府，要麼穿著錦服，應當是當地的官員富商，有頭有臉的人物，怕都被傅寶元請來了。

這其中有一個人在人群中顯得十分惹眼，他穿著一身緋紅色官袍，自己一個人端坐在高位上。他的位子離主座很近，從位子和官服來看，他的品級應當不低，但和周邊的人沒什麼

往來，自己一個人坐著，低頭翻閱著什麼。

他看上去應當也有四十左右，但仍舊顯得十分英俊，坐姿十分端莊，在細微之處有種說不出的莊重優雅，這是出身於世族名門才有的儀態，讓顧九思想起葉世安這樣的世家子弟。

顧九思的目光落在那人身上，旁邊王厚純見了，趕忙道：「那是秦楠秦刺史。」

「秦刺史？」

顧九思重複了一句，心中有些明瞭了。

刺史作為朝廷委派的監察官員，品級自然是不低的，但人緣也必然是不好的，畢竟就像在東都，誰也不會閒著沒事去找御史臺的人聊天。作為御史臺的地方官員，刺史這個位子不招人待見，顧九思懂。

而一個監察官員，如今依舊出現在這樣不該出現的宴席上，而不是第一時間拒絕然後參奏，可見這個秦刺史與當地官員也是做了一定的妥協。

顧九思一面問著每個人的名字和來歷，一面在心裡有了盤算。等到入席後，所有人逐一上來給顧九思、洛子商、沈明三人敬酒，只有秦楠紋絲未動，傅寶元見秦楠不動，趕緊走了過去，低頭同秦楠說了什麼，秦楠皺了皺眉頭，許久後，他終於站起身，然而他卻是首先往洛子商的方向走了過來，給洛子商敬了一杯酒道：「敬過洛侍郎。」

顧九思心裡有些詫異，不明白秦楠為什麼先給洛子商敬酒，洛子商面色如常，似乎是料到的，其至刻意將杯子放低了一些，做出晚輩姿態與秦楠敬了酒，隨後恭敬地說了句：「秦

大人客氣了。」

兩人把酒喝完，秦楠點點頭，也沒多說，他轉過身走到顧九思面前，給顧九思規規矩矩敬了一杯，然後就下去了。

他這一齣將所有人搞得有點懵，傅寶元見顧九思盯著秦楠，怕顧九思不喜，趕忙上去跟顧九思道：「秦大人與洛侍郎是親戚，他生性靦腆，上來先同洛侍郎喝一杯，定定神，您別見怪。」

「親戚？」顧九思有些疑惑，洛家滿門據說都在當年沒了，又哪裡來的親戚？

傅寶元趕忙回答：「他是洛大小姐的丈夫，算起來當是洛侍郎的姑父。和洛大小姐成婚後沒幾年，洛大小姐就沒了，洛大小姐走不到兩年，洛家就⋯⋯」

傅寶元看了秦楠一眼，見秦楠神色如常，應當是聽不到，於是就蹲在顧九思身邊，繼續小聲道：「我聽說，他原本是寄養在洛家的，洛大小姐和他私奔來滎陽，所以一直沒回過揚州。當年洛大小姐去得早，只留了一個兒子給他，他也一直沒續弦，如今孩子大了，考了個功名，派到涼州當了主簿，他一個人照顧著老母親在滎陽生活，一個人久了，性情上多少有點古怪，好不容易見到一個親戚，做事沒分寸，您也別見怪。」

顧九思靜靜聽著，一時竟不知道傅寶元這些話是在幫秦楠說情，還是在擠兌秦楠。他面上不彰顯情緒，只是道：「這麼多年了，他也沒有續弦？」

「沒有。」傅寶元嘆了口氣，「秦刺史對髮妻一片癡心，合葬的墳都準備好了，估計是不

打算再找一個了。」

顧九思聽了這話，點點頭，正打算說什麼，就聽外面傳來一聲通報：「王大人到！」

聽到這話，在場所有人面帶喜色，連忙站了起來，王厚純更是直接從位子上跳起來，往門前急急趕了過去，顧九思轉過頭，便看到一位頭髮斑白的老者走了進來。他穿著緋紅色的官袍，笑著和人說話，王厚純上去，面帶高興道：「叔父您來了。」

「家裡遇到些事，來得遲了。」那人同王厚純說了一聲，隨後走到顧九思面前，笑著行了個禮道：「下官永州知州王思遠見過顧大人，家中有事來遲，還望顧大人見諒。」

他雖然說著「下官」，可舉手投足之間卻沒有半分恭敬。知州這個位子，便是一州最大的長官。范軒稱帝後，吸取了大榮的經驗，軍政分離，分成了知州和節度使共同管理一州，除了幽州由周燁統一統管以外，其他各州軍政相互分離。如今沒有戰亂，王思遠就是永州的土霸王，雖然品級不如顧九思，但實際權力卻不比顧九思小。顧九思心裡稍一思量，便清楚王思遠來遲的原因。

傅實元等人唱白臉，王思遠就唱黑臉，一面拉攏他，一面又提醒他要知道分寸，這永州，始終是王思遠的地盤。

顧九思面上假作不知，他還想看看榮陽的水到底有多混，於是趕緊起身，故意裝作奉承道：「王大人哪裡的話？您是長輩，我是晚輩，您家中有事，應當讓人通告一聲，改日在下上門拜訪才是，您能來，已經是給了在下極大的臉面了。」

說著，顧九思給王思遠讓了座，招呼著道：「您當上座。」

王思遠聽顧九思這樣說，眼裡立刻有了讚賞，他笑著推辭，顧九思拉著他往上座，於是兩人互相吹捧半推半就的換了位子，王思遠坐在高坐上，顧九思在一旁陪酒。

旁人看著兩人活動，等王思遠入座後，氣氛頓時不太一樣了，所有官員沒有了之前的拘謹，看著顧九思也有了幾分自己人的意味。

顧九思心裡明白，他這算是上道了。

他和王思遠攀談起來，幾句話之後，便改口叫上了「王大哥」，王思遠叫他「顧老弟」，旁邊沈明看得嘆為觀止，一句話不說，只敢喝酒。

傅寶元看王思遠和顧九思談得高興，笑咪咪走到王思遠邊上，小聲道：「王大人，您看是上歌舞，還是酒水？」

「都上！」王思遠十分豪氣，轉頭看向顧九思道：「顧老弟從東都來，見多識廣，我們永州窮鄉僻壤，唯一一點好，就是夠熱情，顧老弟弟今年幾歲？」

「剛剛及冠。」顧九思笑著回答，王思遠大聲擊掌道：「好，青年才俊！那正是好時候，可以體會一下我們滎陽的熱情，上來！」王思遠大聲道：「都上來。」

顧九思還不知道會發生什麼，他聽到王思遠說了兩聲上來之後，轉過頭去，就看見一群鶯鶯燕燕，身上籠著輕紗，踩著流雲碎步，從院子外踏步進來。

她們身上的衣服在燈光下幾乎等於什麼都沒有，顧九思的笑容僵住了，等緩過神來後，

他僵硬著將目光移開，故作鎮定地看著遠處，而沈明則是低著頭，開始瘋狂吃東西，再也不敢抬頭了。

見他露怯，王思遠等人都笑了，傅寶元在旁邊站著道：「看來顧大人還是年輕。」

「家裡管得嚴，」顧九思笑著道：「還是不惹禍得好。」

「顧老弟這話說得，」王思遠立刻有些不高興，「女人能管什麼事？怕不是拿著女人做托詞，不想給我們面子吧。」

說著，王思遠點了十幾個姑娘道：「你們都過來，伺候顧大人。」

顧九思的笑容有些掛不住了，那十幾個姑娘立刻湊了上來，跪在顧九思面前，王思遠喝著酒，同顧九思道：「顧老弟，這個面子，你是給還是不給呢？」

顧九思不說話，他看著跪在地上瑟瑟發抖的姑娘，聽王厚純不鹹不淡道：「主子都伺候不好的姑娘，有什麼用？顧大人不喜歡妳們，那妳們也該廢了。」

一聽這話，姑娘們立刻往顧九思身邊圍過去，顧九思見著這姿態，便明白，今晚他想要得到王思遠的信任，就必須露出自己的弱點來。美色、金錢，或是其他，他不能總在拒絕。

滎陽水深，如果他今晚拒絕了，就失去了和滎陽官員打交道的機會。他看了看旁邊幾乎快哭出來的姑娘，嘆了口氣道：「行了行了，王老闆你看看，你都把人家嚇成什麼樣了？這麼多姑娘，你們讓我怎麼選？」

他做出無奈的姿態來，隨後隨手點了一個道：「妳來倒酒。妳……」他指著另一個，想

了想，轉頭同王思遠道：「那個，王大人，您介意今日開個局嗎？」

所有人愣了愣，顧九思笑了笑道：「和您說句實話，小弟對女色沒什麼愛好，就是好賭。今日有酒有女人，不如放開點，大家搖骰子喝酒賭大小，行不行？」

王思遠聽到這話，慢慢放鬆下來，「顧大人喜歡，怎麼玩都行。」

傅寶元在他們交談時，讓人去支起了桌子，顧九思將沈明拉到自己身旁，吮喝著同王思遠道：「來來來，王大人，我們分組來玩，我輸了就讓我這邊的人喝酒，您輸了您喝。」

「喝酒多沒意思，」王厚純笑著道：「輸了讓姑娘脫衣服才是，來，把姑娘分開，哪邊輸了，就讓哪邊的姑娘脫衣服。」

「那我喝酒吧。」顧九思立刻道：「怎麼能讓美人受委屈？」

「那您喝，」王厚純抬手，笑咪咪道：「萬一輸多了，怕是您也喝不了，護不住美人了。」

這一番你來我往，氣氛頓時熱絡起來，顧九思和沈明湊在一頓，沈明小聲道：「你玩就玩，把我拖過來做什麼？」

「你把姑娘隔開，」顧九思小聲道：「我害怕。」

「你害怕我不怕？」沈明瞪大了眼。

顧九思趕緊安撫他道：「不說了不說了，還是賭錢高興點。」

說著，顧九思便帶著大家耍玩起來。

押大小數點划拳……賭場上的東西顧九思沒有不會玩的，他賭起錢來興致就高，場面被他搞得熱熱鬧鬧，王思遠不由得放鬆了警惕。

顧九思賭技不算好，有輸有贏，對面輸了就讓姑娘脫衣服，他這邊輸了就喝酒，沒一會兒，顧九思和沈明就被灌得不行，洛子商在一旁時不時替他們喝兩杯，悠哉地看著戲。

他們在王府鬧得熱火朝天，柳玉茹也逛完了滎陽城，正準備回府。此刻天色正暗著，柳玉茹經過一家青樓，發現青樓門前冷冷清清，幾乎沒什麼女子坐在樓上攬客。柳玉茹不由得愣了愣，有些奇怪道：「滎陽城裡的花娘，都不攬客的嗎？」

「攬客啊，」車夫聽到柳玉茹發問，不緊不慢道：「不過今晚生得好些的花娘都去招待貴客了，生得醜哪裡好意思讓她們出來攬客？那不是砸招牌嗎？」

「貴客？」柳玉茹心裡「咯噔」一下，不由得道：「什麼貴客？」

「就最近東都來的客人。」說著，車夫有些好奇道：「聽您的口音，應當也是東都那邊的吧？最近朝廷派了人來，說是要修黃河，您不知道？」

聽到這話，柳玉茹心裡一沉。

她沉默片刻，車夫沒聽見她的聲音，不由得有些忐忑，回頭道：「這位夫人怎麼不說話？」

「大哥，我想起來有些事，」柳玉茹突然開口道：「您先將我放在這兒吧。」

車夫有些奇怪，但還是將她放下馬車。柳玉茹領著印紅和侍衛下了馬車，隨後便道：

「給我找架馬車，我要去王府。」

印紅立刻道：「明白！」

印紅很快找了輛馬車，柳玉茹上了馬車，看了看天色。

印紅看柳玉茹似是不高興，忙安慰道：「夫人您別擔心，姑爺性情正直，就算他們叫了花娘，姑爺也一定會為您守身如玉的！」

「我不是擔心這個。」柳玉茹搖了搖頭，「九思如今一心想要混進他們的圈子，但他們不會這樣輕易讓九思混進去，必然要拿住九思的把柄，今日叫了這樣多花娘，九思如果太強硬拒絕，怕後面再和他們打交道就麻煩了。這些姑娘是要拒絕的，但不能由他出面。」

「您說的是。」印紅點點頭：「您去替他拒了就是了。」

柳玉茹應了一聲，轉頭看了街道一眼，嘆了口氣道：「這樣肆無忌憚公然招妓，也不怕刺史參奏，滎陽城這些官員，膽子太大了。」

柳玉茹和印紅說著，便到了王府門口，王府此刻燈火通明，站在門前就能聽到裡面男男女女打鬧之聲，聽到這些聲音，印紅臉色頓時大變，跟來的侍衛不由得看向柳玉茹，柳玉茹神色鎮定如常，同房門道：「妾身乃顧九思顧大人之妻，如今夜深，前來探望夫君，煩請開門。」

聽到這話，房門的臉色不太好看了，他趕緊恭敬道：「您且稍等。」

「都通報身分了，」印紅不滿道：「還不讓您進去，這是做什麼呢？」

柳玉茹想了想，點頭道：「妳說得對，我不該給他們時間。」

印紅沒聽懂，她還沒反應過來，柳玉茹就轉頭同侍衛吩咐：「刀來。」

侍衛有些懵，卻還是把刀遞給柳玉茹，柳玉茹提著刀上前，敲響了大門，房門剛把門打

開，柳玉茹直接把刀插進門縫，冷靜道：「妾身顧九思之妻，前來接我夫君回家。」

第九章 河堤

庭院裡，顧九思正玩得上頭，整個院子裡的人在酒的攛掇下變得格外放肆，只有秦楠始終保持著格格不入的冷靜，坐在位子上冷眼旁觀，眼中全是厭惡。

院子裡都是人的喊聲，大大小小的下著注，顧九思和王思遠分別在賭桌兩邊，各自拿著一個骰子，顧九思坐在椅子上，靠著沈明，兩個人都是醉眼朦朧的樣子，顧九思手裡拿了個篩盅，看著對面的王思遠，打著酒嗝道：「王大人，顧某這次就不客氣了，顧某這一定會開點，太吵了，我聽不到。」

六六大順……」

「公子！公子！」話沒說完，木南就擠了進來，焦急道：「夫人來了。」

「你說什麼？」顧九思迷蒙著眼，做了個把手放在耳朵邊的姿勢，大聲道：「你說大聲點，太吵了，我聽不到。」

「少夫人來了！」木南繼續急切喊著。

顧九思還沒聽清楚，繼續道：「大聲點，聽不到，聽不到！」

木南深吸一口氣，大聲道：「公子，少！夫！人！來！了！！」

這一次，不只顧九思，在場所有人都聽到了。

全場安靜下來，大家就看見顧九思低著頭，僵住了動作，片刻後，本來一直醉著的他彷彿被一盆冷水撲面潑過一般，瞬間清醒過來，猛地站了起來，身形敏捷道：「後門在哪裡？快，我要從後門走！」

「顧大人不必驚慌，」王厚純看顧九思的模樣，趕緊上來安撫道：「您別擔心，我讓門房把夫人攔在外面，這就替您備車……」

「大人不好了！」外面傳來奴僕大喊：「顧夫人打進來了！」

一聽這話，所有人臉色都變了。顧九思立刻道：「你別拉我了，你攔不住她的，你沒見過她提刀的時候！」

說完，顧九思猛地拉開王厚純的手，大聲道：「快，後門在哪裡？給我備車！備車！」

顧九思不等下人回答，就根據正常房屋的設計，朝著後門奔了過去，下人急急跟在後面，這時候柳玉茹也帶著侍衛到了。

在所有人心裡，會這樣直接打上門來抓丈夫的，必然是個五大三粗的潑婦，然而柳玉茹出現的時候，卻將所有人都驚了一下。這是個典型江南水鄉出來的姑娘，身形瘦弱，皮膚白皙，氣質溫和如春風拂柳，面容清麗似出水芙蓉。

她生得美貌，入室時，所有人不自覺將目光移了過去，她進來之後，朝著所有人盈盈一福，行禮道：「見過各位大人，請問我家夫君顧九思何在？」

在場誰都不敢說話。柳玉茹目光一掃，見到躲在人群中發著抖，還沒來得及跑的木南，

溫和笑道：「大人呢？」

木南閉上眼睛，帶著破釜沉舟的氣勢，朝著顧九思逃跑的方向抬手一指。柳玉茹揚了揚

下巴，同侍衛道：「去追。」

侍衛立刻朝著後院衝了過去，柳玉茹轉過頭，掃了一眼，便看出來這群人裡最有地位的

是站在一旁的王思遠，她笑著走上前，恭敬道：「叨擾各位大人了。」

所有人的面色都不太好看，王思遠憋了片刻，終於道：「顧夫人，有一句話，在下作為

長輩，還是想勸兩句……」

「大人要說的話，妾身明白，」不等王思遠講完，柳玉茹便先出聲了，她抬起手，將頭

髮往耳後輕輕一撥，柔聲道：「女子應賢良淑德，不該如此善妒，只是妾身就是這樣一個性

子，當初陛下想給郎君賜婚，也如此說過。」

這話出來，大家不敢再勸了。皇帝賜婚都賜不下去，誰還勸得了這個人？一時之間，

在場所有人對顧九思有了那麼幾分憐憫，突然明白一開始顧九思對那些女子敬而遠之、說自

己不好女色，不是在敷衍推託他們，而是真的有隻母老虎啊。

柳玉茹正和庭院的人說著話，侍衛將顧九思左右架著，從後院提了過來。

顧九思喝高了，腳步有些踉蹌，他到了柳玉茹面前，柳玉茹靜靜端望著他。

柳玉茹什麼都沒說，顧九思就覺得有種無聲的害怕湧了上來，他毫無儀態，衝上前去抱

住柳玉茹的大腿，委屈著哭道：「玉茹，不是我自願的，都是他們逼我的啊！」

在場所有人：「……」

王厚純的臉色有些不好看了，勉強堆起笑容：「顧大人醉了，這是正常酒宴，大家行樂而已，夫人看得開。」

「我看不開。」柳玉茹果斷開口。

顧九思繼續偽作抽噎著道：「我說不喝了不喝了，大家一定要我喝。喝了還要賭錢，我戒賭很久了，妳也知道，今日真的是被逼著賭的，他們說不喝酒不賭錢就不是朋友，不給他們面子，我真的是被逼的⋯⋯」

「對對對，」沈明反應過來了，趕緊道：「嫂子，都是被逼的。那些姑娘和我們一點關係都沒有，這裡姑娘雖然多，但是我們一眼都沒看過。」

柳玉茹聽著這些話，抬起頭，看向王思遠道：「妾身聽聞，按大夏律，官員不得狎妓，不得賭博，這榮陽的官場，規矩比天家的律法還大？」

王思遠聽柳玉茹這樣說，臉色頓時冷了下來，顧九思悄悄看王思遠，拚命對他做著道歉的眼神道：「王大人對不住，我家這位娘子就是見不得我出來做這些，叨擾大家了，給大家賠罪、賠罪。」

顧九思說著，趕忙起身，給所有人作揖道：「在下這就走了，改日再聚。」

顧九思說完，便拉著柳玉茹要走，柳玉茹也沒說話，板著臉同顧九思走了出去，沈明抹

了把臉，低著頭和大夥兒賠罪，所有人的臉色都不太好看，王厚純見柳玉茹和顧九思走遠了，直接同沈明道：「顧大人這樣，也太失尊嚴了些，女人當好好管管才是。」

沈明勉強笑道：「要是管得了，早管了，只能讓各位大人多多擔待了。」

沈明給所有人賠了罪，回了馬車上，便看見柳玉茹和顧九思各自坐在一邊，顧九思用小扇給柳玉茹搧著風，哄著道：「我們家玉茹真聰明，今日真是來得好來得巧，發了這麼一通脾氣，以後誰都不敢來請我吃飯了，真好。」

「離我遠些，」柳玉茹捂著鼻子，淡道：「身上有酒味。」

顧九思立刻往後退了些，用扇子給自己搧著風，堆著討好的笑容。沈明坐在他們對面，往外揚了揚下巴道：「不管洛子商了？」

「管他做什麼？」顧九思轉著扇子，「人家有自己的大事要做，留幾個人盯著就行了。」

沈明點點頭，嘆了口氣道：「今個兒好，一來就把滎陽當官的得罪了個遍。接下來不知道怎麼辦囉。」

「哪裡是得罪個遍？」顧九思搖著扇子，「就是讓他們看看我這個人有多少弱點罷了。他們送錢，我接了全彙報給朝廷，那還好。送女人，我可真洗不清了。玉茹這麼鬧一齣，怕是從明日開始，就要想方設法討好玉茹。」

他們估計也不敢送女人了，還看明白我是個耙耳朵，

「那這些錢我接嗎？」柳玉茹小心翼翼詢問，顧九思抬眼看她，「接，怎麼不接？不但要

接，還要記清楚誰給的，給了多少，整理下來，收多少，就要送多少到東都去，給御史臺和皇帝那邊清清楚楚知道。把網鋪好了，再一起打魚。」

「洛子商這邊……」沈明還是有些不放心，顧九思用扇子敲著手心，「先看著。派人盯著他，別出什麼紕漏。」

「黃河這邊估計出不了什麼紕漏。」柳玉茹搖搖頭，「他投了這麼多錢來修黃河，就是為了後期利於揚州水利通行。而且他在我的商隊投了錢，不會和自己的錢過不去。怕只怕他找九思麻煩。」

柳玉茹皺起眉頭，「如今大家在外，還是要小心才是。」

顧九思應了一聲，想了想，同沈明道：「你找人去查查那個秦楠。」

沈明點點頭：「明白。」

三個人商量著正事到了門口，沈明才笑起來，同柳玉茹道：「嫂子，妳今個兒不生氣啊？」

柳玉茹有些疑惑，抬眼看向沈明，沈明朝著顧九思努了努嘴：「九哥今日又喝又賭又……」

「你滾下去！」還沒說完，顧九思就抄了旁邊的盒子砸了過去，沈明笑嘻嘻接了盒子，最後道：「又幫了好多小姑娘，快活得很呢。」

顧九思衝過去要動手，馬車恰好停了，沈明在顧九思抓住他前一刻跳下馬車，顧九思撲了個空，轉過頭看著柳玉茹，訕訕道：「玉茹，妳別聽他胡說。」

「我沒聽他胡說，」柳玉茹開口，顧九思心裡頓時安定下來，笑著正要說下一句，就看柳玉茹搖著扇子道：「我瞧著呢。」

顧九思面色僵了，柳玉茹面上依舊如常，笑意溫和：「郎君官場應酬，我有什麼不明白的？切勿太過多慮了。」

話是這麼說，想也當是這麼想，但不知道為什麼，顧九思總覺有那麼幾分毛毛的感覺在心中蔓延。

夜裡顧九思想找柳玉茹說話，但他酒意上來又睏，強撐著說了兩句，柳玉茹不理會他，他撐不住便攬著人睡了。

等到了第二日，顧九思早早起來，柳玉茹才起身，就看他巴巴端了洗臉盆過來，一雙大眼裡全是討好道：「玉茹醒了？我伺候妳起床。」

柳玉茹面色不變，笑了笑道：「勞煩夫君。」

顧九思趕緊端水遞帕子，他動作笨拙，幫著她洗漱之後，又來幫她穿衣。柳玉茹看著他苦惱的把帶子扭過來繫過去，腰帶繫得歪歪扭扭，實在忍不住笑出聲，按住他的手道：「罷了，不必了，我不氣了。」

聽到柳玉茹的笑聲，顧九思舒了口氣，環住她的腰，如釋重負道：「妳可算笑了，我心裡怕死了。」

「你又怕些什麼？」柳玉茹有些奇怪，「錯不在你，我氣也是氣那些官員。」

說著，柳玉茹抬手整理一下顧九思的衣領，有些無奈道：「這世界對你們男人太過偏愛了，外面好吃好玩的這樣多，你不樂意都有人逼著你去享受，我想享受也沒個地方……」

「妳說什麼？」顧九思抓住重點，震驚道：「妳想享受什麼？」

柳玉茹哽了哽，趕緊道：「沒什麼，我就是嫉妒你。你瞧瞧你這日子，」柳玉茹嘆了口氣，「有酒喝有錢賭有姑娘陪，花花世界無限精彩，我……」

話沒說完，木南就從門外走了進來，笑著道：「公子醒了，昨夜跟著洛子商的侍衛來報晨訊，可要聽？」

「說吧。」柳玉茹率先開口，顧九思應了一聲，木南立刻道：「昨夜洛子商和所有官員酒桌上都喝了一遍，與永州官員相處甚好，夜歸時醉酒，是秦刺史送回來的。」

「嗯？」顧九思抬眼，「可知他們說了什麼？」

「門童說，在門口聽見秦楠約洛子商掃墓。」

顧九思皺起眉頭，秦楠約洛子商掃墓，應當是事關洛依水。顧九思心裡對洛子商的身分始終是個結，他揮了揮手道：「盯好他。」

木南應聲，顧九思又囑咐些其他，便讓木南下去了。

這麼一打岔，兩人不再多說其他了，一起吃了飯，顧九思便領著洛子商和沈明去了縣衙，柳玉茹自己去街上找倉庫的位置。

滎陽是黃河的分流段，也將是柳玉茹水路規劃上最大的一個中轉站，柳玉茹首先要找個倉庫，用來存放需要分流的貨物，之後要去購下一批小船，用來從黃河切換到小渠。

柳玉茹在城裡轉了一日，尋找著適合當倉庫的地方。這個地方不能離碼頭太遠，交通必須便利，而且地價不能太貴。她一面打聽著各處的價格，一面詢問著各個店鋪的人力。

她忙活的時候，家裡傳來了消息，說是許多官太太來了家裡。

柳玉茹趕緊回了府邸，收拾一下，便去了前廳。

前廳裡坐了十幾位夫人，年紀都和柳玉茹相仿，王府的管家一一跟柳玉茹介紹來人。這些人是由傅寶元的妻子陳氏領著過來，同柳玉茹聊著天。她們極會說話，同傅寶元這個人一般，見縫插針的誇人。

柳玉茹小心應酬著，等大家相熟了，氣氛熱絡起來，陳氏便邀請柳玉茹去逛園子。她們兩人像好姐妹一般手挽著手進了院子，其他人遠遠坐著，柳玉茹看出陳氏明顯有話要說，便直接開口道：「傅夫人可是有什麼私底下的話要說的？」

「顧夫人真是仙人下凡，我們這些凡人的心思都被顧夫人看得透透的。這次我呀，的確是有些話想同顧夫人說說。我聽說顧大人這次來，主管修黃河的事，這修黃河可是大事，我夫君在縣令這個位子上待了二十多年了，黃河修過三次，每一次大人來修完黃河之後，回去不僅升官，還能發財，運氣好得不得了，這就是積德呀。」

柳玉茹聽著，露出驚訝的神情，滿是嚮往道：「修黃河竟有這樣的福氣嗎？」

「一年黃河道，十萬雪花銀。」陳氏笑著道：「過往修整都是小打小鬧，這次聽聞朝廷撥了一千萬下來，可是真的？」

柳玉茹聽著這話，露出詫異的神色，「竟有這麼多？」

「看來顧夫人還不知道？」陳氏假作不知道柳玉茹在演戲，繼續道：「我聽我夫君說了，足足一千萬兩，想必顧大人是要幹一番大工程，這做事，總要有些做事的人，今個跟著我來的夫人，都是過往治理黃河緊要人手的夫人，她們聽說顧夫人來了，就想過來，多多少少露個臉，讓顧夫人在顧大人面前美言幾句。」

柳玉茹聽了，心裡便有了底。看了屋裡那些鶯鶯燕燕的女子一眼，笑了笑道：「只要不給我夫君送女人，一切都好說。」

陳氏愣了愣，隨後笑出聲：「明白，昨個兒的事我們都聽說了，顧夫人做的好，我們極為欣賞。」

柳玉茹似是不好意思，笑了笑，沒有說話，陳氏靠近柳玉茹，小聲道：「夫人是喜歡白的，還是喜歡物件？」

柳玉茹聽到這話，便知道陳氏是在問她怎麼送這個禮了。她想了想，隨後道：「白的吧，」

白的應該就是銀子，物件應該就是將銀子折成物品。她想了想，隨後道：「白的，」

故作淡定道：「妳夜裡抬到府裡來，今個兒的人，等會兒我陪妳再見一遍。」

陳氏高高興興應了聲，便領著柳玉茹見了眾人。柳玉茹細緻記下每一個人後，等吃過

飯，才送走這些夫人。

柳玉茹在府裡應付著這些夫人的時候，顧九思領著洛子商和沈明在縣衙，同王思遠、傅寶元等人說著這次的修繕計畫。

「這次修整黃河，全程接近一年時間，從今年七月到明年七月，如果速度快些，最好在明年四月能結束。國庫準備耗銀一千萬兩，這是全部的錢，多了一分沒有，所以大家用錢一定要謹慎小心。」顧九思鋪開圖紙，同所有人介紹著。

「一千萬？」傅寶元在旁邊笑起來，「用來修那幾個堤壩，倒也是足夠的。」

「不是修堤壩，」顧九思看了傅寶元一眼，「整個規劃分成三個階段，第一個階段七、八月，要給所有堤壩加防，用來迎接夏秋大汛。這個階段主要是加固以前的堤壩，隨時觀察流向，及時通知下游百姓疏散，以及災後賑災。」

「那後面兩個階段是？」王思遠皺起眉頭，顧九思指了圖畫上幾條虛線的河道，聲音平靜道：「修渠改道。黃河之所以頻發災害，主要是因為河道不夠平直，這次我們重新規劃了河道，一方面將曲度過大的彎道改直，另一方面增加分流管道，將黃河的河道改個流向。這個工程趁著秋冬做完，我們有四個大彎需要修整，修整之後，黃河從滎陽之後，河水改從梁山、平陽、長青、濟南、濟陽、高青、博興流進，然後直入渤海。」

「顧大人，」傅寶元皺起眉頭，「黃河常年災害最難解決的，其實不在下游，而在滎陽，滎陽乃黃河分流處，彎道急，水勢高，您就算把下游修平了，最大的問題也沒有解決。」

「所以我們不僅改道，」洛子商在旁邊開口，將手點在滎陽處，「我們最重要的，還是修渠。」

「修渠？」王思遠不明白，顧九思點了點頭，「滎陽這裡，前朝曾經試圖修一條汴渠分流黃河，但是汴渠始終沒有完工，這次我們就將汴渠徹底修好，從黃河一路接到淮河。」

聽到這話，傅寶元和王思遠對看了一眼，王思遠放下茶杯，語氣有些硬了，「那第三個階段呢？」

「第三個階段就是設立水閘，在外加防堤壩。」顧九思冷靜道：「如此修整之後，黃河水勢平緩，日後便可通航。黃河十里加設一水閘，洪澇時可以用以攔洪、排水，日常用以保證通航，還可以灌溉農田管道。傅大人，」顧九思抬頭看向傅寶元，笑著道：「若黃河修成，滎陽日後必為樞紐，傅大人官路前途無量啊。」

傅寶元乾笑著不敢接話，顧九思看向王思遠：「王大人以為如何？」

「很好，」王思遠點著頭，「顧大人宏圖大志，讓老朽覺得，少年人果然敢想。黃河水患乃千百年之疾，顧大人打算一己之力一年內解決，真是後生可畏。」

王思遠雖然是誇讚，但在場所有人卻都聽出言語裡的譏諷，顧九思笑了笑，「王大人，九思年輕，有許多事思慮不周，您覺得有什麼不合適的，適當提醒一下。」

「沒什麼不合適，」王思遠聽顧九思服軟，笑著道：「就是錢吧，可能不太夠。」

「錢這事簡單，」沈明適時開口了，大大咧咧道：「陛下說了，一千萬是朝廷給的，要

是不夠就從永州稅賦裡補。修個河道，一千萬，怎麼也該夠了。」

「是麼？」王思遠喝了口茶，淡道：「那就修吧，本官覺得顧大人深謀遠慮，這事全權由顧大人負責就好。也到正午了。」

王思遠起身，雙手負到身後，走出去道：「本官還有其他事，便不作陪了。治水這件事，傅寶元，」王思遠看了傅寶元一眼，「好好協助顧大人，不得有怠慢。」

傅寶元低著頭，連連應是。

顧九思看著傅寶元送王思遠走出去，他端著茶喝了一口，他知道王思遠話裡有話，但洛子商在，他不好多說。

傅寶元送完王思遠回來，笑著同顧九思道：「顧大人，要不吃過飯再說吧？」

顧九思應了一聲，洛子商卻是站起身，同顧九思和傅寶元道：「二位大人，洛某還有些私事，後續的事情二位大人協商，出了結果告訴洛某即可，洛某先行告辭。」

顧九思正想著如何和傅寶元商議接下來的事，洛子商主動提出離開，他自然不會阻攔，洛子商拱手先行離開後，顧九思轉頭看向傅寶元，「傅大人，」他笑著道：「您能不能給洛某提點一下，這個錢，要多少才夠啊？」

傅寶元聽著顧九思的話，雙手放在身前，笑著道：「顧大人為難在下了，錢的事，下官一個縣令，怎麼能知道這些？」

傅寶元推托，顧九思便知道傅寶元是不肯同他透實話了。

一千萬是工部認真算過的，下來不夠用，中間肯定有許多錢不是花在修河上了，顧九思問這個問題，不過是想試試傅寶元的口風和這永州的底。但傅寶元明顯不信任他，顧九思苦笑了一下：「那九思就去找其他人問問了，不過修河的事耽擱不得，今日下午就將人都叫齊，明日開始動工吧？」

「聽大人吩咐。」

傅寶元領著九思吃了午飯，隨後便去通知負責施工的人過來，下午詳談。下午來了一大堆人，整個縣衙客廳都擠不下，好幾個站在外面，顧九思見著這麼多人，倒絲毫不亂，他來之前已經把修黃河的整個流程梳理得清清楚楚，在場便將任務分了下去，要求第一個修已有堤壩的階段，要在一個月內完成，以迎接八月大汛。

所有人聽著他的話，都面帶難色，顧九思抬頭看了眾人一眼，終於道：「各位有難處的，不妨說一聲。」

在場沒有人說話，顧九思便直起身道：「若是沒有異議……」

顧九思話沒說話，就聽人群裡響起一個極為猶豫的聲音：「大人。」

顧九思看過去，是專門負責填沙袋的商人，他姓李，叫李三，從打扮來看，就是一個在工地幹活的，來見顧九思，鞋上還沾染了泥土，明顯是從工地趕過來。

顧九思緩了緩神色，儘量柔和道：「你若有什麼問題，大可說出來。」

「大人，」李三見顧九思態度好，終於大起膽子道：「錢，可能不太夠……」

顧九思聽到這話，皺起眉頭，李三開了口，旁邊的人紛紛跟著回應起來，錢不夠，人手不夠，時間不夠……都吵嚷著，要把完工時間放寬到十月。

顧九思聽他們高談闊論，眉頭越皺越緊，只道：「若是熬到十月才能完工，八月大汛的時候怎麼辦？」

「顧大人，我們明白您的憂慮，」傅寶元賠著笑道：「可是這做不到的事，也是沒辦法的。大人，還是算了，將時間推遲一下吧？」

顧九思沒說話，片刻後，終於道：「你們說錢不夠，你們就給我一筆一筆的算，我聽著。」

這話放出來，所有人面面相覷，沒有人敢上前，顧九思指了李三道：「你說，我聽著。」

李三猶豫片刻，慢慢道：「顧大人，比如說，您撥給我兩百兩銀子，可如果是加沙包，要在一個月內完工，兩百個人是打不住的，按照滎陽的市價，一個工人一月二兩五十錢……」

「慢著，」顧九思抬手道：「兩百個人？二兩五十錢？我來之前就問過，這樣的長度，只需要一百勞役……」

聽到這話，旁邊傳來一聲低笑，顧九思扭過頭去，看見傅寶元一副「我不是故意的，我只是沒忍住笑出聲」的模樣。

顧九思皺起眉頭，傅寶元立刻輕咳一聲，認真道：「顧大人，您年紀輕輕就平步青雲位列尚書，是關心天下大事的人才，可天下的事能從書上學，這百姓的事卻是學不了的，您還

是聽聽下面做事的人的說法吧。」

「畢竟，」傅寶元笑裡藏了幾分難以察覺的看不起道：「您還年輕。」

顧九思沒有說話。

他何嘗聽不出來，傅寶元明誇他是重臣，誇他有能耐，實際上還是欺他年少無知。

他沉默著，心中怒火漸盛，然而他壓住這份氣性，沒有說話，好久後，勾起笑道：「算了，今日也晚了，改日再說吧。」

顧九思同所有人告別，起身領著木南出了門，走到大門口，就聽見裡面傳來了壓著的笑聲。

他耳朵敏銳，可這一刻卻恨不得自己耳朵不要這麼敏銳。

他捏起拳頭，大步回到家裡。

這時已經入夜，柳玉茹還在屋裡算著建立倉庫的各種成本，顧九思一把推開門，往床上一躺，喘著粗氣不說話。

柳玉茹嚇得趕緊過去，以為他病了，但靠近了，便發現他整個人氣呼呼的，明顯是氣狠了。

柳玉茹站在邊上，小心翼翼道：「怎的了？誰將你氣成這樣？」

「傅寶元、傅寶元！」顧九思一個鯉魚打挺，從床上翻起來，怒喝一聲：「我罵他大爺！」

「消消氣，」柳玉茹端了杯水給他，溫和道：「他做什麼了，你同我說說？」

顧九思梗著脖子不說話，柳玉茹輕拍著他的背，顧九思不知道為什麼，柳玉茹這麼溫柔的陪伴著他，忽地就覺得有那麼幾分說不出的委屈。

可他又覺得，若是將這份委屈表現出來，顯得太過幼稚。他深吸一口氣，平緩了情緒，終於道：「我讓他明日開工，八月之前要補好各地堤防。他和我說好，然後弄了一大批人來，這個說錢不夠，那個說人手不夠。還說我是書呆子只知道紙上比劃。我就算是書呆子也知道，他們這麼左右推阻，無非就是因為我沒給他們好處。」

「今日來了許多官員的夫人。」柳玉茹坐在顧九思身邊，抬手給他揉著太陽穴，顧九思靠在她身上，放鬆下來，「來做什麼？」

「想討好我，讓我給你吹個枕邊風，把事交給他們辦。」

這在顧九思意料之中，他閉著眼道：「送錢了？」

「他們問我是要白的還是物件，我想著，送物件這中間折了太多道彎，你收了錢是要告訴陛下，到時候作為他們行賄的罪證的，若是送物件，到時候怕是要麻煩。」

「妳要銀子了？」顧九思猛地出聲，柳玉茹被他的反應驚到，直覺自己做的不對，立刻道：「可是有什麼不對？」

「這群老滑頭！」顧九思耐著性子解釋：「她要送禮，就準備好送了，哪裡是什麼白的物件的問？這明明白白是在試探。我一個正三品戶部尚書，要收錢能這麼大大咧咧把銀子抬到家裡來嗎？那必須是把錢洗了又洗，洗得乾乾淨淨清清白白才能到我手裡來。」

柳玉茹聽他的話，頓時明白了，她忙道：「那我過去改口……」

「不用了。」顧九思搖搖頭，「他們這次就是來試探妳的，如今妳再改口，他們也不會信。」

柳玉茹聽他的話，頓時明白了，她忙道：「那我過去改口……」

「不用了。」顧九思抬起頭，看見坐在床上有些忐忑的人，愣了愣，片刻後，他嘆了口氣，走上前將人抱進懷裡，溫和道：「妳別自責，他們都是老泥鰍，咱們還太年輕。」

「是我想得少了。」柳玉茹垂下眼眸：「這事，責任應該在我。」

「哪兒能呢？」顧九思放開她，看著她的臉，笑著道：「按妳這麼說，這事的責任該在我才對。我是管妳的，妳是辦事的，我該知道妳的性子，知道妳會不會被騙，我自己就想著自己要怎麼演戲，沒能想到妳這邊，沒管好妳，妳說是不是我的問題？」

柳玉茹聽他胡攪蠻纏，勉強笑起來，「你也不用安慰我了。」

「玉茹，」顧九思嘆了口氣，他握著她的手，柔聲道：「是人都會犯錯的，更何況，這也不是什麼錯。我以後也會做錯事，也會犯傻，到時候，妳也得包容我，對不對？」

柳玉茹抬眼看他，顧九思的眼睛溫柔又明亮，彷彿帶著光。她靜靜注視著他，好久後，才聽他道：「玉茹，妳才十九歲，別這麼為難自己。」

「那些人啊，都是活了這麼幾十年，在泥巴裡打滾打了幾十年的老泥鰍，妳別把自己想得太厲害，也別把別人想得太蠢。如果妳總想著自己會贏，輸了就是錯，那太自負了。」

「這話我彷彿說過，」柳玉茹忍不住笑了，顧九思想了想，想不起來，最後擺了擺手

道⋯「我們互相影響，也是正常。」

「那如今，他們試探到了結果，又打算怎麼辦？」

「等一等吧，」顧九思想了想，接著道⋯「也許是我們想多了。你們約了什麼時候送銀子？」

「就今夜。」

「看看今夜銀子到不到吧。」顧九思歪了歪頭道⋯「若是不到，那明日⋯⋯」

顧九思想著，眼裡帶了冷色⋯「明日我不同他們客氣，他們既然知道我不和他們混，那乾脆就辦幾個人，他們要是還是攔著，便把他們全都辦了！看誰還攔著不上工。」

「你辦人，也不是辦法，」柳玉茹聽他的話，思索著道⋯「你也不要一味相信工部給出來的數字，雖然你不愛聽，可傅寶元有一點的確沒說錯，路得靠自己走，不能看書知天下。他們或許是想著中飽私囊，萬一不是呢？」

顧九思聽著柳玉茹的話，慢慢冷靜下來，片刻後，他應聲道⋯「妳說的是。」

說著，他平靜道⋯「明日我先催他們開工，也不與他們爭執工程時間，等下午我親自去看看。」

當日晚上，兩個人等了一夜，陳氏果然沒有送錢過來。

第二日早上，顧九思早早便抓著沈明和洛子商出了門，等到吃午飯的時候，三個人便回來了。

只要不固定工期，傅寶元便讓人即刻開工，所以事情也答應得順利。

回來的路上，柳玉茹老遠就聽著沈明罵罵咧咧，沈明一路罵到飯桌上，一直在罵傅寶元。

顧九思一言不發，柳玉茹在旁邊聽笑了，沈明一邊罵一邊吃，沒一會兒，洛子商便吃飽了，提前起身離了飯桌。等他離開後，沈明才道：「他走這麼快做什麼？老子干擾他吃飯了？」

「他今日有事。」顧九思幫忙回覆，「不是說秦大人約他去掃墓嗎？」

沈明愣了愣，隨後猛地想起來，「對，秦楠約他掃墓。」

說著，他湊過去看著顧九思，小聲道：「咱們去嗎？」

「不去。」顧九思吃著飯，平靜道：「今日你要啟程去平淮幫我監工，那邊堤壩去年就已經上報缺損，你好好盯著，不能出任何問題。」

「哦。」沈明興致缺缺，想了想，忍不住想要再爭取一下道：「秦楠的夫人是洛依水，去給洛依水掃墓，肯定會講點過去的事情，咱們都知道洛子商是洛依水的孩子，你不想知道洛子商的身世？之前你不是特地還讓世安哥去查洛子商的爹嗎？」

「趕緊吃完，」顧九思瞪了他一眼，「吃完就走，別給我廢話。與其和我說這麼多，不如去書房多寫幾封信給葉韻。」

聽到葉韻，沈明面上的表情有些不自然，他輕咳了一聲，趕緊扒了幾口飯，隨後便匆匆離開了。

顧九思帶著柳玉茹慢悠悠吃完飯，去了房裡，換了一身粗布常服，隨後同柳玉茹道：

「今日不是出門嗎？我同妳一起去。」

柳玉茹本是要出門去看地的，見顧九思跟在身後，笑著應了。

兩人一起出了門，顧九思拉著柳玉茹在街上閒晃了一會兒後，便拉著柳玉茹拐入一個小巷，小巷裡有一架馬車，柳玉茹有些茫然：「這是？」

顧九思沒有多說，拖著她上了馬車，在馬車上換了衣服，由著馬車拉著他們出了城。

顧九思沒有瞞她，「去洛依水的墓。」

「你不是說不去？」

「那不帶沈明？」

「誰知道府裡有沒有洛子商的人？」

「這是做什麼去？」柳玉茹有些奇怪。

「他太冒失了。」顧九思直接道：「洛子商小心得很，帶他我不放心。」

柳玉茹知道顧九思的打算，跟著顧九思出了城後，由顧九思的人領著，從後山到了洛依水的墓地。

帶路的人熟門熟路，明顯是提前來踩過點的。

洛依水的墓地修在半山腰，在這山上圈出一塊地，鋪上了青石板磚，修成一塊平整的園子。

這個園子裡只有洛依水一座孤墳，墳墓修得十分簡潔，但園子裡種植了各類花草，還修

建了涼亭。墳墓前種著兩排蘭花，鬱鬱青青，旁邊修建一個小石桌，秦楠跪坐在石桌旁，石桌上放著酒，同人對飲一般，酒桌上放了兩個酒杯。

他沒有穿官服，穿了一身藍色常服，頭髮用髮帶束著，看上去簡單又溫雅，像個再普通不過的中年書生。

顧九思和柳玉茹潛伏在樹叢裡，顧九思拉著柳玉茹趴下，又在她腦袋上頂了一棵小樹叢，然後兩個人趴在地上，默默等著洛子商來。

等了一會兒，洛子商便來了，他穿著一身素色錦袍，頭戴玉冠，上前和秦楠見禮，兩人客客氣氣，可見過往幾乎沒有什麼交集。

秦楠領著洛子商上了香，洛子商讓僕人拿過酒，平和道：「我聽聞姑母好酒，她在揚州尤好東街頭的春風笑，我特地帶了一壇過來，希望姑母喜歡。」

說著，他用酒罈倒了半壇在地上。

秦楠看著那壇春風笑，低垂了眼眸：「你來時，便知道要見到她了？」

「沒什麼親友，」洛子商語氣平淡，「還剩幾個親戚，自然都是要打聽清楚的。這次知道會來滎陽，便打算過來祭拜了。」

「她得知你這樣孝順，會很高興。」

洛子商沒有說話，兩個男人在洛依水墓前站了一會兒後，秦楠道：「剩下半壇酒，我們喝了吧。」

洛子商應了一聲，他和秦楠坐在石桌前，洛子商替秦楠倒酒，兩個人什麼都沒說，只是默默喝酒，許久後，秦楠感慨道：「好多年沒喝過揚州的酒了。」

「姑父到滎陽，應該有二十年了吧？」

秦楠摩挲著酒杯，慢慢道：「快了。」

秦楠笑了笑，「我走的時候，子商還沒出生，大嫂還懷著。」

洛子商喝酒的動作頓了頓，秦楠這個句子很奇怪，他沒有說全，正常人說這句話，應當是「你還沒出聲，大嫂還懷著你。」，可他卻隱去了「你」這個字。

顧九思和柳玉茹在暗處對視一眼，前天酒宴，你一出現，我就認出來了。都不需要別人說。

我聽說你要來，聽著秦楠慢慢道：「你長得很像依水，尤其是鼻子和唇。

秦楠笑了笑，隨後轉過頭，慢慢道：「你早該來見她的。」

「這些年太忙了。」洛子商苦笑，「您也知道，這些年事多。」

「是啊，」秦楠感慨出聲，接著卻道：「什麼時候，事都多，只是這些年尤為多了些。

說著，他抬眼看向洛子商，洛子商笑了笑，「還好，也沒什麼不同。」

秦楠沒有說話，和洛子商靜靜喝酒。

他眼裡很清醒，帶了一種超然於眾的清醒。因為過於清醒，所以又帶了幾分痛苦悲憫在眼裡。

東都不好待吧？」

兩人喝了片刻後，洛子商才道：「姑母是個什麼樣的人？」

聽到這話，秦楠笑了，「你不是打聽過嗎？」

打聽，自然是打聽過的。

可對於這個洛家大小姐，有的都是外面的傳言。揚州曾經的第一貴女，揚州一代傳奇。

她出身百年名門，五歲能誦，八歲能文，十歲一手《山河賦》，震驚整個大榮。

她不僅有才，還貌美無雙，十六歲揚州花燈節發生踩踏，她登樓擊鼓，用鼓聲指揮眾人疏離，月光下她白衣勝雪，似若仙人下凡，於是從此美貌名傳天下，豔冠揚州。

那時揚州傳唱著她的詩詞，閨中女子仿著她的字跡。

她是洛家的天才，洛家的驕傲。

所有人都以為，這樣一個女子，他日哪怕入主中宮也不無可能。然而出乎意料的是，她卻在十七歲那年，草草出嫁，嫁給一個普普通通的世族家的子弟，跟隨那個人遠去滎陽，從此了無音訊。

那人便是秦楠。

秦楠聽到這話，不由得笑了，眼裡帶了苦澀：「我這門婚事，伯父自然是不喜的。我們秦氏也曾是高門，後來因涉及黨爭，我父親與祖父都被問斬，我與母親無依無靠，幸得伯父

「聽說姑母不再回揚州，是因為祖父不喜你們這門婚事。」洛子商笑了笑道：「可是當真？」

收留。我不會講話，十七歲也不過只是個進士，與依水比起來，那是雲泥之隔，伯父不喜歡我，這是應當的。」

「有一句話，頗為冒犯，」洛子商見秦楠沒有說到正題，便直接道：「只是除了姑父，我也無處可問。既然姑父一直說您與姑母雲泥之隔，祖父又是如何同意你們的婚事的呢？」

秦楠沒有說話，他靜靜看著洛子商，洛子商沒有迴避他的目光，許久後，秦楠慢慢道：

「你是不是以為，她是與我私奔來滎陽的？」

「不是我以為，」洛子商張合著手中小扇，「是許多人，都是同我這麼說的。」

聽到這話，秦楠沒有出聲，他喝了口酒，而後挺直了脊梁。

他認真地看著洛子商，一字一句道：「其他話，我由他們去。可有一點你得明白，洛依水，是我三書六禮、八抬大轎、明媒正娶迎娶的妻子。沒有半分苟且，我與她，更無半點失禮之處。他人可以誤解她，獨你不能。」

「那為何不回揚州呢？」洛子商譏諷笑開。

秦楠看著他的笑容，慢慢道：「你怨她嗎？」

「姑父說笑了，」洛子商垂下眼眸，「我與姑母從未謀面，只有孝敬之心，何來埋怨？」

他喝了口茶，慢慢道：「洛子商這個名字，是她取的。」

秦楠聽著他的話，眼裡卻全是了然。

洛子商頓住張合著小扇的手，聽秦楠道：「當時她與大哥尚未成親，她取這個名字，說

等洛家第一個孩子出生，就叫這個名字。這的確是你的名字。

洛子商手心帶了冷汗。

秦楠繼續道：「你問她為何不回揚州，我告訴你。」

「我與她的婚事，伯父雖然不喜，但她的確是伯父許給我的，而她也的確自願嫁給我。

她嫁給我時只有一個要求──」

說著，秦楠抬起頭，看向洛子商，清明中帶了幾分寒意的眼倒映著他的影子。

「永不入揚州。」

永不入揚州。

是多大的恨，多大的怨，多大的悔意，才能對揚州這個出生地，發出如此毒誓。

柳玉茹和顧九思靜靜聽著，心裡充滿了疑惑，而洛子商聽著這一切，喝了口酒，慢慢

道：「為什麼不入揚州？」

「有她太愛的人，也有她太恨的人，太愛或者太恨，都足以讓一個人離開。」

洛子商沒說話，捏著酒杯，好久後，又慢慢放開。他轉過頭去，看著洛依水的墳墓，低

聲道：「罷了，都過去了。」他轉頭，朝秦楠艱難笑笑，「你我都

該向前看。」

「我不能向前看。」秦楠搖搖頭，起身走到洛依水墳墓面前，聲音平和：「我會永遠記

得她的好。子商，我同你說這些，也是希望你不要忘記。」

「你不知道你的母親為你付出了多少。」他用手指拂過洛依水的名字，聲音裡帶了幾分遺憾，「她是真的很愛你。」

「我不信。」洛子商冷聲開口，秦楠頓住動作，洛子商慢慢站起，捏緊了拳頭，聲音裡淬著冷：「如果她真的愛我，」他盯著墓碑，「就不該把我帶來這個世間又不聞不問！不該為了一己之私生下我，又彷若我不存在。」

秦楠背對著他，他張了口：「子⋯⋯」

「秦大人，」洛子商打斷他，「你叫我來的來意，我明白了。你要同我說的道理，我也知曉了。可我也得告訴秦大人。」

洛子商說得認認真真：「前二十年不曾來，如今無需告訴我其他。我活得很好。」

「我洛子商，」洛子商捏緊手中摺扇，盯著墓碑上的字，一字一句從唇齒之間出聲，「一個人，也活得很好。」

秦楠沒有說話，在言語之事上，他雖為刺史，卻呈現出異樣的笨拙。洛子商恢復冷靜，恭敬行禮，而後告辭離開。

秦楠一個人站在墓碑前，站了好久，嘆了口氣，慢慢道：「我說服不了他，也不願多說。」

「依水，」他低笑，「我終究還是有私心。又想著他認了妳，妳會高興。可我終究希望，他或者那個人，永遠不要再出現了。」

「我們在滎陽活得很好。」秦楠坐在地上，輕輕靠著墓碑，溫和道：「往事不可追，過去，妳也別惦念了，好不好？」

「妳看這個孩子，他活得比我想像好太多了。他不願意，也就別羈絆了。」

秦楠說著，靠在墓碑上，不再動了。

他似乎是睡過去了，柳玉茹和顧九思趴在地上，柳玉茹舉著小樹苗，小聲道：「他是不是睡過去了？」

顧九思想了想，從旁邊砸了個小石頭過去。

秦楠沒有理會，顧九思對柳玉茹使了個眼色，兩人趴著退到遠處，這才跳起來拉著趕緊跑開。

兩個人跑遠了，互相幫對方撣著身上的泥土和樹葉子。

等撣完了，柳玉茹一面撣顧九思身上的土，一面低聲道：「你說今日秦楠說話奇奇怪怪的，到底是什麼意思？」

「很明顯。」顧九思抬手用袖子擦著柳玉茹的臉，柳玉茹趕忙道：「輕點。」

顧九思放輕動作，接著道：「秦楠看出這洛子商是假的了。」

「現在就看出來了？」柳玉茹愣了愣，「那他不問？」

「他不僅看出洛子商不是真的洛子商，還知道洛子商是洛依水生的，以他對洛依水的情誼，又怎麼會對洛子商做什麼？」

這麼一說，柳玉茹就明白了，她皺了皺眉頭，「秦楠是怎麼知道這些的？」

「活久了的老妖精，總有咱們不知道的法寶。」顧九思拍完身上的土，拖著柳玉茹道：

「走，陪妳去看地。」

「這麼急？」柳玉茹有些奇怪。

顧九思堅持要去看地，柳玉茹也不再推托，上了馬車，便領著顧九思往她預備看的幾個地方過去。

兩人坐在馬車上，柳玉茹思索著道：「所以你覺得，洛子商這事到底是怎麼回事？」

柳玉茹分析著，慢慢道：「按著秦楠的說法，當年洛大小姐遇見一個人，未婚先孕生下了洛子商，然後跟著秦楠來到青梅竹馬的仰慕者，後來洛大小姐遇見一個人，未婚先孕，結果發現對方家中有正室，洛依水不甘做妾，便生下這個孩子，交由家中人殺死。但下人不忍殺掉一個孩童，於是將孩子拋到城隍廟附近，被一個乞丐收養，而後洛依水嫁給秦楠，遠走榮陽，是這樣嗎？」

顧九思沒有說話，他看著窗外的人流，柳玉茹繼續道：「秦楠說洛依水很愛自己的孩子，所以當年那個孩子，應當是洛依水的父親強行拋棄的，洛依水也是因為如此，與家裡決裂，所以她決定一生不回揚州。那麼當年那個男人到底是誰呢？」

榮陽，與家裡徹底決裂。加上我們打探的消息，也就是說在二十一年前，洛家大小姐遇到一個人，和對方一見鍾情，未婚先孕，結果發現對方家中有正室，洛依水不甘做妾，便生下這

柳玉茹皺了皺眉頭，她見顧九思一直不說話，不由得道：「九思？」

「嗯？」顧九思回過頭，見柳玉茹正等著他回話，他笑了笑，「別想這個了，想想妳的生意吧。」

「九思，」柳玉茹盯著他，卻是道：「你是不是知道洛子商的父親是誰？」

「這個事，」顧九思平靜道：「等我搞清楚了再同妳說。」

柳玉茹聽到這話，便知道這件事裡可能還牽扯著其他事。便不再發問。

兩人一起到了柳玉茹要買地的地方，顧九思跟在柳玉茹身後，看她到處問價，她看一塊地看得仔細，每個地方一一檢查過，顧九思一直不說話，聽她和人交談，討價還價。

他們來的時候夕陽西下，等到了夜裡，柳玉茹才和顧九思回去。他們手拉著手回去，走在路上時，兩個人的影子交疊在一起，顧九思拉著她，用手比劃出影子唱戲。柳玉茹看他咿咿呀呀唱戲，笑得停不下來。

她抿著唇，看著他用手比劃著小人，捏著嗓子道：「洛子商，你這小潑婦，看我不打死你。」

「我打打打！」

「傅寶元，你這老賊，我也打打打！」

「還有你，李三！哪裡跑！」

柳玉茹見他越比劃越上頭，眼見要到家了，不由得小聲提醒：「小聲些，別讓人聽見了。」

「聽見就聽見唄。」顧九思聳聳肩，「反正我想打他們，他們誰不知道？」

話剛說完，就聽見傅寶元的聲音響了起來，「呀，顧大人！」

顧九思：「……」

頃刻間，顧九思立刻昂首挺胸，化作一副端莊模樣，朝著傅寶元拱手道：「啊，傅大人！怎麼在門口這裡，不進去坐坐？」

「才同洛大人議事出來。」傅寶元彷彿沒聽到方才的話，顧九思舒了口氣，他和傅寶元寒暄片刻後，送傅寶元走了。

「大半夜的，」顧九思心有餘悸，「還來議什麼事？」

柳玉茹挽住他的手，笑著道：「知道背後說不得人了吧？」

顧九思這次不放話了，他輕哼一聲，同柳玉茹一起進了屋裡。

進屋之後，等柳玉茹睡下，他想了想，還是拿出紙張，寫了信給江河。

他先是將滎陽的情況大概說了一遍，寫到最後，還是加了一句：「偶遇洛依水之夫秦楠，乃揚州人士，不知舅舅可識得？」

顧九思夜裡將信寄出去，看著信使離開，忍不住嘆了口氣。

信寄出去第二日，顧九思便起身出行，打算親自去河堤看看。

柳玉茹看著他一身粗布衣衫的打扮，不由得笑起來，「你這是什麼打扮？還要自己親自下工地不成？」

顧九思聽了便笑起來，「傅寶元不是說我書呆子嗎？那我便親自去看看，多少錢、怎麼做、多少用料，我若比他更清楚，他不就說不贏我了？」

說著，顧九思看了外面的天色一眼，「欽天監說今年八九月會有大水，我們必須在八月前固堤。」

柳玉茹應了聲，平靜道：「我明白。」

「你去忙，」柳玉茹抬頭笑笑，「我也有忙的呢。」

柳玉茹說的不是安慰話。

顧九思去工地修河第二日，柳玉茹便敲定了一塊地，開始建倉庫。

幽州大米十月份成熟，所以在十月之前，他們的倉庫和船隊要能負擔大量運送。而在此之前，神仙香也需要供貨，不僅是米，還有其他糧產，分別從幽州和揚州運輸過去，倉庫越早越好。

於是柳玉茹加班加點，先是招聘了人手，然後又畫了倉庫圖紙，同時聯繫了另外幾個點的人，在同一時間一起建起倉庫。

柳玉茹忙得腳不沾地，顧九思先趕去平淮。平淮是沈明監工，沒有幾個官員認識他，顧九思到了平淮之後，也沒通知其他人，只找了沈明，直接道：「你同我一起裝成老百姓去河堤上幹活。」

他身分特殊，自己一個人怕遇上危險，叫上沈明，兩個高手，總是安全些。

沈明嚇得不行，趕緊同顧九思道：「九哥，你細皮嫩肉的，幹這些粗活不行的。」

這話把顧九思激怒了，當場就將沈明一個過肩摔砸了過去，隨後道：「說你哥細皮嫩肉？」

「不是不是，」沈明爬起來，趕緊道：「修河和打架不一樣，你要去看你監工就行了，何必自個兒上呢？」

顧九思瞪了沈明一眼，「別廢話，要麼我自己去，要麼你跟我去。」

沈明哪敢讓顧九思一個人上工，只能大清早和顧九思一起換了粗布衣衫，跟著顧九思把臉塗黑，一起去河堤上找工作。

河堤上有個小桌，是監工坐的，顧九思和沈明用了化名，在監工那裡領活兒幹，一兩銀子一個月，顧九思想還嘴，被對方迎面就是一鞭子，沈明和顧九思不敢還手，怕被人看出來，只能連連道歉，終於得了上工的機會。

上工第一日，顧九思和沈明揹了一百個沙袋，還是裡面最少的。

顧九思和沈明揹著沙袋在烈日下前行的時候，看見好多男人，頭髮都已經帶了白髮，佝僂著身軀，揹著沉重的沙袋，整個人幾乎要被壓垮，卻還是往前疾步走了過去。

他們腳踩在泥濘之中，身子暴曬在烈日之下，汗大顆大顆落下來。

等到了晚上，一群河工擠在一起取暖吃飯。

河工的飯是官府供應，一個人兩個饅頭，顧九思沈明和他們擠在一起吃饅頭，這些河工

雖然辛苦，卻都很高興，夜裡大家盤算著一個月的工錢，算著等黃河修完，他們就能修補自己的房子、給孩子買新衣服、給家裡點肉……

顧九思身邊坐著個老頭，特別愛說話，他有個女兒，看見顧九思和沈明，就同他們道：

「小夥子娶親了嗎？」

「娶了。」

「還沒。」

兩個老實人回答完之後，老者開始不停跟沈明推銷自己女兒。他形容他女兒，一會兒一個樣，沈明忍不住道：「大爺，您這女兒一會兒胖一會兒瘦，到底是胖是瘦啊？」

「這個，」老者猶豫片刻，有些不好意思道：「我也不知道了。我有時候回家她是胖的，有時候回家是瘦的。這次回家她該十五歲了，或許應該就瘦了。」

老者笑起來，認真想了想：「兩年沒回去了吧？」

顧九思和沈明對視一眼，沈明有些猶豫道：「大爺，您多久回家一次啊？」

說著，老者似是有些難過：「我走的時候小兒子剛出生，回去他要是能會叫我爹就好了。不怕大家笑話，我那女兒啊，到了八歲才知道我是她爹。」

「怎麼不回去呢？」顧九思皺了皺眉頭，老者苦笑起來，「沒錢啊。」

「家裡地薄，」老者吃著饅頭，面無表情道：「隨便種點地說不定就被水淹了，不如在外面待著，替人打點雜工，總能生活。」

「那也該常回家看看。」顧九思繼續勸道，老者看了他一眼，有些奇怪道：「回家不要

錢的？」

這話把顧九思哽住了。

等到夜裡，老者蹲在火堆邊拿著個木頭雕小娃娃，吃一個饅頭，另一個賣給其他不夠吃的人，攢下來的錢給孩子買了許多東西。就等著這次黃河修完回家去。

他每日從官府那裡拿兩個饅頭，吃一個饅頭，另一個賣給其他不夠吃的人，攢下來的錢給孩子買了許多東西。就等著這次黃河修完回家去。

顧九思和沈明背對著老者，看著火堆蜷著睡著。沈明看著顧九思睜著眼，湊過去道：

「哥，你瞧什麼呢？」

顧九思沒回他話，沈明嘆了口氣道：「哥，你想嫂子不？」

「嗯。」顧九思低低應了一聲，沈明睜著眼，有些不好意思道：「唉，說了你別笑話我，我想葉韻了。」

「她脾氣不好，老罵我，」沈明說著，從旁邊拿了塊石頭，這塊河石被打磨得光滑，瞧著還有幾分漂亮，沈明將它揣進懷裡，接著道：「但我突然覺得，這時候她來罵我幾句就好了，說不定我心裡就沒這麼難受了。」

「你也會難受啊？」顧九思笑起來，沈明瞪了他一眼，「瞧著大爺這樣，我不難受嗎？」

「我也會想啊，」沈明看著火堆，有些發愣，「要是我爹當年還活著，沒餓死，應該也是這樣吧。」

顧九思一時哽住了，他看著沈明，好久後，拍了拍沈明的肩頭，沒有說話。

顧九思和沈明幹了三日後，便離開平准。

走之前，顧九思給了老者十兩銀子，同老者道：「讓你兒子去讀書，若能考個功名，讓他到東都找顧九思。」

老者雖然不清楚顧九思是誰，但也知道是個有頭有臉的人物了，對顧九思連連拜謝。

顧九思領著沈明回了榮陽，他們回來後，誰也沒說，在榮陽裝成老百姓混進去待了好幾日。

榮陽的河工待遇比平准差太多了，或許是因為平准還有沈明壓著的緣故，榮陽沒有人管，於是一個河工的錢就是一兩銀子，而這一兩銀子，還要各種剋扣。

吃的飯按規格該是兩個大饅頭，但實際上都是清湯寡水的粥，吃幾碗都不頂飽。

顧九思在這裡待了兩日，終於回了家。回家的時候，家裡全是人，柳玉茹帶著工匠，指著圖紙設計倉庫，聽到顧九思回來了，還有幾分詫異，等抬頭一看，發現當真是顧九思回來了。

她幾乎要認不出他了，才去了不到十日，整個人就黑了一圈，哪怕他底子白，曬黑了也比旁人看著要白嫩，但比起過往，始終是顯得精幹了些。他看上去瘦了，眉眼間帶著憔悴，明顯這幾日是吃了苦。

柳玉茹見他的模樣，心疼得不行，顧九思忙道：「沒事的，就是黑了點。我洗個澡，這

就走了。」

顧九思說完之後，便進了家門，柳玉茹讓人備水洗澡，顧九思洗完澡，換上官服，走出門，他去了府衙，連夜將傅寶元找了出來，傅寶元有些不高興地到了前廳，打著哈欠同顧九思道：「顧大人，這麼晚了，還不歇息嗎？」

「傅大人，我過來，是想同您商量一下固堤的事，」顧九思說著，鋪開了河圖，同傅寶元道：「我重新想了，之前的法子，的確有不妥當之處，銀兩數目不變，修堤時間改為八月中旬之前，但是這樣一來，人手的確不夠。」

顧九思說著，抬頭看向傅寶元：「本官想過了，從城防營裡撥出三千人，由沈明統領，幫著去固堤。多了三千人，保證就能在八月初三之前完工，您以為如何？」

第十章　刺史

如何？不如何。

傅寶元被這個要求嚇清醒了。

拿三千城防軍去修河道，還讓沈明帶領，這是赤裸裸在要兵權。雖然滎陽這個地方兵少，一個城池只有四千人馬，但畢竟滎陽和望都那種常年征戰的邊境城池不太一樣，四千已經是永州兵力最多的地方。

這樣一來問題的確解決了，可是從王思遠手裡要人，王思遠怎麼可能真的放人？

傅寶元勉強露出笑容：「顧大人，您怎麼突然想起這事來了？不是說好了不限期嗎？」

「我可沒和你說好，」顧九思嘲諷笑了笑，「陛下命我明年夏季前修好黃河，而此次欽天監也說明白了八月有汛，若是因為我們沒有固堤導致黃河水患，到時候你我的烏紗帽怕都不保，無論如何，都得想辦法在八月前固堤。」

「顧大人的想法是極好的。」傅寶元輕咳一聲，隨後道：「但是未免有些太過激進了。直接拿士兵來修河，怕是軍隊的人不答應。」

「我會請奏陛下。」

「那就等陛下的聖旨吧。」傅寶元立刻道：「陛下聖旨來之前，怎麼可以亂動軍防上的事呢？顧大人，您只是來修黃河的，總不至於修個黃河，就比知州管事還多吧。」

「我是修黃河，」顧九思抬眼看向傅寶元，冷著聲道：「可也是拿著天子劍過來修黃河。」

「顧大人不要嚇唬下官，」傅寶元坐在一旁，端起茶道：「有天子劍，也不能草菅人命是不是？凡事要講個道理。」

「好，」顧九思點點頭，「那我就講個道理。」

顧九思坐下來，直接道：「這一次修堤壩，一共耗銀七十萬，其中人力費用共計四十萬，材料費近三十萬，河工此番一共招募十萬人，一人給銀二兩五十文，包食宿，每日三餐規格至少兩個饅頭加一葷一素一湯。這是工部給你們的錢，你們和我說不夠用，那你到告訴我，榮陽平淮平均一個勞役一個月只拿一兩銀子，你們給人二兩五十文，怎麼還不夠？」

這話說出來，傅寶元的臉色有些變了，立刻道：「顧大人是聽哪個不長眼的瞎說，一兩銀子哪裡能招到勞役？」

「這話得問你們啊。」顧九思嘲諷地笑開，他拿出河堤上監工給他的契約：「這個是你們開給別人的契約，這上面的錢，總不至於是我誣賴你吧？」

傅寶元看著上面的數字，臉上青一陣白一陣，顧九思看著他，繼續道：「還不死心？那

我繼續問，按照規定，你們包食宿，管飯菜，可是無論是平淮還是滎陽，最好不過是睡橋洞，給兩個饅頭，滎陽甚至連饅頭都沒有，就讓河工喝點粥，要不要我去查一下，到底錢去哪兒了？你們說錢不夠錢不夠，可錢總得有個花處吧？天子劍是不能濫殺無辜，」顧九思靠近傅寶元？冷著聲道：「這把劍可是上打昏君下斬奸臣的。」

「顧大人……」傅寶元端著茶，抬頭看向顧九思，有些無奈道：「您非得做到這一步嗎？」

「不是我想做到這一步。」顧九思平淡開口：「我也是被逼無奈。傅大人，」顧九思坐下來，軟化了態度，「我負責這件事，不能讓黃河在我手下出岔子，您明白嗎？」

欽天監明明白白說了會有水患，拿了一千萬兩銀子，如果開始就沒保住百姓解決水患，顧九思的官路也算走到頭了。

傅寶元沉默著，許久後，他終於道：「顧大人為何要將每件事做好呢？提前和陛下說一聲時間太緊，把百姓先疏散開，到時候再補貼安撫，繼續修黃河，這樣不好嗎？」

「先撈一筆修黃河的錢，再撈一筆安家費？」顧九思忍不住嘲諷：「你當陛下是傻子？」

「若您這麼作想，」傅寶元面上收了笑容，淡道：「那您不如換個人來管這事吧，這事，您管不了。」

「傅寶元，我知道地方官的事錯綜複雜，可你別欺人太甚！」

「我乃正三品戶部尚書，拿著天子劍到區區滎陽，連這點事都管不了？」顧九思怒喝：

傅寶元拿著杯子沒說話，好久後，他笑了笑道：「行吧，顧大人要修，那就修。八月中旬修完，那就八月中旬修完。也不用去請調城防營的軍隊，按照顧大人的算法，七十萬兩應當是足夠固堤了。」

說著，他站起身來，恭敬道：「一切聽顧大人吩咐。」

傅寶元不再阻攔，第二日，顧九思親自到堤壩上去，看著監工招人，二兩銀子一人，每頓飯兩個饅頭一葷一素，包吃包住。

顧九思怕他們中間吞銀子，只能每日去堤壩上蹲守著，他和河工一起吃飯，一起做事，每日數著人。

他不只要盯滎陽，許多地方都要盯，於是派了幾個親信，盯著看著。

他不敢再把沈明派出去，這樣強行做事，下面怕不滿，恐怕刺殺不斷。

這麼盯著硬推工程進度，修河這件事有了前所未有的速度。

然而他這麼做，當地官吏叫苦不迭，紛紛到王思遠那裡訴苦。

王厚純直接同王思遠道：「叔父，這個顧九思真是太不懂事了，以往來修黃河的，誰會像他這樣蠻幹？簡直是不識趣！不懂事！」

王思遠喝著茶，淡道：「年輕人嘛，不懂事，很正常。多吃點虧就明白了。」

「叔父，」王厚純轉過頭去，壓低聲道：「您看，是不是……」

他抬起手，在自己脖子上做了一個「抹脖子」的動作。王厚純低笑：「人家可是正三品

「嚇唬嚇唬他，」王厚純冷笑起來，「一個毛孩子，我看有多大的能耐。」

「別直接動粗。」王思遠慢慢道：「多找點事給他做，自然就垮了。」

王厚純想了想，便明白王思遠的意思，他笑起來，恭敬道：「明白了。」

於是顧九思就發現事情多起來。

河堤上，只要他離開一會兒，就會有人出事。要麼是有官兵用鞭子抽了河工，要麼是飯菜出了問題。

按著規定，遇到這種事，只能對那些人按律責罰。可那些人對責罰完全不怕，顧九思才罰了一個人，只要他不在，便會有第二次發生。

他沒有辦法，只能跟著耗在河堤上，早上天沒亮就要起來，等到深夜了才回來。

他迅速消瘦下去，柳玉茹一面督促著倉庫的建立，一面關心著顧九思這邊的事。但她幾乎見不到顧九思，好幾次她去的時候，都看見顧九思在河堤上。他穿一件粗布長衫，帶著一個斗笠，甚至還光著腳，手裡拿著一根竹仗，在河堤上和監工說話。

偶爾，他還會去搭把手，上百斤沙袋扛在身上，鼓舞著所有人一起幹。

每次他下去幹活兒，大家都會很激動，鼓足了幹勁做事，於是最初河堤上的人都叫顧九思「顧大人」「顧尚書」，後來有些年輕人就大著膽子，叫上「顧九哥」。

所有人見著他，永遠精力旺盛，如朝陽升在當空，永遠絢爛。

戶部尚書。

然而柳玉茹清楚知道，他每日晚上回家，有時候只是等一等她洗臉的功夫，就趴在床上睡了。每日晚上他洗澡，都是迷糊著的。等上了床來，往床上一倒就昏睡過去。

她會在夜裡端望他的眉眼，覺得很是奇怪。

顧九思的眉目長得越發硬挺，失了幾分精緻，多了幾分刀刻一般的硬朗，她卻覺得，無論怎麼看，他都十分英俊。

她趴在他的胸口，聽他的心跳聲，便覺得世界特別安穩。

她覺得自己像一隻安雀，他如撐天大樹，為她撐起一片天地，讓她安然入睡。

這是少年顧九思不能給予的安全感，她在心跳聲中，感覺這個人真正作為男人的沉穩。

她這麼靜靜趴著，顧九思迷迷糊糊醒過來。抬手放在她的背上，低喃道：「玉茹，對不起。」

「嗯？」

「沒事。」柳玉茹笑起來，但想了想，還是道：「不過，你也不能這麼一直熬著，總得適當放一放。」

「不能放啊。」顧九思嘆息：「那日有個老伯和我說，多虧我在，才讓他們有幾天好日子。我一走，他們背著我不知道又做些什麼。」

柳玉茹有些不明白，他為什麼要說對不起，然後就聽他道：「沒時間陪妳，讓妳擔心了。」

「可總也不是事，」柳玉茹低聲道：「修整黃河還有一年時間，這麼熬，你怕是兩個月都撐不住。」

然而話說完，顧九思沒有回應，柳玉茹抬頭看看，竟是睡過去了。

柳玉茹有些無奈，她嘆了口氣，等到第二日，顧九思照樣上了工地。當日下了雨，顧九思和所有人一起擠在棚子裡躲雨，一個少年走過來，同顧九思道：「顧大人……」

顧九思回過頭，就在那瞬間刀光猛地刺了過來！

顧九思反應得快，一把抓住少年的手，沈明同時按住少年，將他一腳端踹倒在地上，就在這片刻，十幾個殺手從人群中湧了出來，人群大亂，顧九思立刻出聲叫人，然而侍衛卻不知道去了哪裡，只剩下幾個影衛跟著他。周邊都是人，影衛和顧九思被人群隔開，顧九思的人怕傷著普通百姓，艱難地靠近顧九思。人群慌亂之中，只有沈明護在顧九思身邊。

當時柳玉茹坐在馬車上，她見下了大雨，正想去接顧九思。還在大路上，遠遠看見河堤上的人群亂起來，她從上方往下看得清晰，顧九思和沈明在人群裡和十幾個人糾纏，柳玉茹驚得立刻出聲：「去救人！」

她隨身帶著十幾個侍衛，侍衛當即衝了下去，柳玉茹不敢出馬車，她沒有什麼武藝，若出現，難免不會成為靶子被用來要脅顧九思，她坐在馬車裡，咬緊牙關，看著混亂的人群。

一批人不斷阻攔影衛靠近顧九思，那些人很多，看上去都是老百姓，影衛也不敢把他們怎麼樣，正是如此，靠近顧九思變得十分艱難。柳玉茹捏著馬車的車簾，心裡忽地覺得有些

悲哀。

顧九思和沈明武藝高強，對方明顯沒想到顧九思有這樣的身手，拖延了這麼一段時間，等柳玉茹的侍衛到了，顧九思反而主動出擊去抓那些刺客。

那些刺客算不上專業，他們四處逃竄，顧九思和沈明帶著人將一圈人抓住，柳玉茹見情況已經了了，走下馬車，這時候，她才看見洛子商的馬車也在旁邊。

他不知道看了多久，侍衛佇列整齊，柳玉茹冷著臉，眼睛有些發紅，她走到洛子商身邊，低聲道：「洛大人。」

洛子商坐在馬車裡，車簾敞開，他本從窗後看著河堤上的事，聽到柳玉茹的話，他轉過頭，看見站在面前的柳玉茹。

天下著小雨，姑娘外面披了披風，神色平靜地立在他面前，她雖然看似鎮定，眼睛卻有些發紅，洛子商靜默片刻，隨後道：「柳老闆。」

「可否借幾個人一用？」柳玉茹冷靜開口。

洛子商點了點頭：「可。」

柳玉茹說了句：「多謝。」隨後便轉過身去，招呼了洛子商的人跟著她下去。洛子商見她往下走去，提了聲音道：「柳老闆。」

柳玉茹回過頭，洛子商猶豫片刻，終於道：「人本自私，無需為此傷心。」

柳玉茹聽到這話，愣了片刻後，卻是笑起來。

「多謝。」

這一次多謝，她說得格外真摯。

說完之後，她領著洛子商的人一路疾行下了河堤，顧九思已經將刺客制住，之前不在的士兵也回來了，他們把河堤圍了起來，不讓人離開。

柳玉茹進了人群，顧九思轉過頭看見柳玉茹，有些不安道：「玉茹，妳怎麼來了？這裡髒……」

「這個、這個、這個……」柳玉茹一連點了幾十個人，在所有人一片茫然中，直接道：「全都抓起來。」

一聲令下，侍衛立刻動手抓人。

她點的人都是百姓，那些百姓立刻哀嚎起來，忙道：「冤枉、冤枉啊，不關我們的事……」

「不關你們的事？」柳玉茹冷笑出聲，「不關你們的事，你們方才攔著侍衛去救顧大人做什麼？」

「冤枉，」那些人大喊道：「我們沒有啊，我們只是在逃命，沒有攔誰！」

「帶走送到府衙去，由沈大人親自審問。」柳玉茹冷著臉道：「搞清楚是誰讓他們做的。」

「玉茹……」

「閉嘴！」顧九思才開口，柳玉茹就厲喝出聲：「看看你護著的是一群什麼人！為了錢什麼事做不出來？你別想著開口求情，明日開始，你也無需再來河堤半步，這裡有河監有榮陽的官府，你一個戶部尚書天天在這裡混跡成什麼事！」

顧九思不敢再說話，侍衛按著人往外走，柳玉茹扭過頭去，昂首往前。

顧九思站在原地，不敢動彈，柳玉茹走了兩步，回過頭，看著顧九思還站在原地，伸出手冷聲道：「還不走？」

顧九思抬眼看見柳玉茹伸過來的手，高興起來，趕緊往前跟過去。他走到柳玉茹面前，有些不好意思道：「我的手髒⋯⋯」

話還沒說完，柳玉茹就伸手拉住了他。

他的手上都是泥土和血，她的手乾淨又柔軟。他覺得有些不好意思，可她卻牢牢拉住了他，似是怕他跑了一般。

顧九思有些不好意思，他低著頭，小聲道：「都把妳的手弄髒了。」

柳玉茹不說話，顧九思同她一起爬了坡，走上大路，她腳上的鞋子沾了泥，顧九思蹲下身，用袖子替她擦。

他已經在泥土裡滾了一天，也不在意這一點。柳玉茹看著顧九思蹲在地上，認認真真替她擦著鞋，不知道為什麼眼淚就啪嗒啪嗒落下來了。

眼淚滴到顧九思的袖子上，顧九思看著落下來的眼淚，愣了愣，隨後道：「怎麼哭了

呀？給妳擦個鞋，就感動成這樣了？」

「顧九思，」柳玉茹低啞著聲音，「那些百姓，肯定是他們拿錢雇的，今日故意用來隔開你和侍衛的。我在上面看得清楚，他們就是故意的。」

「哦，」顧九思低著頭，從旁邊撿了竹片，替她刮著泥土，「我知道，看出來了。」

「你本不該來河堤的。」

顧九思沒說話，柳玉茹繼續道：「他們吃不飽也好、過不好也好、錢拿不到也好，那都是滎陽官府的事，只要他們不鬧事，把河堤修完了，那就與你無關。你熬在這裡，把自己放在險地，你圖什麼？」

顧九思低著頭，有些高興道：「好了，都弄乾淨了。」

說著，他蹲著身子，揚起頭來，朝著柳玉茹露出笑容，高興道：「壞人是少數，大多數的人還是很好的。這都是小事，我不放在心上。」

他笑得很燦爛，在這烏壓壓的世界裡，明朗如晨曦。

他看著柳玉茹：「大家各有各自的難處，他們攔我也有他們的理由。我當官的，讓百姓過得好，讓我定的規矩執行下去，本是我的職責，這事很正常，我想得開。妳別難過了，妳的鞋子弄髒了，我陪妳去買雙新的吧？別哭了，嗯？」

柳玉茹沒說話，她含著眼淚，看著面前仰頭望著自己的青年。

她愛極了這人的笑容，因為愛極了，所以這一刻才心疼極了。

「我不難過，」她低啞聲開口，「我是為你委屈，顧九思，你知不知道？」

她這輩子，委屈她忍得過，苦難她吃得了，她自個兒的事，狂風暴雨，她都能冷靜自若。

可唯獨遇到這個人，哪怕是看著這個人有一點點委屈，遇到半分不公，她都覺得疼。

因為這個人放在心尖尖上，稍做觸碰，便是萬箭穿心。

顧九思愣愣看著柳玉茹，柳玉茹蹲下身來，哭著抱緊了他。

「顧九思，」她抽噎著，「你能不能對你自己好一點？」

顧九思愣著說不出話，柳玉茹哭著道：「你沒心沒肺，可我替你委屈啊。」

你給了世界多少愛，我便希望世界給你多少。

沒有半點不公，沒有半分委屈。這個世界所有溫柔，都理當給這麼美好的你。

顧九思聽著柳玉茹哭，他嘆了口氣，有些無奈地回抱住柳玉茹。

「妳這姑娘啊，」顧九思嘆氣道：「怎麼還沒明白呢？」

「上天把妳給了我，已經是這世上最大的不公了。我這輩子，無需其他的公平。」

柳玉茹聽著這話，不由得愣了。

顧九思扶著她起身，溫和道：「別傻待著了，妳看看，這麼一抱，自個兒身上都是泥土了。我陪妳回去，把身上洗乾淨了。」

說著，他扶著柳玉茹上了馬車，上馬車前，顧九思回過頭，看見洛子商坐在馬車裡，靜靜看著他們。

看見顧九思回過頭，洛子商朝著他們點了點頭，沒有再多說什麼。

顧九思抬起手，卻是恭敬道了聲：「多謝。」

說完之後，他才進了馬車。他沒坐在位子上，往地上一坐，將雙手放在位子上，下巴枕在手上，仰頭看著柳玉茹道：「玉茹，我發現妳真的很愛哭呀。」

柳玉茹擦著眼睛，似嗔似怒瞪了他一眼，斥道：「起來，別坐地上。」

「別把墊子坐髒了。」顧九思笑得有些傻氣：「地上椅子上都一樣的，而且我這麼瞧妳，覺得妳更好看了。這叫什麼，拜倒在妳的石榴裙下？」

柳玉茹知道他在逗她，她靜靜瞧他，嘆了口氣，抬起手附上他的面容，柔聲道：「我真是怕了你了。」

「我知道的。」顧九思抬手捂住她的手，「我會處理好，妳別擔心。」

柳玉茹沒有多說，兩人一起回去，顧九思去洗了澡。

之前在馬車上不覺得，如今徹底放鬆下來，顧九思頓時感覺說不出的疲憊感湧了上來，渾身都疼。

他受了傷，把浴桶洗成了血水，他匆匆洗了洗，便起身走出來，一穿單衫，血就透了出來。柳玉茹低罵了一聲：「胡鬧！」

趕忙讓人去請了大夫，然後自己坐在一旁幫他上藥。

「受了傷怎麼不說？」柳玉茹不滿道：「還去洗澡？不怕傷口感染是不是？」

「身上都是泥，」顧九思解釋道：「都不好意思碰妳，一些小傷，還是洗洗。」

柳玉茹抬眼瞪他，正要說什麼，沈明就走了進來。他來得很急，進來大聲道：「九哥，出事了……」

話沒說完，就看見柳玉茹坐在一旁，沈明猶豫片刻，柳玉茹綁著紗布直接道：「說。」

沈明看了顧九思一眼，確認沒有問題後，終於道：「九哥，人沒了。」

「什麼叫沒了？」顧九思皺起眉頭，沈明趕緊解釋，「押回去的路上，有幾個百姓掙脫鐵鍊子跑了，人一跑就亂了，然後出來另一批殺手，把我們扣下來的殺手劫走了。」

顧九思沒說話，柳玉茹有些不滿，沈明搖搖頭，「剩一個，當街被射殺。」

「一個都不剩？」顧九思詫異，立刻道：「幾個百姓，又不是大力神，怎麼能掙脫鐵鍊子跑？明明就是有人故意放縱，那幾個衙役呢？」

「已經處置了。」沈明立刻道：「傅大人說他們怠忽職守，讓他們走了。」

「就這樣？」柳玉茹震驚。

顧九思應了一聲：「沒有確鑿證據證明就是他們放走，只能這樣了。」

「那不查下去嗎？」柳玉茹起身，不可思議道：「傅寶元不細察？」

「他說查過了。」沈明冷著臉。

顧九思輕笑：「這上上下下都是他們的人，有什麼好查？」

柳玉茹沒再說話，她捏著拳頭，顧九思拍了拍她的手，同沈明道：「給陛下去信，讓他

準備一隻軍隊在司州，時刻準備著，滎陽恐亂。」

話剛說完，外面便傳來許多人的腳步聲。顧九思有些疑惑，他看了沈明一眼，用眼神詢問來人，沈明也是不解，但沒有多久，就聽見王思遠的聲音響了起來，「顧大人！」

顧九思皺起眉頭，便看王思遠走了進來，有些感慨道：「顧大人，聽說您遇刺了，我特地過來看看，您還好吧？」

「沒事。」顧九思笑了笑，「王大人的消息倒是很快。」

王思遠嘆了口氣，「本也在過來的路上，沒想到人還沒見到，就聽見您遇刺的消息了。」

顧九思聽著這話，忍不住皺起了眉頭，「不知王大人找在下何事？」

「顧大人啊，」王思遠嘆了口氣，慢慢道：「您被參了！」

顧九思聽到這話，猛地抬頭，王思遠笑起來道：「不過還好，江大人在朝堂之上舌戰群雄，力保大人，陛下對顧大人沒有什麼處置，但是還是覺得顧大人在滎陽太過橫行，決定將沈大人調離滎陽。」

沈明聽到最後一句，臉上帶了怒意，他正要開口，便看顧九思一眼掃了過來，沈明僵住身子，顧九思回過頭去，面上露出笑容：「九思不知，是何人所參何事？」

「啊，顧大人不知道嗎？」王思遠故作詫異，隨後道：「也是，我也是今日才接到的消息。是秦刺史，參顧大人在滎陽作風不檢，與商人聚會、仗勢欺壓當地官員，還參沈大人毆打官員、欺壓百姓，你說說這個秦楠，」王思遠「嘖嘖」兩聲，「簡直是無中生有，哪裡有的

事嘛。」

顧九思聽到秦楠的名字，有幾分詫異。

他原以為，第一個會去朝廷參他的滎陽官員應該是王思遠或者傅寶元，沒想到竟然是看上去最剛正不阿的秦楠？秦楠和王思遠是一夥的？

還是其實秦楠才是這個滎陽最大的貪官？

顧九思一時腦子有些亂，然而他有些不理解，就算秦楠參了他，這樣沒有真憑實據的事情，為什麼皇帝會真的決定處罰他，還選擇將沈明調離滎陽？

他想不明白，感覺頭有些痛了。王思遠看他的樣子，頗為關心道：「顧大人怎的了？」

顧九思搖了搖頭，抬手道：「無妨，多謝王大人告知。那沈明調離滎陽後，是任什麼職位？可是回東都？」

「是啊。」王思遠笑了笑，「回東都繼續任職，其實也算不上是處罰，對吧？」

顧九思笑了笑，「的確。」

王思遠看了看顧九思，見顧九思面色虛弱，站起身道：「罷了，顧大人今日不適，我也不打擾了，顧大人好好休息。」

顧九思行了個禮，讓木南送王思遠離開。

王思遠被送到門口，上了馬車，回頭看了顧府一眼，嘲諷道：「秦楠，不自量力。」

說完，他叫人過來，在那人耳邊嘀咕了幾句。

王思遠一走，沈明立刻道：「我出去散散心。」

「你站住！」顧九思怒喝：「你去做什麼。」

「我散心！」沈明說完就衝了出去。

顧九思正要說什麼，便急促咳嗽起來，沈明趁著這個機會一路跑了出去，等顧九思咳完了，靠在床頭緩了緩，終於道：「去讓人把他追回來。他肯定去找秦楠了。」

柳玉茹趕緊吩咐人出去找沈明，隨後她回過身，守在顧九思身邊，握住他的手道：「你是不是發高燒了？我怎麼覺得你有些燙？」

「可能吧。」顧九思躺在床上，閉著眼睛，同柳玉茹道：「妳別擔心，沈明讓人看著別亂跑。我先睡一覺。陛下的旨意到了，舅舅也該回信了。等舅舅的信到了，再做打算。」

柳玉茹應了一聲，顧九思握著她的手，小聲道：「玉茹，我睏了。」

「睏了你便睡吧。」柳玉茹溫和道：「我在呢。」

顧九思沒說話，躺在床上閉上了眼睛。柳玉茹看著他的呼吸平穩下來，才放開他的手，又給他上了冰袋，隨後召了印紅和木南過來，同印紅道：「通知東都那邊的人，將我訓練的暗衛全部派到滎陽來。」

印紅應了一聲。柳玉茹接著同木南道：「夜裡應該會有第二波刺殺，你們準備著，別讓人鑽了空子。」

木南愣了愣，隨後應了下來，出聲道：「是，夫人。」

柳玉茹吩咐完事情，她拿了一把刀，放在顧九思身邊，然後便重新拿過帳目，讓人盤了

小桌過來，一面照顧顧九思，一面算著她的帳。

柳玉茹守著顧九思的時，沈明甩開了人，便去找秦楠。

秦楠剛從府衙回來，他的轎子遠遠出現在沈明視野裡，不能在人多的地方劫走秦楠，他

還沒傻到這種程度，於是他埋伏在一條秦楠每日必經的小巷子裡。趴在屋簷頂上，就等著秦

楠入巷，然而秦楠的轎子剛進巷子，卻聽秦楠突然說了句：「慢著。」

轎夫停了下來，沈明有些疑惑，秦楠怎麼停了下來？聽了片刻後，就聽秦楠道：「是不

是沒有聲音？」

沈明不太明白秦楠在問什麼，然而秦楠在問完之後，卻是突然道：「走。」

那些轎夫極其聰明，立刻轉身換了條路，沈明左思右想，自己藏得應當是極

好，就是這瞬間，羽箭朝著轎子瘋狂飛了過去。轎夫大喊了一聲：「大人！」

羽箭剛落，巷子裡就衝出幾個黑衣人，直直朝著秦楠的轎子撲了過去。

秦楠的轎夫不是泛泛之輩，殺手撲過去時轎夫當即從轎子下抽出刀來，然而黑衣人來得

太快，轎子被直接踹翻，而轎子翻了的前一瞬，轎夫將秦楠一把抓了出來，往旁邊一推，大

聲道：「大人快走！」

秦楠朝著反方向瘋狂跑去，兩個殺手提著刀衝了過去，眼見著就要砍到秦楠身上，沈明

看不下去了，從天而降一腳一個踹了過去，拍了拍手道：「老子給你們機會跑，三、二……」

殺手對視一眼，他們明顯是認識沈明的，在「三」出聲時，他們掉頭就跑，沈明想追，卻被秦楠一把抓住袖子，低聲道：「小心埋伏，別追了。」

聽到秦楠的聲音，沈明才想起自己的來意，他一把揪起秦楠的衣領，把他往牆上一壓，靠近他道：「嘿呀呀你個老不死的，一大把年紀了還學人家搞什麼政治鬥爭？你要搞那些貪官污吏啊，你來搞老子？說老子毆打官員欺壓百姓？你信不信老子真的打死你？」

話沒說完，秦楠的臉色就有些白，他推攘著沈明道：「你……你走……」

「我走？」沈明笑了，「老子今日特地來找你的，還讓我走？我偏不，我偏……」

話沒說完，秦楠張口一口血就噴了出來，噴了沈明一臉。沈明當場懵了，秦楠頭一歪昏了過去。

沈明呆呆看著秦楠，還沒反應過來，就聽見旁人驚叫出聲：「秦大人！」

「你個賊人放開秦大人！」

「你跟我去見官。」一個轎夫拉住沈明，激動道：「我認出來了，你是顧尚書身邊那個侍衛，當街毆打朝廷正五品命官，你等著，我這就去找你家大人！」

「你對秦大人做了什麼！」

「那個……」沈明慌得沒空摸臉，急忙解釋道：「我沒打他啊。」

「等等，這個事真的和我沒關係。」沈明趕緊道：「先救人，趕緊的，先救人再說。你們都被打得不行了吧？我來，我來揹，我將功贖罪好不好？」

說著，沈明在四雙眼睛的注視下，把秦楠扛了起來，趕緊往最近的醫館跑去。

他一面跑一面想，自己到底是做了什麼孽，被這個人參就算了，救了人還被人噴一臉血，現在還揹著他去求醫？

他簡直是天底下第一好人。

秦楠被送到醫館去的路上，遠在千里之外的東都，葉韻也收到了從滎陽傳來的書信。

沈明打從離開東都就開始寫信給她，他的字難看，狗爬一樣，絮絮叨叨說的都是些瑣事。葉韻很少回信，幾乎是看過就燒了。

信使從正門進來之前，江河同葉青文正在府中對弈，葉世安候在一旁。

雙方商議著顧九思的事情，前些時日秦楠一封奏摺從滎陽過來，一石激起千層浪，朝中對顧九思這麼快的升遷本就不滿，許多人趁著顧九思不在，落井下石的參奏。

所有人都說不清楚，這批跟著攪和的人裡，多少是看顧九思不舒服，多少是受太子指使，多少被滎陽地方官員買通。

范軒想保顧九思，但是參奏的人太多，總要做出點樣子，最後便是江河提議，顧九思還在修黃河，等他修回來在說。

但保住了顧九思，沈明卻是保不住，范軒也不想計較一個六品小官的去留，便順著朝臣的意思，把沈明弄回來聽訓。

「他們的意思，陛下想不明白，你我卻是清楚的。」葉青文淡道：「沈明是顧大人的一把刀，把顧大人的刀抽走了，要下手，連個防身都沒有。」

說著，葉青文有些不理解：「你就這麼放著沈明回來？」

江河聽了，不由得笑了笑，「葉兄還真當我是神仙隻手通天？陛下要讓沈明回來，我又能怎麼辦？」

「你若想有辦法，總能有。」葉青文直接開口，江河「哈」了一聲，他撐著下巴，落了棋子，想了片刻，卻是道：「不用擔心，九思是個聰明孩子。」

葉青文看了他一眼，還要說什麼，便聽外面傳來腳步聲，三個人抬頭看去，便見信使匆匆忙忙往葉韻的宅院走過去，江河挑了挑眉道：「這是哪裡來的信使？」

葉青文抬頭看了信使一眼，隨後道：「滎陽。」

「哦。」江河點點頭，了然道：「那應當是我那姪媳婦兒了。」

「你對我這姪女似乎很關注？」葉青文低著頭，看著棋盤。

葉世安不著痕跡看了江河一眼，江河愣了愣，隨後笑起來道：「我對哪個姑娘不關注？」

葉青文沒說話，他落了子，片刻後，喝了口茶，同葉世安道：「世安，換玉山春尖。」

葉世安明瞭葉青文是有話要單獨對江河說，便起身離開了。等葉世安走後，葉青文看著江河落子，慢慢道：「我也不多說了，我這個姪女，也快二十了。揚州的事，你應當知曉些。我終歸還是希望她能找個好去處，她是我葉家的姑娘，我不願她因為過去就隨意許一個

人家。她雖有瑕疵，但品貌皆在，你年歲也大了……」

「胡說八道什麼呢，」江河瞪了葉青文一眼，「什麼我年歲大了？有你這麼說話的嗎？」葉青文被哽了哽，接著道：「我也就比你大上幾歲，如今兒子都二十有二，萬殊，你總不能一直這麼一個人。」

江河沒說話，他看著棋盤，端起茶杯，抿了一口：「其實吧，我覺得葉韻這個小姑娘樣樣都好，唯獨有一點不好，」說著，江河抬眼看向葉青文，笑咪咪的眼裡帶了幾分悲憫，「生在你們葉家。」

葉青文皺起眉頭，江河嘆了口氣，「葉兄，我說這話可能有些冒犯，但既然今日你同我提及此事，我便不得不說。」

「葉韻還年輕，」江河看著葉青文，認認真真，「過去的事不是她的錯，且不說她非自願，哪怕是自願，我也覺得，一個女子追求一份感情，為何會是錯？既然不是錯，她沒做過錯事，為何要懲罰她？」

「沒有誰懲罰她。」葉青文緊皺眉頭，張口反駁，只是話還沒出口，江河就抬手做出「停」的手勢，直接道：「你不必多說，你們是不是在懲罰她，我心中有評判。若你們不覺得她做錯，她一個品貌皆佳、二十不到、出身書香門第的好姑娘，為什麼要來和我這麼一個年近四十的老男人說親？」

「你……」

「我知道我長得好，又有錢，又聰明，又風趣，而且我在朝中官職與你們家旗鼓相當，還有一個姪子更是平步青雲，我條件好得很，可沒有一個正兒八經的大家閨秀，會主動來同一個年近四十歲還流連花叢、與一個歌姬生有一女的浪蕩子說親。他再優秀都不行。與我這事，你們與葉韻說過對不對？」

葉青文沒說話，算作默認，江河想了想，嘲諷笑了笑，「你說說你們，她遇了事，你們不想著告訴她人生可以走得更好，不想著讓她活得光明正大，反而同她說我這樣的人是她最好的歸宿，簡直是荒唐。她若沒遇到事，你們會這樣對她？既然你們覺得她沒犯錯，為什麼要這麼對她？」

葉青文垂下眼眸，看著眼前的茶湯，江河嘆了口氣，「葉兄，她若是我家孩子，我便會告訴她，這事她沒錯，她不僅沒錯，一個孩子能在當時那樣的亂局下，為保父兄與仇人周旋，最後還能手刃仇人救出兄長與友人，如此氣魄膽量，值得嘉獎。她這樣的姑娘，值得人喜歡，她當年想嫁的是怎樣的男人，如今該更好才是。」

「萬殊……」葉青文苦澀出聲，「能如你這般想的人，太少了。」

「那又如何呢？」江河搖著扇子，「既然要找一個好的男兒，那自然是少的。不好的，嫁了又做什麼？難道你們葉家還養不起一個姑娘？」

葉青文沒再說話，江河想了想，似也覺得說得太過，他輕咳了一聲，慢慢道：「罷了，不想這些，你我是好友，想哄我降輩分，別想了。」

兩人說著話，就傳來葉世安的聲音道：「叔父，到喝藥的時間了。」

葉青文點了點頭，同江河道：「失禮了，今日對弈就到這裡吧，在下先行告辭，我讓世安送你。」

「不必了，我熟路。」江河擺手道：「喝完這杯茶，便自己走。」

葉青文應了聲，起身領著葉世安離開。等葉世安走遠了，江河才道：「出來吧。」

沒有動靜，江河朝著一個方向看過去，笑道：「一個小姑娘躲著我都聽不出來，妳也太瞧不起我了。」

聽了這話，葉韻才從一旁轉角處慢慢吞吞走了出來。

江河從容地從旁邊取了杯子，放在棋桌上，抬手道：「坐吧。」

葉韻沒說話，她規規矩矩來到江河身前，江河替她倒了茶。

葉韻神色平靜，江河揚了揚下巴：「妳叔父還沒下完，妳來吧。」

葉韻應了一聲，抬手落子。

兩人一直沒有說話，只有棋子啪啪而落。

江河棋風老練，看似散漫無章，卻總在一顆落下後，布成插翅難飛的局。相比江河，葉韻的棋風雖然沉穩，卻幼稚許多，步步謹慎，總被江河棋殺得措手不及。

葉韻見棋盤上落子漸少，終於道：「年少時母親曾對我說，嫁人最重要的，是合適。」

江河沒有說話，葉韻慢慢道：「其實我與大人，哪怕沒有情愛，也可作一世夫妻。葉家

與顧家聯合，會是最好的結盟。」

江河頓住棋子，片刻後，他想了想，終於抬起頭看著葉韻，慢慢道：「妳一個小姑娘，別這個年紀想什麼結盟不結盟。若妳真的有這個想法，記住我一句話。」

江河靠近她，神色認真：「這人世間最牢固的盟約，便是利益一致。除此之外，什麼婚姻誓言，都不堪一擊。」

這話把葉韻說愣了。

江河低下頭，落子之後，又吃了她一大片棋子，江河撿著棋子，慢慢道：「婚姻無法保證這些，所以與其想著自己的婚姻如何更有價值，不如想著把自己變成一個有價值的人，然後嫁個自己喜歡的人。」

說著，江河笑起來，他的笑容帶了幾分看透世事的明亮：「別把自己人生最重要的東西，去換一些其他更容易得到的東西。妳還小呢。」

葉韻沒說話，那片刻，她竟真的覺得，自己還小。

面前是一位長者，他指引著她，在黑暗中摸索前行。

葉韻沉默著，好久後，她慢慢道：「可是，我不知道自己還會不會喜歡。每個人人生都有喜歡的人嗎？」

「不一定吧。」江河想了想，「可是如果妳堅信自己不會喜歡一個人，可能真的就沒了。」

「江大人，」葉韻猶豫著道：「也喜歡過人嗎？」

這話把江河問愣了，他眼中閃過什麼，這是葉韻頭一次從江河眼裡看到他似乎也把控不住的東西。然而這情緒只是一閃而逝，江河笑起來，慢慢道：「喜歡過吧。」

「為何不在一起呢？」葉韻有些疑惑。

江河苦笑：「所有的喜歡都要在一起嗎？」

「葉韻，」江河嘆了口氣，他站起身，「人一輩子，遇到一個互相喜歡，還能在一起的人，是很不容易的。妳還年輕，喜歡都是慢慢培養的，妳要給別人機會，這也是給自己機會。」

葉韻沒有說話，她看著江河揚起頭，看著天上的星星。

「我沒有機會了。」他輕輕出聲。

這話讓葉韻忍不住側目，不由得道：「為什麼？」

江河沒說話，他靜靜看著天空，好久後，他才出聲：「因為我心裡有人了。」說著，江河眼裡帶了幾分懷念，「你們都沒見過她，要是你們見過便會知道，若是喜歡這個人，還想喜歡上其他人，太難了。」

葉韻愣了愣，江河似是覺得失態，他低笑一聲，張開小扇，擺了擺手，故作瀟灑道：

「行了，葉韻姪女，妳想開點，我走了，不送。」

葉韻靜靜看著他離開，等他走了之後，葉韻坐在石桌前，她想了很久，很久很久，她才從袖子掏出一張紙條。

這是一個包裹著石頭的紙條，紙條上是沈明歪歪扭扭的字。

──「……跟著九哥當河工，晚上躺在河堤上睡覺，風太冷了，這個石頭漂亮，送給妳。妳不要覺得石頭破，好看的玉石花錢就能買，這麼好看的石頭，得靠運氣才能遇到。不過妳要是喜歡玉石也行，我攢錢買給妳……」

七月底的風帶著夏日燥熱輕輕拂過，葉韻靜靜看著上面的字跡。

她的內心像一口結了冰的古井，她躺在冰裡，仰頭望著人世間所有的熱烈與美好。有人固執砸著石頭，她聽見冰面「砰砰砰」的聲音。

她輕輕嘆口氣，將紙慢慢折好，收了起來。

他還是太傻了。

葉韻想。

顧九思第二日醒來，便收到江河的信，他高燒剛退，從柳玉茹手裡拿了信。

江河簡短說了一下朝廷裡的狀況，最後留了兩件關鍵消息──沈明自便；秦楠，現在認識了。

顧九思看著這兩句話，柳玉茹從他手裡拿過信，有些奇怪道：「這是什麼意思？」

顧九思想了想，隨後道：「舅舅的意思是，沈明的去留，由沈明自己決定，而秦楠他之前不認識，這次秦楠參了我，他認識了。」

「舅舅為什麼提到秦楠？」柳玉茹有些奇怪。

顧九思低著頭，思索著道：「上次寫信的時候，我同他提了秦大人，問他認不認識。」

柳玉茹點了點頭，沒有多說，顧九思靠在床上，想了一會兒後，忍不住道：「妳說秦楠為什麼要參我？」

「他看不慣你和傅寶元這些人同流合污？」柳玉茹斟酌著開口。

顧九思皺起眉頭，「他怎麼不去參傅寶元？」

這話把柳玉茹問住了，她想了想，又道：「所以，他和傅寶元這些人是一夥的？」

這就能解釋為什麼這麼久以來，榮陽王思遠作威作福，朝廷卻半分消息也沒有。

可是兩人腦海裡同時浮現出秦楠那挺直了腰背的背影，尤其是柳玉茹，她忍不住想起初來榮陽時那跪下的女子，她出聲道：「可是……秦大人看上去……」

「我明白。」顧九思說著，看向窗外。

沈明正急急忙忙趕過來，顧九思見他神色慌張，皺眉道：「你昨個兒是不是犯事了？」

「哥你聽我說，」沈明走上前來，跪到顧九思床頭，認真道：「秦大人吐血了。」

「你把他打吐血了？」顧九思震驚。

沈明趕緊道：「不是不是，」他忙道：「你聽我說，昨個兒我路過，本來想打他。」

聽到這話，顧九思和柳玉茹對視一眼，沈明沒注意到兩個人的眼神交流，接著道：「沒想到，人沒打成，剛好遇到他被人追殺，我就出手救了他，然後當時拉他起來的時候激動了

點，他那個，舊疾犯了……」

說著，沈明有些心虛道：「就、就噴血了。」

「你……你是怎麼個激動法？」柳玉茹試探著詢問。

沈明不好意思笑了笑，比劃著道：「就，抓著領子，砸……砸到了牆上，手壓在胸口……」

聽到這話，顧九思慢慢道：「還真是激動啊……」

「那人呢？」柳玉茹皺起眉頭，沈明不好意思道：「還……還躺著呢。」

「活著躺著，還是？」顧九思幽幽開口。

沈明趕緊道：「活著！絕對活著！我昨晚守了一夜，大夫說沒事了，只要好好養就行了。」

顧九思沉默片刻，沈明小心翼翼道：「哥，他們說，等秦楠醒了就要去告我，說毆打大臣犯法。我不怕犯法，我就想著，我現在被參，是不是會給您帶來麻煩啊？」

「你不怕被參？」顧九思轉頭看他，沈明瘋狂點頭，「哥，我一心一意，都是為你著想啊。」

顧九思想了想，腦子裡突然閃過什麼，他突然道：「快，我幫你寫封信回去，你辭官。」

「啊？」沈明有些懵。

顧九思接著道：「我現在就寫，你在救秦大人的路上不小心導致秦大人舊疾突發，於是

為了彌補過錯，好生侍奉秦大人，決定辭官留在滎陽。」

「我懂了。」沈明聽到這話，立刻道：「這樣一來我就可以繼續留在滎陽。而且事提前

說了，他爹就參去吧，老子都為他把官辭了，還有人能說什麼？」

「對。」顧九思點頭道：「而且你這幾日給我老老實實盯著他。」

「盯著他做什麼？」

「看看他到底為什麼參我。」顧九思沉聲開口。

沈明聽到這話，立刻點頭道：「放心，這事交給我。」

沈明拍了胸口，下午便去找秦楠。

秦楠剛醒過來，沈明便衝了進來，大大咧咧道：「秦大人。」

秦楠抬眼看他，皺起眉頭，眼裡還帶了幾分警惕，沈明扛著大刀，認真道：「秦大人，

我是來和你道歉的。」

秦楠聽到這話，放鬆些許，慢慢道：「無礙，本是舊疾，沈大人救我，我當向沈大人道

謝才是。」

「是我魯莽了。」沈明有些拘謹，偷偷看了秦楠一眼，慢慢道：「那個，秦大人最近不

方便吧，要不我照顧你？」

「在下還有其他下人。」秦楠神色平靜，「不勞沈大人。」

「那你總還需要個人保護吧？」沈明接著道：「我武藝高強，比你那些三輛夫強多了。」

秦楠抬眼看了沈明一眼，有些不解：「您到底要做什麼？」

「嗨呀，」沈明終於道：「現在外面都傳我把你打了，你給我個贖罪的機會唄。」

「您似乎要調離滎陽了。」

「這個沒事，」沈明高興起來，大大咧咧道：「我辭官了。」

秦楠愣了愣，片刻後，他明瞭了什麼，恢復一貫拒人於千里之外的冷漠，淡道：「既然如此，沈大人自便。」

秦楠：「……」

「那我從今日開始保護你。」沈明立刻道：「秦大人你自便哈。」

秦楠沒說話，他不拒絕，也沒接受。等第二日沈明上秦家，秦家就不給他開門了。

但這難不倒沈明，沈明翻了牆，爬到秦楠的院子裡，高興道：「秦大人，我來了。」

沈明懷揣著監視秦楠的任務，每日過來探望秦楠。他本來以為，一個會參他和顧九思的官員，一定是個大貪官，他應該有很豐富的生活，但是跟著秦楠好幾日，沈明發現秦楠的生活非常簡單，每日就是去縣衙辦公，然後回來。

他在百姓心中很有聲望，大大小小的事，百姓總喜歡找他，而他的確大多都會處理。他官階高，每過七日，便可休沐一日，他休沐的時候，才會離開府衙，也不做其他事，就是到隔壁村子去，給隔壁村子裡的孩子上上課，發點吃的。

這個村子人不多，大多都是老幼，沈明跟著秦楠去村子裡，一起幫村子裡的人修房子，

講課，不由得有些奇怪：「這個村裡的男人呢？」

「沒了。」秦楠平淡出聲。

沈明有些奇怪，詫異道：「怎麼沒了？」

「這裡原本是沒有村子的。」秦楠敲打著釘子，同沈明解釋：「後來城裡有些人，家裡的男人死了，就留下老幼，城裡待不下去，最後我便讓人全都安置在這邊。這邊有些薄地，他們能幹活的會種點地，我也會接濟。」

「這一個村，」沈明詫異道：「都是你接濟？」

秦楠點點頭，沈明不由得回頭看了一眼，「你有這麼多錢嗎？」

秦楠聽到這話，皺起眉頭，認真道：「在下月俸二十兩銀子，每月五十石糧食，每年絹布二十匹，棉布一百匹，這個村一共五十人。加上他們自己的錢，綽綽有餘。」

「……你挺有錢的哈。」沈明察覺到秦楠生氣，打著哈哈。

秦楠看著沈明，憋了半天，什麼都沒說。

沈明每日跟著秦楠的時候，黃河固堤也到了尾聲。

八月連著下了七、八日暴雨，欽天監所測洪水，如約而至。

那幾日顧九思都睡不好，黃河每次大雨，多少要受災，這一次顧九思雖然按時完成了加固，卻不確定最後結果。因為這一次的洪水來得比過往積累得多，夜裡柳玉茹睡覺，都覺得

雨聲大得讓人不安穩。

每日晚上，顧九思和柳玉茹不敢睡得太死，顧九思等著急報，怕哪裡受災，他方便趕過去。

黃河可能決堤的口子，顧九思讓人提前疏離，等大雨結束之後，各地災情上報上來，這一年黃河雖然也有些決堤，但是因為提前疏散，並沒有造成人員傷亡。這是近百年來第一次黃河受災沒有人員傷亡，顧九思拿到結果後，整個人癱軟了下去，還是柳玉茹扶住了他，顧九思才舒了口氣，趕緊道：「我這就上報陛下。」

顧九思忙著寫著奏摺的時候，傅寶元坐在書房裡，他呆呆看著面前的摺子，一句話也沒說。

陳氏走進來，看著傅寶元，笑著道：「今年黃河終於沒事，可感謝老天爺了。」

聽到這話，傅寶元慢慢笑了，他白白圓圓的臉上，帶了一絲疲憊：「哪裡是感謝老天爺？該感謝的，是顧大人才對。」

「老天爺？」傅寶元嘲諷一笑，隨後搖了搖頭，起身離開了。

黃河固堤有了效果，整個永州的氣氛都有些不太一樣。第一個階段完畢，顧九思就要開始做第二件事——改道修渠。

這是整個黃河修繕裡最耗時、最難、最耗錢的過程。按照顧九思的規劃，從今年八月中

旬到明年三月，都在做這件事，需要十萬人參與，兩萬人後勤，一共十二萬人，這可謂百年難有的浩大工程。

這樣一個工程，若是稍有不慎，便可能成拖垮一國的災禍。

所以顧九思不僅要壓住下面，還要時時刻刻安撫著范軒，讓他放心，絕不會出事。

顧九思索著，要辦這件事，他不能再像之前，隨便是個人就敢來搞一次刺殺。

顧九思琢磨片刻，暗中聯絡范軒，范軒給了他五千兵力，將五千人馬駐紮在司州和永州交界處的安陽。

這時候，柳玉茹從東都調來的人也到了滎陽，顧九思有了人，心裡就有了底，人到的第二日，便邀請所有人，將第二個階段的計畫理清，而後同王思遠道：「王大人，在此之前，在下想請您幫在下主持一個公道。」

王思遠有些疑惑：「什麼公道？」

「前些時日，有人打算刺殺本官，」顧九思掃過眾人，「之前事務繁忙，本官沒有追究，如今堤壩都已經穩固，那麼也是時候，清一清老帳。」

王思遠聽著這些話，臉色不太好看：「顧大人，這個案子一直在查。」

「本官懷疑滎陽的有官員官官相護，打算讓自己的人親手接管此案。」顧九思直接開口。

王思遠皺起眉頭，「你這是在暗自我們滎陽官府做事不利？」

「這麼久什麼都查不出來，難道我還要我誇你們好棒？」顧九思嘲諷出聲，他在東都懟

整個御史臺都不在話下，放開來懟，王思遠又哪裡是對手？一句話過去，便嘲諷得王思遠幾乎要站起來。

他在永州作威作福多年，已經許多年沒人這麼和他說過話。他喘著粗氣，氣得笑起來，「好好好，顧大人厲害。顧大人要查，那就讓顧大人去查，放開了查！」

「多謝。」顧九思淡淡開口。

等所有人將會開完，王思遠走出來，立刻同旁人低聲道：「去把那幾個衙役處理了。」

與此同時，顧九思也吩咐道：「去將當時押送殺手和百姓的衙役給我找來。」

兩邊人馬同時往那幾個衙役在的地方趕過去，沈明跟著秦楠一起走出來，秦楠看見沈明跟在他身後，淡道：「沈大人不去抓人，跟著本官做什麼？」

「別叫沈大人。」沈明擺了擺手，「辭官了，你叫我沈明就行了。」

秦楠沒說話，沈明跟著秦楠，嘀咕著道：「我說秦大人，你當個刺史，得罪的人一定很多吧，你就不害怕嗎？我保護你，你應該覺得高興才是。天天這麼嫌棄我，真是狗咬呂洞賓，不識好人心。」

秦楠上了馬車，閉著眼不出聲，沈明坐在邊上，嘴裡叼了根草，拿了本書看。

秦楠見他安靜了，睜開眼睛，看見他在看書，不由得道：「看什麼書？」

「哦，」沈明轉過頭去，回道：「在看《左傳》。」

「你看《左傳》？」秦楠詫異，沈明有些不好意思，「大家都覺得我出身低，沒讀過什麼

書，我想著得培養一下，就從《左傳》看起。」

聽到這話，看著沈明那不好意思的模樣，秦楠看了片刻，卻是慢慢道：「有喜歡的姑娘了吧？」

沈明愣了愣，臉上的表情明明白白賣了他。秦楠繼續道：「姑娘還很有學問，你覺得自個兒配不上他？」

「秦大人，」沈明震驚了，「你算命的啊？」

秦楠笑了笑，卻是道：「都年輕過。」

說著，他眼裡帶了幾分懷念：「我以前也這樣。」

「您是成功人士，」沈明趕緊道：「來來，分我點經驗。我現在喜歡的姑娘吧，」沈明有些不好意思，「就，出身比我好，長得也比我好，脾氣雖然大了點，但終歸比我，還比我會讀書，嗨，就什麼都好。」

沈明說著，竟然感覺有幾分絕望。什麼都比他好，人家看上他啥？

秦楠看著他苦惱，過了片刻後，卻是道：「你為什麼跟著顧九思？」

沈明覺得秦楠問得有些奇怪：「他是我兄弟，我自然就跟著他了。」

秦楠沒說話，過了一會兒後，他卻是道：「你人不錯。」

「那是，」沈明有些高興，「相處過的人都這麼說。」

想了想，沈明又道：「不過以前也不是，以前不喜歡我的人可多，都覺得我這個人，脾

氣差，刁鑽，還有些憤世嫉俗。跟了九哥以後，也不知道怎麼的，」沈明想著過去，慢慢道：「感覺自個兒，像一塊被打磨的石頭，越來越光滑。我不是說不好——」

沈明轉頭看秦楠，笑了笑道：「就是不像以前那樣，看這世界哪兒哪兒都不好。我現在脾氣好多了，挺開心的。」

秦楠聽著沈明說著自己，他不知道在想些什麼，看著外面，好久後，終於道：「現在這個時間點，衙役通常在外巡邏。」

沈明愣了愣，一開始他沒反應過來秦楠是什麼意思，隨後反應過來了。

顧九思派出去的人，根本不清楚滎陽的制度，按照東都的習慣，此時此刻是衙役修整的時間，於是他們直接奔著縣衙去了。

「快去吧。」秦楠催促一聲。

沈明反應過來，他說了句「多謝」，趕緊去大街上。

他挨著人問過去，就怕那些衙役提前遭了毒手。

然而在街上晃蕩不久，看見顧九思派出去的人已經提了人回來。

沈明舒了口氣，趕緊上前高興道：「你們不是去縣衙了嗎？我才知道這個時間點衙役都在外巡邏，不在縣衙，人怎麼抓到的？」

「運氣好。」侍衛高興道：「本來是要去縣衙的，結果路上遇到個衙役，我們就奇怪這個時間點怎麼還有衙役，找了路人問，才知道原來現在是巡邏的時間。於是我們就去了縣

衙，拿到他們執勤的時間表，便趕過來把人抓了。我們動作快，一個都沒少。」

聽到「一個都沒少」，沈明也笑了起來。

他轉頭看向被抓的衙役，露出和善又詭異的笑容道：「很好，一個都沒少，落到我們手裡，我勸你們還是招快點，不然……」

沈明看著所有人，笑了一聲，沒有多說。

這些衙役被帶回顧九思的府邸，沈明和顧九思連夜審了一晚上，審完之後，便出去抓人。

得知這些衙役被抓，王厚純在家裡狠狠砸了東西。

「混蛋！混蛋！混蛋！」王厚純一腳踢翻椅子，憤怒道：「他們怎麼會抓到的？」

王厚純扭過頭去，捏起身後人的領子，怒喝道：「不是讓你們去了嗎？怎麼比他們還慢？」

「老爺，不能全怪我們啊。」侍衛顫抖著身子道：「有人提醒了他們，他們還去縣衙拿到了執勤表，我們哪兒能有他們拿著執勤表找人快啊？」

「有人提醒……執勤表？」王厚純念叨著，片刻後，他放開侍衛，連連點頭：「好，好的狠，新主子來了，都會咬人了。」

說完，他轉過身往外跑去道：「去叔父家，快！」

── 《長風渡【第二部】橫波渡》 未完待續 ──

高寶書版 ✈ 致青春

美好故事
　　　　觸手可及

蝦皮商城同步上架中！

https://shopee.tw/gobooks.tw

高寶書版集團
gobooks.com.tw

YE 037
長風渡【第二部】橫波渡（上卷）

作　　　者　墨書白
責任編輯　吳培禎
封面設計　茵萊登曼特
內頁排版　賴姵均
企　　　劃　何嘉雯

發 行 人　朱凱蕾
出　　　版　英屬維京群島商高寶國際有限公司台灣分公司
　　　　　　Global Group Holdings, Ltd.
地　　　址　台北市內湖區洲子街 88 號 3 樓
網　　　址　gobooks.com.tw
電　　　話　(02) 27992788
電　　　郵　readers @ gobooks.com.tw（讀者服務部）
傳　　　真　出版部 (02) 27990909　行銷部 (02) 27993088
郵政劃撥　19394552
戶　　　名　英屬維京群島商高寶國際有限公司台灣分公司
發　　　行　英屬維京群島商高寶國際有限公司台灣分公司
初　　　版　2023 年 5 月

本著作物《長風渡》，作者：墨書白，由北京晉江原創網絡科技有限公司授權出版。

國家圖書館出版品預行編目 (CIP) 資料

長風渡【第二部】橫波渡 / 墨書白著 . -- 初版 . -- 臺
北市：英屬維京群島商高寶國際有限公司臺灣分公
司 , 2023.05
　　冊；　公分 . --

ISBN 978-986-506-725-0(上冊：平裝). --
ISBN 978-986-506-726-7(中冊：平裝). --
ISBN 978-986-506-727-4(下冊：平裝). --
ISBN 978-986-506-728-1(全套：平裝)

857.7　　　　　　　　　　　　112006706